to tell

The secret

is no time

U0603266

来不及说的秘密

安晴◎著

天津出版传媒集团

天津人民出版社

图书在版编目（ＣＩＰ）数据

　　来不及说的秘密 / 安晴著. —— 天津：
天津人民出版社, 2014.12（2020.3重印）
　　ISBN 978-7-201-09047-4-01

　　Ⅰ.①来… Ⅱ.①安… Ⅲ.①长篇小说－中国－当代
Ⅳ.①I247.5

　　中国版本图书馆CIP数据核字(2014)第306256号

来不及说的秘密

LAIBUJI SHUO DE MIMI

安晴 著

出　　版	天津人民出版社
出 版 人	刘　庆
地　　址	天津市和平区西康路35号康岳大厦
邮政编码	300051
邮购电话	（022）23332469
网　　址	http://www.tjrmcbs.com
电子信箱	reader@tjrmcbs.com
责任编辑	玮丽斯
装帧设计	胡万莲 芬 子
制版印刷	三河市华东印刷有限公司印刷
经　　销	新华书店
开　　本	660毫米×960毫米　1/16
印　　张	16
字　　数	233千字
版权印次	2014年12月第1版　2020年3月第2次印刷
定　　价	42.80元

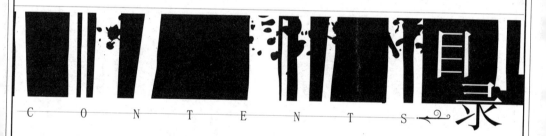

CONTENTS 目录

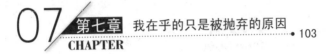
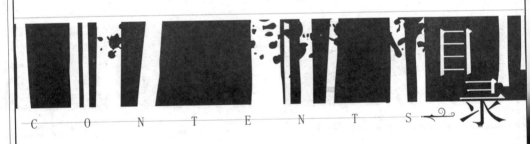

序言

变数

THE
SECRET

IS NOT TIME TO

TELL

PROLOGUE

学校废弃的老宿舍内。

女生静静地倚在窗边，明亮的阳光经过玻璃窗照在她精致的脸上，让她原本比常人要白一点儿的肤色变得更加白皙，近乎半透明。长长的眼睫毛末端微微翘着，在阳光的照射下形成一种渐变色，而她那双不同于常人的双色眼眸的颜色同样也发生着变化。

左边那只近乎黑色的眼眸变成了浅棕色，右边棕绿色的眼眸则变成了淡绿色，像青草一样。而她宛如人偶般精致的脸上却一点儿表情都没有，甚至是死气沉沉的。

"你怎么突然跑到这里来了？比赛都已经开始了，差不多就要轮到你上场了，再不回去就来不及了。" 个男生朝她走过去，拉着她就想离开。

女生一动不动，反而说道："易熙，我觉得我们暂时不要见面比较好。"

被唤为易熙的男生闻声，身体猛地一僵。

他回过头，难以置信地看着她："你是因为刚才那件事，所以说这句话的吗？如果真是这样，我现在就可以很清楚地告诉你我的答案——我不同意。"

"不是因为他们，是阮维希。"

出乎意料的名字让男生微微一愣："维希？这和她有什么关系？"

"阮维希来找过我，关于你接近我的目的，她已经告诉我了……所以，我没有办法装作心无芥蒂地和你继续交往下去。"半晌儿，女生才说道。

可是话音还未落，她的眼睛就泛红起来，脸上痛苦的表情出卖了她内心所受的煎熬，就好像这个决定是她思虑良久后才咬着牙做出的。

"我的目的？"男生好看的眉毛猛地拢在一起，"她到底在你面前胡说了一些什么？"

"她没有胡说，难道你敢说，你接近我真的没有一点儿私心？"

面对她的指责，男生发现自己居然没办法否认。

短暂的沉默后，他才开口说道："有。"

当这个字从他的薄唇中挤出来时，明明已经做好了心理准备，但女生还是感觉自己的胸口好像瞬间被长矛捅穿，痛得无法呼吸，她却只能咬牙忍着。

"阮维希没有说谎，你接近我果然是因为我的身份。"女生的眼睛死死地瞪着地上的某个点。只有这样，才能让眼里蓄满的泪水不轻易滚出来，而垂放在身体两侧的手则下意识地握紧，她愤恨地问他："从一开始，你就计划着把我当成你起步的垫脚石吗？"

"那你呢？是否也跟那些人一样看我？"男生并没有直接回答她的话，而是用一种不可思议的目光看着她，"觉得这次比赛，我能从初赛直接晋级到半决赛，完全是靠你的关系？甚至，就算拿下前三甲或者是总冠军，也是因为你吗？"

"我没有……"女生闻言，震惊地看着他，想也不想就否认了。

"可是，你刚刚已经在质问我了。"男生斩钉截铁地打断她的话。"还是说，你怕把心里想的那些话说出来后会伤害到我？如果真是那样，那大可不必。"

因为她刚刚的话就已经伤害到他了。

"我并没有要责怪谁的意思，我只是想把事情弄清楚。我不想让人觉得，你晋级是因为我和爷爷的关系，评委给你打高分是因为偏爱。我想要的，你明白吗？"女生咬着唇，几近歇斯底里。

明白，他太明白了！

说来说去，她在乎的还是这些虚无缥缈的东西。

"很好！既然跟我在一起你有这么多顾虑，那么我想你的选择是正确的。"男生看她的目光由最初的温柔变成愤怒，"现在我只想知道一件事，由始至终，你有没有相信过我？"哪怕只是一分一秒，甚至只是一眨眼的工夫也行！

"我……"女生看着他，张开嘴又合上。

"信不信？"男生大声地重复了一遍。

"我是真的不知道，你不要逼我好吗？"女生伸出手捂住自己的耳朵，神情看起来比他还痛苦，"如果这件事只是一两个人在说也就算了，可现在的情况是大家都在这样说，所有人——全校几千名师生啊，你觉得我该相信谁？"

旧宿舍顿时陷入一片寂静。

男生目不转睛地看着她，只是眼神越来越冰冷，也越来越陌生。

"既然这样，如你所愿，我们分手吧。"

缓缓响起的声音突然在这个静寂的房间里炸响了，犹如午夜绽放的烟花，让人措手不及。

明明这样的结局是她所想要的，可是为什么现在愿望得以实现，她的心却这么痛呢？

看着他渐行渐远的身影，眼泪最终悄无声息地从女生的眼角滑落，而眼前像走马灯一样闪过的画面，全是他们相识相处的每一个瞬间……

第一章

偶遇

THE
SECRET

IS NOT TIME TO

TELL

CHAPTER 01

【一】

那是一个电闪雷鸣的夜晚。

闪电划过夜空，伴随而来的是惊天动地的雷鸣声，铺天盖地的暴雨恣意地洗刷着这个城市的每一处角落。

千宸蹲在24小时便利店的门口，面无表情地看着纸箱里的小猫咪，此时它正向她发出"喵喵喵"的哀求声。

可是，要救它吗？

千宸很为难，因为她一点儿动物缘都没有，特别是猫，每次见她都会张牙舞爪。

"小姑娘，你蹲在这里盯着它快一个小时了，考虑好了吗？要是你不收养它，我就把它扔到垃圾站了。"便利店的值班人员走出来。他看上去有四十多岁，是位有啤酒肚的秃顶中年大叔。

千宸抬起头说道："这样它会冻死的。"

虽然现在是春末夏初，但是对于这座城市来说，因为近海的地理位置，只要下雨，气温仍是刺骨的冰冷，就如同千宸此时给人的感觉。

一双不同于寻常人的双色瞳，让大叔还来不及细看她的长相，就被她不同颜色的双眸吓到了。

当然，她近似面瘫的表情也加重了这种阴森的气息。

大叔好不容易把那句"活见鬼"吞下肚，这才忍着恐惧说道："这猫又不是我遗弃的，如果你不要，我只能把它送走了。不然，一会儿老板过来查班，挨骂的人可是我。"

虽然那表情一闪而过，但千宸还是眼尖地捕捉到了。

所以，他也和那些人一样怕她吗？

"我知道了，我会把它带走的。"千宸失望地垂下眼帘，伸手去抱纸箱，"它跟我一样都是不受欢迎的，或许老天安排让我在这里遇见它，是想让我们给彼此做个伴吧……"

她撑起伞，一人一猫走进暴雨中。

滂沱大雨狠狠地砸在雨伞上，最后顺着伞的边缘滚落，滴在地上，激起层层涟漪，显得她的背影更加萧瑟。

大叔的心里莫名地涌出一股罪恶感。

雨势越来越大，天边的闪电异常吓人，雷声更是轰隆作响，小猫咪害怕地瑟缩在纸箱里面，"喵喵喵"地叫得更可怜了。

本来还在往目的地赶的行人，这会儿都慌了，纷纷在附近找地方躲雨。

千宸也不例外，而离她最近的地方是一家名为"零点"的酒吧。

她靠近一些，清楚地感受到里面巨大的音乐声引起的震动。千宸虽然已经成年了，可是因为一些关系，她从来没有来过这种地方。今晚，她却鬼使神差地推开了这扇门。

霎时，一股难闻的气味扑面而来，有呛人的烟味，有刺鼻的酒精味道以及各种香水味。

这不是千宸所熟悉的世界，她熟悉的是校园的纯朴，是像晨光一样清新的味道。而这里的音乐很吵，震耳欲聋，让人的心几乎要蹦出胸腔，和外面的雷鸣声截然不同。五颜六色的舞台灯光更是炫目得让千宸无法适应。

就在千宸转身想离开这个对她来说犹如异时空的地方时，酒吧的灯全部暗了下来。接着，舞台左右两边分别有束光打向正中央，一个无论是衣着还是发型，看起

来都很酷的男主持人就站在那里，目光如炬，浑身上下仿佛充满了能量。

"把你们的手举起来，一起欢迎那几个帅得让人嫉恨的天狼少年！"

原来每逢星期六晚上，天狼星乐队都会在这里驻唱。

随着主持人迎向后台的手势，所有的光束都射向那个位置，一个震动人心的音符响起，耳旁传来的是震耳欲聋的尖叫声和呐喊声。

"天狼！"

"易熙！"

"易熙……"

最后，所有人都在呼喊着这个犹如天之骄子的名字，声音是那么整齐，就像事先训练过一样。

千宸目瞪口呆，死死地盯着前方。

这个"易熙"会是他们学校人气排行榜第一的那个"易熙"吗？

千宸和所有人一样，目不转睛地看着舞台，灯光忽然再度暗了下来，接着，贯穿耳膜的重金属音乐瞬间响彻整个酒吧，所有灯光打向舞台中央，那里出现了三个少年——

左边是键盘手，右边是主音吉他手，而站在中间的少年是天狼星乐队的主唱。他长着一张明星脸，眼睛电力十足，挺鼻薄唇，轮廓分明，尽显巨星风范。

当舞台下的粉丝大声呼叫着"易熙"时，他用手指天，比了个"手枪"的姿势，引得无数粉丝疯狂尖叫，纷纷高喊"易熙，我爱你，我们永远支持你"。

重金属音乐风、巨大的噪音和失真的音效震得千宸几乎傻掉了。

她的视线锁定在易熙的身上，很难想象，眼前这个不管怎么看都像经过娱乐公司重金打造出来的偶像明星的人，会是一年多前她在大学的入学典礼上见到的那个人。

只要有他出现的地方，就像光一样吸引着所有人的眼球。他不仅拥有令人嫉妒的外表，学校公开的成绩榜单上他也永远在前三名，而且他的歌唱得非常好，舞也跳得十分棒。这样出类拔萃的他，身边总是围满了人，就像是偶像的亲卫队。

可不管是哪个时候的他，给千宸的感觉都是清爽的，而不是像现在这样——

穿着时髦的易熙就像堕落在人间的黑天使，在这样的深夜里尽情释放他的热情。这样的他邪魅狂野，又带着几分不羁和冷傲，几乎颠覆了千宸对他以往的认知。

当音乐撞击耳膜时，现场的观众就像打了鸡血似的情绪亢奋，高度配合。

千宸担心小猫咪受不了这样的气氛，找了处人比较少的地方，想把纸箱的盖子盖严实了。结果她刚蹲下来，站在前面的女生突然后退几步，后脚直接踹在她的屁股上。

猝不及防的千宸往前倾倒，下巴磕在出入通道的一级台阶上。

"嗯。"她痛得闷哼一声，放着小猫咪的纸箱就压在她的身下。

"啊……对不起，对不起！"

女生见自己撞到人，连忙道歉，并且过来扶她。只是下一秒，一个高分贝的尖叫声却从她的嘴里冒了出来，惊扰了周围的观众。

"啊——你，你的眼睛怎么是这样的？"

千宸抬起头，正好看到女生充满恐惧的目光，以及她惨白的脸。

像这样的情况，每天都会发生吧，接着她会干吗？被吓得后退，大喊"见鬼了"，然后她的朋友会出现，围观的人会越来越多，大家再用异样的目光把她当成怪物来观赏？

千宸很冷静地在心里分析着，同时也感到无奈。

事情的发展往往很俗套，女生受到惊吓，后退几步撞到她的同伴，而接下来的剧情就和千宸猜想的那样，她的同伴和最靠近她们的人都发现了她的秘密——双色瞳。这些人见到她的第一眼，都不约而同地发出惊叫声，或高或低。

"啊，她不是……千宸吗？"

"对，真的是她！"

人群中有人认出她来。

"千宸是谁？"撞倒她的那个女生声音颤抖地问道。

"千宸是我们星巴艺校大二的学生，我们还得喊她一声'师姐'呢。"

两个打扮得流里流气的女生从人群中走了出来，看到千宸时，满脸的不屑。

其中一个女生调侃道："喂，师姐，现在这个时间段你不是应该乖乖上床睡觉了吗？怎么跑到这里来了？难道……你也是我们易熙的粉丝，特地来看他的表演？"

"我……"

千宸刚要解释，结果有人夸张地尖叫起来。

"什么啊，我简直不敢相信，这样阴阳怪气的女生居然会和我们的易熙同校，而且还都是大二的学生。你可别告诉我，这两人还是同一个班的。"有粉丝这样说。

"当然不是，易熙可是我们学校的人气王，而她……"刚才说话的那个师妹哼了一声，接着又说，"在我们学校，可没人敢跟她说话。"

"为什么？"有人问道。

"听说她那只眼睛能看到一些不好的东西，还有她一生下来就被诅咒了，只要跟她沾边的人，都会发生不好的事。那些本来缠着她的东西就会转移到你的身上，你会代替她受罪。"另一个师妹也开口帮腔，"听说，她父母就是被她克死的。"

父母的死对千宸来说就是一个禁忌，别人怎么说她无所谓，但只要把父母的死说成是因为她而受到的诅咒，她就无法容忍。

"当然不是，他们的死只是因为飞机突然出故障，和我没关系，我不许你们胡说。"千宸激动地否认道，像刺猬一样戒备起来。

她不懂，为什么这些人这么无聊，那么不实的八卦却一直被津津乐道。从她出生到现在，一直都没有消停过。

下这么大的雨，她躲到这里来，也是考虑到酒吧的灯光昏暗，别人不会轻易发现她的双色瞳。可为什么命运就是不肯放过她，还是让人揭开了她的伤痛。

以她为中心点，观众慢慢地朝她这边望过来，纷纷露出惊诧的目光，而这不过是千宸熟悉得不能再熟悉的场景。

"真的有这么神奇吗？"

男生清亮的声音骤然响起，在这样寂静的空间里，穿透力十足。大家这才注意到，音乐不知什么时候已经停了，舞台灯光也变得正常许多，不再闪烁，虽然不是很亮，但是足够让大家看清楚一切。

说话的男生正是天狼星乐队的主唱——易熙。

【二】

易熙从舞台上走了下来，粉丝们自动给他让道。他就像高傲的孔雀，步伐优雅，举手投足间散发着不骄不躁的气息，但表情又是绝对的自信。

和刚才尖叫失控的场面完全不一样，偌大的酒吧突然安静得只能听到易熙的脚步声。大家屏住呼吸，所有的注意力都集中在他的身上。

"易熙，你要去哪里？"乐队的吉他手阿东朝他的背影喊道。

易熙却置若罔闻，一直朝千宸的方向走去。

千宸感觉自己的心跳突然变得好快，他每靠近一步，都让她感觉紧张。

"易熙，你怎么不唱了？"有粉丝这样问他。

"这里这么热闹，我有没有在唱都无所谓，反正大家的焦点都不在那里。"

易熙的声音乍一听温和而又清亮，可是不知怎的，大家却有一种脊背发凉的感觉。

那个自称和千宸是同校的师妹怒了，推了千宸一把："都是你，你看易熙都生气了。"

被推倒在地的千宸觉得自己很无辜，明明她什么都没做，却要站在这里被人用审视的目光看待，还要被她们用一种厌恶的口吻责难。结果现在精神摧残完了，还

得换肉体受难。

凭什么？

千宸有些生气，刚想反击，忽然有只指节分明的大手托起了她尖细的下巴，明亮的眼睛随即映入她的眼帘。

易熙认真地端详着她。

"还真是个可爱的女生……大大的眼睛清澈明亮，小小的嘴巴，挺翘的鼻子，长得真像真人版的芭比娃娃。"易熙的嘴角微微勾起，整个人仿佛绽放着光彩。

"可爱？"千宸愣住了，长这么大，还没人这样形容过她。

他确定自己没用错形容词？

不仅是千宸，在场的人也因为他这句"可爱"而掀起一阵喧哗。

"可爱？这样的人哪里可爱了！"

"易熙，你看到了吗，她两只眼睛不一样，那可是不祥的象征。"

众人群情激愤，闹成一团，更是众说纷纭。

易熙却好像没有听到似的，目不转睛地打量着千宸，唇边依旧噙着笑。

"学长，你知道自己在干什么吗？她可是不祥的人，接近她可是会倒大霉的！"同校师妹难以置信地喊道。

"听过，但那又怎样？"易熙的声音轻飘飘的，明明在笑，女生却感到恐惧，不敢再吭声。

冷淡地瞥了她一眼后，易熙的目光再次回到千宸的脸上。

"受伤了？"他的眉头微微皱起，"女生的脸是最重要的，你应该要保护好它。"

他好心地提醒，让千宸飞到九霄云外的思绪慢慢地归来。

怎么办？她好像被他的眼睛电到了。

虽然以前也有男生这么近距离地和她说过话，可是当时她的心脏不会跳得这么快。而且易熙真的很好看，眼睛看起来灵动又犀利，很会放电，自己不过跟他这样对视不到一分钟，就感觉魂魄快要被他勾去了。

"怦怦怦……"心脏跳得好厉害。

"你……知道我？"

她太紧张了，可就是控制不了。

从小到大她已经习惯了，不管是谁，见了自己都是一副避之不及的样子，可是眼前的少年非但没有逃开，还出面替她解围。

她有些适应不来。

"星巴艺校表演系二年级的学生，学习成绩总是年级第一，生活常识却是傻瓜级别的；性格有点儿闷，甚至是阴沉。不过在我看来，你表面上看起来沉闷软弱，但实际上应该是个坚强的女生。不然，那些人在背后这么损你，你怎么能挺到现在呢？换成是我，一定会利用身边各种可以利用的东西，把这些人整得死去活来，至少也得让他们脱层皮。"顿了顿，易熙的眼里闪过一丝狡黠，"像你这样特别的人，就算我想装作没听说过，恐怕也有点儿难度。"

千宸的脸蓦地一红，没想到自己的名声已经到这个地步了。

"既然是这样，你不是更应该怕我吗？"她不明白。

"为什么要怕？"易熙的视线随即扫向她的眼部，"就是因为这双眼睛？"

千宸自嘲道："你不觉得它们很可怕吗？左眼是近乎黑色的深棕色，右眼靠近瞳孔一圈的地方是棕绿色。大家都说这样的眼睛可以看到很多稀奇古怪的事。"

"哦，那你能看到吗？"易熙看起来很有兴趣。

他的反应与别人截然不同，千宸反倒被问住了："我……"

她很紧张，不知道该怎么回答才不会辜负他的期盼。

"如果觉得这个问题很难回答，你可以不说，我并不一定要知道。"易熙从来都不喜欢勉强别人，"你的下巴磕破了，最好先处理一下，要是伤口受到感染，以后会留疤的。"

说完，他牵起她的手，想把她带去后台。

可是千宸一动也不动。

"嗯？"易熙诧异地回过头，结果看到了她蓄满泪水的眼睛。

"为什么要帮我？你不是应该和那些人一样避着我才对吗？"她像是在自言自语，又像是在问他，声音充满了不确定，凝视他的目光却带着浓浓的期盼，以及小心翼翼。

一瞬间，有种奇异的感觉从易熙的心底涌出来。

他勾起嘴角，忍不住笑道："如果必须帮你找一个理由的话，我应该可以给你一个。"

话音刚落，他低下头吻了她的额头。

千宸被吓到了，像被定格了，睁大眼睛看着他，但是思想早就停止了——她愣住了。

"啊——"

在一阵寂静后，现场顿时尖叫声四起，喜欢易熙的粉迷们都发狂了。

"天啊！谁来告诉我这不是真的……"

"这是怎么回事？别告诉我，易熙喜欢这种与众不同的类型。"

在众人喧嚣的叫骂声中，千宸始终都是难以置信地瞪大眼睛看着他，双脚像生了根似的，动弹不得。而这些人当中，说千宸坏话的那两位女生的反应最大。

"学长，你疯啦！你怎么可以亲她呢？你看清楚了吗，她可是我们学校人人都避讳的人，她还……"

"够了！"易熙忍无可忍地怒吼道，"刚才你们已经看清楚了，我在她身上留下了烙印，所以以后她就是我的，谁敢再欺负她，就别怪我不客气。"

那个女生一脸错愕地说道："学长……"

"或许因为她眼睛的颜色很特别，才会让你们浮想联翩，但是在我看来，这样的眼睛很漂亮也很迷人……"

说话间，他的手指抚上千宸的眼睑，指尖微凉。

千宸浑身一僵，注意力全部集中在他的指尖。

她小心翼翼地抬起头，对上的是一双乌黑的眸子，里面闪烁着如星辰般耀眼的光。

四目相对，感觉是那么微妙，易熙给了她绝对的信心。

她很想对他说声谢谢，却发现自己激动得喉头发紧，出声困难。

"走吧，我们去后台把伤口处理一下，一会儿我再送你回家。"易熙露出淡淡的笑容，宠溺地牵起她的小手，往后台走去。

现场的粉丝们开始控制不住地尖叫、咒骂。

谁都不敢相信，更加接受不了，她们的偶像，她们的易熙居然要送一个女生回家，还是一个受过诅咒的双色瞳少女。这可是她们的终极梦想，可是现在便宜了这个女人，这打击也太大了吧。

粉丝们简直要疯了。

霎时，地面突然出现一阵剧烈的摇晃。

"这是怎么回事？"

"好像是地面动了一下？"

酒吧再度陷入一片死寂中，大家勉强安静下来。

"不会是地震吧？"

讨论的声音还没有落下，地面又突然摇晃起来，一次比一次厉害。那些可移动的物件，比如椅子、放在酒柜上的酒等都在震动，随时都会倒下。

"真的是地震！我就说嘛，她是个不祥之人，你们看，她果然给我们带来灾难了。"那两个师妹唯恐天下不乱地说道。

"啊，我不要死！"

"这个扫把星，我们合力把她赶出去！"

大家都怒了，易熙担心这些人太冲动会伤害到千宸，忙把她拉到自己的身后保护起来。

可就在这时候，外面巨雷声骤然响起，酒吧的电路被闪电破坏，四周立即陷入黑暗。

恐慌之下，所有人争先恐后地涌出酒吧，千宸还没来得及说话就被人撞开，眼睁睁地看着易熙离自己越来越远。

"大家快逃到外面去""我不想死啊"，诸如此类的话不断响起，酒吧陷入了混乱。结果人太多，四周又黑，踩踏事件还是无可避免地发生了。

"痛！救命啊，你踩到我了！"

吃痛声、求救声不时在耳旁响起。

千宸被旁边涌过来的人群撞飞出去，紧跟着一个巨大的黑影将她罩住，她抬头一看，靠墙放着的酒柜正朝她倒下来。

"啊！"

千宸害怕地闭紧眼睛，咬紧牙关。

都说人在生死攸关之际，会想起最亲的人，千宸也不例外，她想起了爷爷、爸爸和妈妈，甚至是于又曦。可是，当最后一张陌生的面孔浮现在她的脑海里时，她惊呆了。

为什么他会出现？

千宸觉得不可思议。

时间一分一秒地过去，可是预料中的剧痛迟迟没有出现。相反，她感觉有一股暖意正包围着自己。

千宸睁开眼睛，看到的却是不可思议的一幕——

不知道什么时候出现的易熙正抱着她，替她承受了酒柜的重量。他的额头上此时布满了一层细汗，蹙紧的眉头表现出他身体所承受的痛苦。但是他看着千宸的眼神却带着笑意。

"轰隆"一声，仿佛有什么东西在千宸的脑海中炸开了。

她从来没有想过，有一天会有人对自己舍命相救。

唇上传来的压迫感让她的心跳漏了半拍，她的目光慢慢地往下移，结果发现易熙的唇正压在她的唇上。

看着那两片泛着光泽的唇瓣，千宸失魂地想：这可是她的初吻。

【三】

千宸回到家，已经快12点了。

洗完澡出来，就被家里的用人告知，爷爷给她打来了越洋电话。

千宸冲外头喊了一声"把电话接进来"，就开始摆弄卧室的座机，打开墙上的投影仪。

两秒钟过后，"咚"的一声，爷爷苍老的模样清楚地出现在屏幕上。

"爷爷。"

千宸很小的时候父母就因为飞机事故去世，所以爷爷是她在这世上唯一的亲人。

不过爷爷还有另一个身份，就是F&S娱乐集团的最高执行董事，星巴艺校是他们集团旗下的一项投资项目，作为培养未来巨星用的。每年他们公司都会举办一场选秀，再将最有潜力的未来之星签下，砸重金去捧。这是很多考生挤破头都想考进这所学校的原因。

对于千宸的身份，学校里知道的人并不多，虽然她从来没有刻意去隐瞒，但也绝对不会主动提起。

只有在刚入学的那会儿，真相被人爆出来过，但因为当中有不少人抱着怀疑的态度，所以这件事到最后也不了了之了，没有人再提起。

而今晚对她恶言相向的两个师妹，显然还不知道实情。但是易熙就不一样了，凭借他对自己说的那番话，千宸相信他一定知道自己是谁。

"千宸啊，爷爷听说你今晚出去了？"老人沙哑的声音随即响起。

千宸在床上换了个舒服点儿的姿势，然后说道："嗯，就出去了一会儿。"

"你们那里不是刚发生了地震吗？而且还下暴雨，你怎么还出去？"老人语带担忧。

"在家无聊嘛。"

千宸说得轻松，可是老人听着，心里忍不住难受起来。

因为他的宝贝孙女太寂寞了。

"家里不是还有其他人吗？闷了可以找他们聊天。芳姨说，她还得过几天才能回来。"

芳姨是家里的老用人，也算是看着千宸长大的，是少数不因为那些流言蜚语而对千宸好的人，所以千宸是真心喜欢她的。

"我知道，芳姨昨天给我打了电话，说她的儿子和儿媳刚好出差，家里的孙子生病了没人照顾，她得留下来，等孙子的病好了才可以回来。"

其实芳姨的孙子已经有18岁了，完全有照顾自己的能力，可芳姨还是不放心。

千宸真的很羡慕芳姨的孙子。

她一直在想，不知道哪天自己也可以这样生一次病，爷爷会因为她生病了，特意从新加坡的总公司赶回来，她就可以好几天能看见爷爷，跟他说说话，伴他膝下……

不过想归想，千宸知道自己的这个想法不只幼稚，还很难实现。虽然她的身体看起来很消瘦，但是比很多人都要健康。

她上次生病好像是5年前吧。那次她半夜发高烧，在医院住了快一个星期才把烧退下。那会儿，爷爷吓得抱着她哭了好久，说要是她就这么去了，他怎么跟她九泉之下的父母交代，他这把老骨头还不如死了算了……

千宸不舍得让爷爷伤心了。

"她这个人就是这样，样样都想亲力亲为，是个好母亲，也是个好奶奶。"老人感慨道。

千宸敏感地嗅到了什么，连忙说道："在千宸的心中，爷爷也是个好爷爷，是无可替代的。"

孙女坦诚的话让老人喜形于色，不过成年人也有成年人的羞赧。

"你突然这样说，是故意要让爷爷感动吗？行了，我们爷孙俩也别肉麻了……来，跟我说说你今晚出去都发生什么事了。我听阿屏说，你捡回来一只小猫咪，是真的吗？从小到大，和你最没有缘分的动物就是猫了……"

闻言，千宸的脑海里出现的却是易熙的身影，还有他凝视自己的目光，甚至是帮自己的情景，这些都让千宸觉得他很不一样。

"嗯，确实发生了一些事情……"

千宸目光迷离地看着前方某一个点，突然想起一年多前开学典礼上发生的事。

当时易熙身穿学校订制的校服，英伦学院风的设计让他看起来英俊不羁、温柔洒脱。这本来是两种不可能同时出现的极端气质，现在却奇迹般地在他身上融合成一体，那些令人向往的美好词汇就好像专为他而生。

千宸只是远远地看了他一眼，就牢牢地将他记住了。

他就像太阳之子，是宇宙中的发光物质，所有人都被他吸引，不自觉地围着他转。而她是乌云，是黑夜，只要是她出现的地方，就好像灾害的隔离区，大家都避之不及。

这是千宸第一次见到易熙时的感想。

但是今天，她心里最神圣、最庄严的那池湖水被人扰乱了。千宸想起酒柜砸下来的那个画面，她难以相信，原来这世上真有心乱如麻这回事。当时，她的心真的跳得好快，就好像随时会蹦出来一样，好危险……

可是，他也有同样的感觉吗？

千宸困扰地闭上眼睛，可是嘴唇感觉到的好像是易熙嘴唇的温度，吓得她赶紧睁开眼睛，手顺势摸上了自己的唇瓣，耳边响起了老人的声音。

"千宸，你还在听爷爷说话吗？"

可是她仿佛没听到一般，依然保持着惊恐的模样。

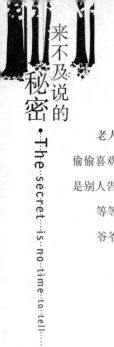

老人看着屏幕上孙女失魂的样子，总觉得看到了十七八岁的自己。那个时候他偷偷喜欢着隔壁的女孩，每次想起她，都会不自觉地露出这种表情，当然这些事全是别人告诉他的，不过……

等等！

爷爷眉毛一挑，眼睛一亮，难道他的宝贝孙女恋爱了？

第二章

吸引

THE
SECRET
IS NO   TIME TO
TELL

CHAPTER 02

【一】

苍白的色调，消毒水难闻的味道，是医院的专属标志。

易熙讨厌白色，可是医生看着他打上石膏的右脚，说了一句："情况不是很糟糕，腓骨有轻微的骨裂，打上石膏再休息一两个月就会没事的。"

闻言，他真想爆粗口。

见他的脸色很难看，站在床边的阿东忍着笑问医生："医生，那他什么时候可以出院？不会影响我们下周六晚上的演出吧？"

医生说道："先观察几天，要是恢复情况不错，一个星期后就可以出院。至于石膏嘛，要等你半个月后回来复诊，看情况后才能决定什么时候拆。不过一般都是二三十天，将近一个月。所以，如果你手头上还在兼职什么工作，我建议最好都停了。"

"居然要这么久？"易熙眉头一皱，满脸的不耐烦。

"一般情况都是这样的，年轻人要多点儿耐心，别那么急躁。"医生忍不住笑道，"好了，我要去查房了。你要多休息，有事就按床头上的服务铃，会有人过来的。"

虽然有些不甘心，但是也没办法，易熙有些不情愿地"嗯"了一声。

"其实这样也不错，我们就当是放假，先休息休息，过段时间再战。"阿东总是一副精力充沛的样子，他从口袋里摸出手机，边说边往外走，"我先打电话到学校请假，等这里的事处理完了，再回去帮你拿几件换洗的衣服过来。"

走了几步，他突然停下来，回过头来小心翼翼地问道："要打电话跟你妈说一声吗？"

易熙脸色一沉，神情有些黯然："不用了，反正她来了也帮不了什么忙，一会儿我会找个理由跟她说，这段时间我都住校，不回去了。"

阿东看着他，一副欲言又止的样子，良久，才低声应了一句："嗯，我知道了。"

等他走出去后，一直保持沉默的吴成缓缓说道："一个月都不回去，没问题吗？"

"有什么问题？"易熙看着他，笑着反问道，只是唇边的那抹笑容怎么看都充满了嘲讽和苦涩，"你又不是不知道，她从来不过问我的生活，除了那件事。"

这是她对他唯一的要求。

易熙的脖子稍微一扭，露出大片白皙的皮肤，看向窗外的目光有些落寞，整个人瞬间被一股阴郁的气息笼罩着，让人看着忍不住为他揪心。

不过那只是一瞬间的感觉。

悲伤的情绪在易熙的脸上一闪而过，当他回过头来时，脸上依旧是充满自信却又桀骜不驯的笑容。

吴成微微一愣，忽然有种感觉——对啊，这才是他认识的易熙，那种悲伤的情绪压根不适合出现在他这张帅得令身为男生的自己都忍不住嫉妒的脸上。

"啊，怎么是你！"

霎时，病房外面突然传来阿东夸张的叫声。

病房内，易熙和吴成同时眉头一皱。

还没等易熙开口，吴成就往外走去："我去看看。"

病房外，千宸的心顿时沉了下来。今天早上她去上学，关于她是不祥的人这种说法，经过昨晚易熙的事后变本加厉了。

这让她无奈的同时，也忍不住有些气愤。虽然易熙受伤是事实，但绝非她的本意，可是那些人把这笔账都算到她的头上，就和当初父母去世的事一样，简直不可理喻。

"我，我不是这个意思。只是早上刷微博的时候，我看到你，一时没留意就喊了出来……"看到她把头压得低低的，肩膀颤动得厉害，急于解释的阿东整个人都

慌了，"啊，你不会是哭了吧？我真的不是有心的……你别哭啊！"

"哭？"千宸闻声，缓缓抬起头来，"我没有哭啊。"

她如人偶般精雕细刻的脸上哪有半点儿泪痕。

阿东愕然，问道："那刚才你的肩膀一抽一抽的，又是怎么回事？"

"哦，你说这个啊。"千宸悄悄地前后看了一眼，见没人注意到他们这边，这才将抱在怀里的小箱子拿了出来，"因为小猫咪一直在动。"

小猫？

阿东彻底呆住了。

吴成出来的时候，见到的就是他错愕的样子，而千宸的表情很无辜。

【二】

"哈哈哈！"

爽朗的笑声很不厚道地在病房里响起。

阿东有些不满地瞪着眼前的人："你笑够了吗？这有什么好笑的。正常人看到她那样，都会以为她是在哭好不好！谁知道是因为她怀里藏着东西。"

"那是因为你笨。"易熙毫不客气地说道，"普通人也应该没有脆弱到被人取笑一下就哭吧？不过是个外号而已，千宸要是想较真，那么一天不知道得哭多少回。"

因为她的出现，易熙原本还是雷雨天的心情瞬间转晴。

千宸想笑，但又努力忍着，她配合着易熙说道："虽然名字真的很不好听，但是我已经习惯了，所以你们要是想这样叫就叫吧，我是不会介意的。"

看她说得这么认真，阿东瞬间有种打碎牙也必须往肚子里吞的憋屈感，他的脸涨得微红，有些恼羞成怒。

"算了，我一张嘴说不过你们两张，你们爱笑就笑吧，反正嘴巴不是我的，我管不着。只是真的有这么好笑吗？"阿东语气不满地问身旁闷不吭声的男生，"吴成，你说句公道话，好笑吗？"

被点名的吴成缓缓抬起头来，脸上的表情有些不可一世。他懒懒地伸出手，朝阿东竖起大拇指。

"啊？"阿东特别惊讶，还以为会听到一个满意的答案，没想到却这么失望。他的脸瞬间垮了，表情变得哀怨起来。

就在这时，吴成竖起的大拇指突然向下，他看向易熙，很酷地说出三个字："烂死了。"

阿东的心情瞬间多云转晴。

"行，不愧是我最好的哥们儿，兄弟有你挺着就知足了。"阿东一边像模像样地感叹着，一边满意地揽着吴成的肩膀，然后对易熙说道，"快中午了，我和吴成先回去帮你拿几件衣服，一会儿我会跟你妈说，因为练歌的需要，这段时间你就暂时住我那里了，你也不用再找借口。"

阿东就是这样，表面看着大大咧咧的，但是他们三个人中他是最热心肠的。每次不管是谁摊上麻烦，他总是出钱出力最多的那个。

当然，话唠也永远是他。

"知道了。"易熙有些感动，但没有表现出来。

兄弟嘛，大家心照不宣就是了。

"我们下回见。"阿东临出门时，还不忘调侃千宸。

不过他知道她是不会介意的。

"嗯？"千宸一愣，随后才反应过来，"哦，拜拜。"

话唠阿东和面瘫吴成一走，病房内立刻安静下来。

带着温暖气息的微风从窗外吹来，吹动了窗帘，也吹起了易熙的头发，以及千宸整齐柔顺的长发。

千宸的头发特别黑，又密又亮，加上她背对着窗口，阳光洒在头发上，更显得发质很好。

突然的安静让气氛陷入莫名的尴尬和紧张中。

这种感觉很微妙。

"那个……谢谢你。"吸了口气，千宸开口打破了僵局。

易熙眼珠子一转，视线随即落在打着石膏的脚上："只是'谢谢'这么简单

吗？我可是为了你，血也流了，脚也受伤了，还得在床上躺好几天，你光是嘴巴动一动，这怎么行？至少在行动上也得表示一下，这才显出诚意来。"

千宸眨眨眼睛，不解地问道："什么意思？"

那呆呆的样子，让易熙觉得很可爱。

他故意理直气壮地说道："当然是探病的礼物，怎么说我也救过你，就算是普通的探病，也至少会带些水果来吧？"

千宸大叫一声，整个人愣住了："啊，原来探病是要带水果的啊……"

见状，病床上的易熙忍不住"扑哧"一声笑了出来。他没有想到，居然还有人能傻到这样，看来学校论坛上的那些传言有部分是可信的。

千宸则尴尬得要死，本来泛着晕红的脸颊霎时红透了。

"对不起……我真的不知道要带礼物这件事……"千宸垂下眼帘，有些懊恼地咬唇，"一个大学生，居然连探病要带水果这种小事都不知道，确实是白活了。换成是我，可能也会觉得好笑。所以你要是想笑就笑吧，我都明白。"

易熙唇角噙笑，懒懒地说道："不过我觉得奇怪，就算你没有朋友，身边没人告诉你这些事，但是你至少看过电视吧？就算没吃过猪肉，也见过猪跑吧，现在的电视剧可都是真实生活的写照，你从这里面也应该能学到不少东西。"

"我不喜欢看电视，这样很奇怪吗？"千宸突然提高音量反问道。

"嗯？"其实易熙问这话纯属好奇，却没有想到会引起她这样大的反应，不禁一愣。

千宸见状，这才意识到自己有多失态，可她现在很激动，有些控制不住自己。那种感觉就好比全世界都把她当怪物来看，好不容易来了个把她当成正常人对待的人，今天她却发现这个人其实很可能用一种异样的目光在看待自己，所以她忍不住愤怒起来，想要去澄清、去解释。

"你说得很对，我确实没有朋友，因为大家都怕我。"

她猛地咬住嘴唇，明亮的眼睛里渐渐染上其他情绪，有自讽，有愤怒，也有不甘示弱。

她指了指自己的眼睛，说道："就是因为它，从小到大我都只能是一个人。因为大家都觉得它可能会招来灾祸，可是没有！它跟所有人的眼睛一样，很正常，它看到的东西都是大家看到的模样，没有什么特别。如果硬要说特别，那只能说它就是一种病，由于虹膜的异色，而造成的一种病。"

千宸想冷静下来以一种聊天的方式慢慢说，可是话一说开，她就忍不住咬牙切齿起来。

民间总有传言，人偶能通灵，能藏各种污秽之物。

每次照镜子的时候，千宸都会痛恨地盯着镜子中的自己看，表情愤怒而忧伤。她恨自己为什么会有一张如同人偶娃娃般精雕细刻的脸，虽然漂亮，但是不是精致过头了？还有这双眼睛，乍看之下确实让人心悸。

这样的她不被大家欢迎是应该的。

千宸虽然能理解，但是每次被那样冷漠无情地对待后，她的心里还是会难受。特别是当一个人生活得太久了，寂寞和孤独会让她忍不住向往能交上朋友。

这种想靠近但又怕受到伤害的感觉是很矛盾的，有时候她都快被这种想法逼疯了。

"我查过资料，这确实是一种病。虽说发生的几率很低，但也不是没有。资料上记载，东罗马帝国的某位皇帝也是一只眼睛是黑色，一只眼睛是蓝色。还有欧美国家的几位知名演员，他们同样拥有一双特别的眼瞳，所以你并不是绝无仅有。"易熙很冷静地说道。

他脸上的表情淡淡的，嘴角甚至还漾着浅浅的笑意。

千宸愣愣地看着他。

良久，她动了动嘴唇，有些不确定地问道："你查过了？这么说，你是相信我的话了？"

"信。"易熙想也不想就脱口而出，而且语气笃定。

"那……也包括其他的？"千宸小心翼翼地问道。

易熙看着她，问道："比如说……"

"比如说……"千宸咬着唇，"关于诅咒的事。"

易熙很认真地思考片刻后，才抬起头，一脸认真地问她："那你呢？有什么想

要解释的吗？总不能大家无缘无故就把矛头指向你吧？

千宸突然警戒起来："你想说什么？"

易熙隐约觉得自己过界了，很有可能已经触碰到她的底线，但他没有要停下来的意思。

"这件事最早是从什么时候传开的？"

"我不知道。"千宸表现出反感。

易熙锲而不舍地追问："是你懂事后，你身边的人告诉你的？还是说你一出生就有高人给你算过命，他们是这样告诉你的？"

"你到底想说什么？"千宸的脸上忍不住露出怒意，"虽然我没有跟你提及过我的家庭情况，但我相信你已经知道我是谁了。既然这样，那我爸爸妈妈的事你应该也都知道了。没错，他们是在生下我还不到三个月就因为飞机事故去世的，而关于我被诅咒的事，也是从那时候传开的。你现在这样说，不会是想告诉我，你也跟那些人一样，认为他们的死是因为我才会发生的？还是说，他们的眼睛都瞎了吗？宁愿相信这种看不见的东西，也不愿意相信那是一场意外？"

这应该是千宸有史以来说得最长的一段话了。

她说完，必须用力地吸上几口气，才勉强将一腔激愤的情绪压下，让自己看起来不至于失态。

"你说完了吧？那现在轮到我说了。"相对于她的激动，易熙的反应显得冷静许多，"父母的事对你的打击很大，对吧？我注意到你每次只要提到他们，反应都会变得很大，上次在酒吧也是这样。"

虽然当时距离有点儿远，但他还是看到了。会突然对她感兴趣，然后朝她走近，或许也是这个原因。那个时候的她看起来异常愤怒、执拗而绝望，易熙像是在她的身上看到了自己的影子。

"那又怎样？"千宸就像只刺猬，浑身竖起了刺。

"不怎么样，我只是在想，如果你真的那么介意，为什么不试着去解释。"

"就算我想解释，也没人会相信的。"千宸异常绝望。"一旦谣言在他们脑子里生了根，就算我说破嘴皮也没用。"

"可是我相信。"易熙笃定地说道。

千宸闻声，身体一僵，猛地抬起头，对上的是他乌黑的双眸。

阳光似乎对他极其偏爱，照在他的脸上，使得他的脸像打上了一层粉底，五官变得更加立体，长相也更加出色，是那种只需要看一眼，就会把他深深地刻在心里的长相。

千宸现在的感觉就是这样。

"你真的相信我？"她的声音有些呜咽，紧张而激动。

易熙如星辰般的眸子里清晰地映着她的影子，薄薄的唇瓣微掀："我……"

"你先听我说完。"千宸突然大声地打断他的话，可是话到嘴边，她反倒迟疑起来。

易熙拿起桌上的水，递到她的面前："这是阿东刚才给我倒的，我还没有喝，你先喝口水冷静一下，等想好了再说。"

千宸的眼睛蒙上了一层水汽，她说："谢谢。"

她伸手接过杯子，放到唇边慢慢地啜了一口。

时间仿佛静止了，四周慢慢安静下来，窗外的鸟鸣声像是被扩大数倍一样，异常清晰空灵。

千宸扭头看向外面，任由阳光照在她的脸上，刺目得几乎睁不开眼，但她还是倔强地不回头，频频眨动眼睛，想要更清楚地看到外面的一切。

片刻过后，她才声音低低地说："我爸爸妈妈很早就去世了，现在我家就只剩下我和爷爷。虽然爷爷很疼我，但他总是很忙。电话视频是我们的联系方式，实际上我一年也见不到他几次面。从小到大，可以说大部分的时间我都是一个人待在一间空荡的屋子里，没有朋友，更没有可以倾诉的对象。"

声音突然停了下来，千宸用力咬住红润的唇瓣，早就蓄满的眼泪同时从眼角流淌而下。

她忍不住哭泣，可是又不想让易熙看见自己脆弱的一面，于是她连忙转过头，着急地擦干脸上的泪水，动作一点儿都不温柔，甚至有些粗鲁。

可是，易熙的目光直勾勾地盯着她。

千宸浑然不觉，深深吸了口气，继续说着："没人告诉我，在学校被同学欺负孤立的话该怎么办。也没人告诉我，当老师讨厌你、害怕你，可是因为畏惧你的身份而不得不对你阿谀奉承的时候，你又该做什么。所以我讨厌看电视，因为不管我转到哪个台，里面都是那些说说笑笑的场景，而这会让我觉得寂寞。我也不喜欢逛街，因为街上到处都是人，他们都太吵了，我已经习惯了安静。"

尽管她努力用一种很轻松的口吻说这些话，可易熙还是能敏感地嗅到那股以她为中心点而散发出来的忧伤气息。

"我可以告诉你。"易熙忽然说道。

千宸不可思议地说道："啊？"

刚才是出现幻听了吗？

"你刚才不是说没人告诉你这些事吗？我可以教你。"易熙看着她，表情十分诚恳。

"啊……"千宸愣住了。

他说他要教自己这些？这真的不是他一时兴起吗？还是说……只是看她可怜，所以心生同情？

"如果你这样说只是因为同情我的话，那我想说，谢谢你，但是不必了。我很好的，真的！我刚才之所以跟你说这么多，是因为这件事压在我心里太久了，我特别压抑，想找个人把它说出来。但是，那也只是我想发泄一下，就是简单的情绪发泄。"

千宸试图向他解释清楚自己刚才的行为，可是本来就嘴笨的她越解释越乱，最后都语无伦次了，让她有种挫败感。

"其实我也不知道自己为什么突然会对你说这么多，我平时也不是特别喜欢说话，有时候我甚至可以一天都不开口说一句话。但是今天，我就像打开了话匣子，突然说开了就怎么都关不住……"声音戛然而止，千宸垂下脑袋，有些沮丧，"好吧，我不说了，今天我真是太反常了。也许你根本听不懂我在说什么。"

她说话的时候，不敢直视易熙的眼睛。

如果她直视了，或许她会发现自己的想法是错误的，彼时易熙的眼睛正闪烁着耀眼的光芒——他对她感兴趣了，有种想抓住不撒手的感觉。

"虽然你说得很乱，不过你不应该侮辱我的智商，我还是能听明白的。倒是你，好像没懂我的意思。"

"嗯？"

千宸一愣，但是眼底的死灰因为他的话而再度复燃。

易熙就像只高傲的孔雀，斜着眼睛瞪着她："既然我是你的救命恩人，那么我受伤期间你是不是应该过来照顾我？"

听着好像是这个道理。

千宸想了想，说道："你希望我过来照顾你吗？你的家人同意吗？毕竟我可是……"

"被诅咒过的"这句话还没有说出来，就被易熙打断了："那些理由在我这里少拿出来，我不信那一套。"他果断地说道，"至于我的家人，你可以放心，某些方面来讲，我和你很像，父亲几年前就去世了，家里只有母亲。不过受伤的事我暂时不想让她知道。"

总而言之，他现在是孤零零的一个，没人可以照顾他。

霎时，千宸忍不住欢喜起来。

"那你的意思是，你住院的这段时间，我可以常来了？"她小心翼翼地问道。

面对她期盼的样子，易熙理直气壮地说道："你不来，谁照顾我？不过下次来可不能两手空空地进来了，我的身体现在可是交到你的手上了，你至少也得给我带点儿能填饱肚子的东西，医院的病号餐难吃死了。"

他眉头一皱，露出一副嫌弃的样子。

"我可以交代家里的用人给你做些好吃的，下次我一块儿带来。"

千宸激动得连声音都有些发颤，脸上那欢快的神色怎么都抑制不住。

"水果。"

"我这就去削。"

易熙刚出声，千宸已经跳起来，飞速去做了。

简直是二十四孝女友……不，是女劳模。

【三】

"喵喵。"

被人遗忘了好久的小猫咪不甘示弱地叫了几声。

千宸身形一滞，望着易熙，迟疑地开口："那个……你要不要先看看小猫咪？"

"猫？"易熙微微一愣。

事实上，他到现在还没有想明白她探病干吗还带着这个小不点，不过，他惊讶地发现自己竟然很难拒绝。

"好吧。"

他的回答让千宸松了口气，天知道她刚才多怕他的回答是"不要"，或者是"我不喜欢猫"。因为她考虑了好久，才决定把小黑带来的。怎么说也是因为它，他们才有机会认识。所以她觉得小黑可能就是自己的吉祥物，把它带在身边，或许能让她的运气变好。可是这些想法她又不好意思跟他说。

事实上，她今天的运气还真是太好了。

易熙竟然会开口要求她留下来照顾自己，这可是她做梦都没想到的事。

此时，千宸的心情十分激动。

"来，小黑，跟我的救命恩人打声招呼。"

还以为她会把小猫咪抱出来，结果千宸连猫带箱整个儿递到他的手上，易熙不由得一愣，帅气的脸上露出迷茫的表情。

"你不能把这个箱子拿走吗？"

千宸白皙的脸上浮现出尴尬的红晕："它不喜欢我，所以……抱歉，可能得你自己来。"

"呃……"

这个理由真够奇怪，易熙都无语了。

知道他可能不信，千宸有些紧张地说道："因为我从小就没有动物缘。不只是人不喜欢我，连动物都不喜欢我。你要是不信的话，我可以证明。"

怎么证明？

易熙还没来得及把疑惑问出，就见她把纤细的小手探入箱子，漂亮的手指刚碰到它的毛，小家伙突然警戒地跳起来，朝着千宸龇牙咧嘴，发出"嘶嘶"的声音。

"啊！"尽管早有准备，但千宸还是被小家伙的凶悍劲吓到，低声叫着收回了手，"看到了吧，它生气了。"

易熙一脸的不可思议，目光在她和猫之间来回打量了几圈后才说："我还以为它是你养的呢。"

说话的时候，他已经把小猫咪从箱子里抱了出来，放在自己的手上，一手抱着它，一手摸着它的头顶，给它顺毛。

千宸脸上的表情有点儿尴尬："不是，它是那天晚上我在街上捡到的，因为下着大雨，它又无家可归，我才把它捡回去的。"

"那名字也是你帮它取的？"

"对啊。"

"就因为它的毛色是黑的？"易熙问道。

千宸略显尴尬地点头："嗯。"

"这理由可真够烂。"易熙表示鄙视。

千宸感觉脸颊一热，又被打击到了。

小家伙成了她迁怒的对象。

"你看我为它做了这么多事，可是它看起来一点儿都不感激。"她瞪着易熙怀里的小东西，嘴巴不满地嘟了起来。

这不经意间流露出来的可爱，让易熙看得眼睛都亮了。

"扑哧"一声，他忍不住笑出来："你还想让它怎么感激你了？是张嘴跟你说'Thank you'，还是给你写一封感谢信？"

"我不是这个意思。"千宸脸红至极，"我就是在想，它其实可以不用那么讨厌我的。至少看在我把它捡回去，不用露宿街头的分上，它能不能喜欢我一点儿？"

像是故意和她唱反调似的，本来被易熙顺毛顺得十分舒服的小家伙，又发出

"喵"的一声，就像在向千宸炫耀一样。

易熙一愣，指着小家伙，难以置信地说道："它在向你示威呢。"

千宸一脸羡慕又无奈地说道："看吧，现在知道我没骗你吧。"

随即，她目光凶狠地瞪着易熙怀里的小猫，鼓着腮帮子说道："你这小东西太不知好歹了，怎么说我也是你的救命恩人，不说'谢谢'也就算了，竟然对我这么凶！你看，你不过见了人家一面，就这样赖在人家怀里，却不让我抱……就你最坏了。"

看她目不转睛地盯着小家伙，一副想讨好但又无从下手的模样，易熙瞬间觉得她太可爱了。

"要不要碰碰它？"

千宸眼睛一亮，问道："可以吗？"

"当然。"易熙架起小家伙的两只前肢，把它送到千宸的面前，"不过你得快点儿，医院不准带宠物过来探病，要是让查房的护士看见，会被没收的。"

小家伙被架在半空，微微蜷着身子。

"可是……"她还是有所犹豫，毕竟之前的经历都太惨痛了，她可不想手臂上再留几道抓痕。见血她倒不怕，她就是怕打针，特别怕疼。

"没事的，有我在，它不敢怎么样。"易熙说完，冲小家伙笑了笑，"对吧，小黑？"

猫咪像是听懂了他的话一样，立马乖巧地抬头冲他"喵"了一声，眼睛弯弯的，很是可爱。千宸当下没忍住，立即伸出手。

"就摸一下，乖乖的好吗？"

她试着和小家伙打商量，语气带着委曲求全，态度也卑躬屈膝，小猫咪微微眯起眼睛，好像在考虑。它衡量了两秒钟后，似乎真的意识到千宸没有恶意，这才放下戒备，懒洋洋地重新躺好，蜷缩着身子，一副任君享用的模样。

千宸整个人激动起来，一直徘徊在半空中的手以迅雷不及掩耳之势探了过去。

当柔柔的顺毛感觉在她手心荡开时，千宸心满意足地露出笑容："太好了，我终于摸到你了，小黑！"

她一笑，好像连阳光都变得灿烂起来。

易熙定定地看着她，有一刻的恍神。

【四】

长长的走廊上，放眼望去，几乎是一片白色的世界。

易熙的病房门口站着四五个女生，她们手里捧着鲜花、水果，以及五花八门的零食、营养品，却鬼鬼祟祟地在门外探头探脑，压根没有要进去的意思。

"啊，为什么她又来了？"

"好讨厌，易熙住院的这几天，她天天都来……"

"这样易熙还怎么休息？他难道忘记自己会受伤，就是拜她这个灾星所赐吗？"

为了确保病人有足够的时间休息，医院在隔音设备上可是花了一番心思，所以除非是大声尖叫，否则里面的病人听不到外面的声音。

而病房的设计也是很人性化的，从门这边开始，会有一段两米多的走廊，而走廊的另一边是厕所，然后才是床铺，以及一些简单的设备。所以站在门外往里看，顶多只能看到病房里三分之一的空间，完全看不到床头那块地方，充分做到尊重病人的隐私。

这些女生几乎把脸贴在玻璃门上，才勉强看到里面的情景。

离门最近的女生一脸嫉妒地说："你们看，易熙对她真好啊，明明那些水果切得很烂，他还照吃不误……这样就算了，易熙干吗还冲她笑啊！"

"我也要易熙对我笑，太过分了！"有女生开始抱怨了。

类似这样的情景，基本上每天都会在易熙的病房外面上演。

吴成和阿东刚过来，一看到这情形，当即有种抚额叹气的冲动。他们也好想问一句，为什么他们每天都要看到这样的场景？为什么？

特别是阿东，他最喜欢跟这些可爱的女生在一起了，可悲的是，这些女生眼里向来都只有易熙。就连站在他旁边向来沉默的面瘫吴成都比他有女生缘。

一想到这些，阿东当即在心里落泪了。

他后悔找了两个比自己帅、比自己有魅力的男生当队友。

"你们看！那个女人在对我们易熙做什么？"一个女生突然惊叫起来，"她竟然在喂易熙吃东西，她怎么可以这样！"

估计是受的刺激太大，本来伶牙俐齿的女生都结巴起来。

"太过分了！"

"不行，我们要合力把她轰出去！"

"可是易熙最讨厌看到我们因为嫉妒而吵架了……"

"啊，怎么办？我不要易熙吃她喂的东西。"

女生们都愤怒起来，完全有挤破门冲进去殴打千宸的可能性。

前台的护士长看不下去，走过来警告道："这里是医院，请你们安静一点儿。要是再这样，我就要叫保安了。"

可惜她的威胁在偶像的影响力面前基本等于零，别说是听话了，根本没人注意到她。当然，除了吴成和阿东。

护士长气得眉毛直抽，指着病房前的女生们，对吴成和阿东下达最后的命令："我不管你们是谁，但是像她们这样严重影响其他病人休息的人，医院一点儿也不欢迎。如果你们不能说服她们离开，我就只能请保安把她们轰出去了。"

话都说到这分上了，吴成和阿东还能怎么办？当然是竭尽全力去说服这些女生离开了，要是等医院的保安出动了，那对谁也不好。

病房前，就在他们为了这事差点儿磨破唇舌之际，病房内的两人却陷入了尴尬的氛围中。

应该说是千宸单方面的尴尬，而易熙乐在其中。

当然，是逗她的乐趣当中。

原因是千宸喂易熙喝粥的时候，碗不小心歪了，洒了一些粥在他的裤子上，正好靠近敏感部位，易熙烫得差点儿跳起来。

当然，只是差点儿跳起来，因为他的脚上还打着石膏。

易熙让千宸扶自己去厕所清洗一下，结果她却理解为让她帮他清理那个地方，然后特别尴尬的一幕就发生了。

"要不然直接换一条吧？"千宸吐字艰难，半天才挣扎着说道。

易熙看着她，淡淡地说道："我的衣服都被他们拿去洗了，他们中午出去就是帮我买衣服的，不过今天下午我们有课，他们最快也要在6点以后才能赶过来。你不是想让我就这样等他们回来吧？"

那也可以啊，反正只是裤子上洒了一些粥而已。

千宸在心里想着，不过她也只敢在心里抱怨，没敢说出来。短暂的几日相处，她已经见识到易熙的口才有多好，她可不想自己稍微说一句，就被他找出十几种理由堵死。

"再说了，我现在就想上厕所，你总不能让我这样忍着吧？这可是会让我憋出内伤的。"易熙冷不防地说道。

"真的忍不了？"千宸的脸颊瞬间红透，一脸难为情。

易熙点头，模样十分笃定。

"那，那好吧，我扶你过去。"千宸头皮发麻，颤抖着手扶他下床，脸红得几欲滴血。

并非千宸一点儿也经不起打击，事实上她有次过来，刚好撞见阿东扶着易熙进厕所。当时他们来不及关门，虽然只是匆匆一瞥，虽然他们是背对着她，可她眼角的余光还是注意到阿东弯着身子帮易熙拉裤子的拉链。

所以，如果她扶他去厕所，也得这样做的话……

光是想着，她就已经感到热气冲天，脸颊烫得几乎要烧起来。

其实那天的情景是，有只蟑螂突然掉在易熙的裤子上，天不怕地不怕的他吓得脸都白了，像被点了穴似的动弹不得，还多亏了阿东施以援手。

像这样的事，易熙怎么可能会跟别人说起呢？还不如干脆给他一刀算了。

所以尽管他知道千宸有所误会，还是坚持不解释。更何况现在看她一副紧张得要死的样子，别提多有趣了，他怎么可能放弃继续逗她的机会？

吴成和阿东进来的时候，千宸刚好扶着易熙走进厕所，全身僵硬，感觉快要石化了。

"你们这是……"

他们俩的脸上挂满了问号。

千宸则像看到救星般瞬间活了过来："易熙说要上厕所，但是脚上打了石膏不方便，你们帮帮他。我刚好家里有事，就先走了，拜拜。"

说完，她逃一般地夺门而出，动作十分利索。

吴成和阿东愣了一下，你看看我，我看看你，脸上疑云重重。他们刚想问清楚，谁知道下一刻易熙就像被人点了笑穴一样，狂笑不止。

"哈哈哈。"

他笑得前俯后仰，眼泪都要流出来了。

阿东还云里雾里的时候，吴成突然明白了，眉头皱起，看易熙的目光变得复杂起来。

他突然有些担心，易熙要是真的喜欢上这个叫千宸的女生，那维希怎么办？她可是从高中开始就一直喜欢着他，可是易熙突然这样……难道他两个都要？

不行。

吴成绝不允许。

第三章

一 吻 定 情

THE
SECRET
IS NOT TIME TO
TELL

CHAPTER 03

【一】

三月份的天气总是阴晴不定，像个闹别扭的小孩，一会儿还是晴空万里，一会儿又是乌云满天。

就像今天，从早上开始，淅淅沥沥的小雨就一直下个不停。飘在空中的雨丝形成一道美丽的风景，透着淡淡的抑郁气息。远处则出现了灿烂的阳光，有点儿像晚霞，将距离天际最近的云染成了橘黄色。

雨丝以30°倾斜的角度落到地上，被阳光一照，当即变成五颜六色，赤、橙、黄、绿、青、蓝、紫各种颜色都有，像霓虹灯，又像彩虹，非常好看。

黑色的朋克风松糕鞋踩在地上，溅起了水花，打着伞的千宸却没有因此而放慢脚步，反而为了让易熙快些吃到她刚买的猪血汤，不自觉地加快了步伐。

可是刚到医院，千宸就惊讶地看见易熙坐在床边收拾东西，旁边还放着一个黑色的背包，那是他这些天用来装换洗衣物的，而旁边还有一些简单的日常用品。

"你……这是在干什么？"

唇边的灿烂笑容忽然僵住，千宸慢步向床边靠近的同时，心里涌起了一股难以言喻的沉闷感。

听到声音，易熙回过头来，棱角分明的脸上露出浅浅的笑容。

"你来得正好，早上医生来看了，说我可以出院。吴成和阿东已经去帮我去办出院手续了，一会儿我就可以走了。"说完，他回头继续收拾东西，安静的模样让人感到生疏。

"你要出院了？"

千宸手里的猪血汤突然滑落，"砰"的一声掉在地上，发出了小小的声音，汤水在她脚下溅起来。

她的心也猛地揪紧了。

易熙错愕地看了地上的猪血汤一眼，又看向她，乌黑的眸子里闪过微妙的神色。

"对不起，刚才手滑了，你要的猪血汤没有了。"千宸心虚地道歉，即使她想掩饰，但还是被易熙敏锐地捕捉到了一丝异样。

他朝她走过来，唇边的笑容也高深莫测起来："真的只是手滑了一下？还是……你舍不得我？"

"我没有。"千宸下意识地否认，可惜速度太快，反而更容易让人起疑，可信度大打折扣。

"真的？"他带笑地问道，轻柔的声音有着催眠的作用。

千宸红着脸为自己辩解："我只是突然听到你要出院，感到意外而已，真的没什么。"

"如果我不信呢？"

易熙弯下腰，朝她逼近，两人几乎脸贴脸。

千宸的心蓦然受到强烈的撞击。

她惊诧之余，猛地向后退一步，还好易熙及时伸出手拉住了她。

她一抬头，分毫不差地对上他的视线，在他晶亮的眼睛里看到了自己的身影。

那个脸红得像苹果的女生是她吗？

千宸整个人都慌了。

这种暧昧的气氛让她的心跳加快，显然已经超出她身体所能承受的范围。她下意识地想要逃跑。

可惜易熙就像她肚子里的蛔虫，一眼就看穿了她心里的想法。就在她准备撤退的时候，易熙却早她一步往床边挪了一下，拉开了两人的距离。

"好了，不逗你了。算算时间，吴成和阿东他们应该快到了，我们动作麻利一点儿。"易熙转过身，突然顿了一下，"不过，千宸，你要记住一件事。没人有义务必须照顾你的想法，更没有责任提醒你。如果你心里真的有想法，最直接有效的

方法就是把它说出来，然后付诸行动，或许你会得到意想不到的结果。但如果你只是一味地把它藏在心里，连承认的勇气都没有，那你注定只能成为一个失败者。"

千宸闻言，微微一愣。

他看穿她了吗？

好像看穿了。

她不由得紧张起来，把头埋得低低的，竟然连直视他的勇气都没有。

"好好想想，什么才是你真正想要的。"

易熙说完这句话，办好出院手续的吴成和阿东刚好进门来。千宸已经无暇顾及他们在想些什么，她满脑子飘来荡去的全是易熙最后那句话——

什么才是你真正想要的。

她在心里一遍遍地问自己，可是答案就像躲在雾里的淘气鬼，时而清晰，时而又看不见它的面目，让她忍不住焦虑起来。

"走吧，来接我的人已经到了，正在楼下等着呢。"

易熙的声音打断了千宸的思绪，她回过神来，刚好看见吴成和阿东一人提着一袋行李往门外走。两人边走边说话，脸上都带着温和的笑容。

顿时，那股怪异的沉闷感再次从千宸的心里涌起，让她的呼吸变得沉重的同时，心里也难受起来。

医院每天挤满了人，当中有病人，也有探病的家属，可是这个时候，她好像听不见周围嘈杂的声音，所有的影像都宛如被打上了马赛克，被缩小着、被模糊着。她的眼里只有前方那个少年挺拔如竹的背影，以及他一瘸一拐但富有节奏感的脚步。

"噔噔噔……"

她的心随着他跨出的每一步而变得越发沉重。

直到易熙坐上那个叫迪哥的人开来的车子，千宸才猛地惊醒，冲上前去。

她终于知道自己要什么了。

"易熙，我们是朋友吗？"

千宸将手按在他想要升起的玻璃窗上。

"啊？为什么这么问？"

易熙侧过头看着她。

"你不是让我看清楚自己，问问自己到底想要什么吗？那么现在我可以告诉你。"千宸把手按在胸口上，表情认真而笃定，"你愿意做我的朋友吗？"

原本以为很难，但是一说出来，她就感到十分轻松。

"遇上你，我真的很高兴，因为你是除了爷爷和又曦外，第一个愿意跟我说话的人，所以我不希望我们的关系就停在这里，我希望以后还能见到你。"

她说得特别诚恳认真，车内的几个男生都被震撼到了。

可易熙只是目不转睛地看着她，帅气的脸上一点儿表情都没有。这让气氛变得无比压抑，可是千宸毫不气馁。

"我知道由于某些原因，我是一个很不受待见的人，你如果拒绝，也是可以理解的。不过，你真的不再考虑一下吗？其实我要的并不多，就是偶尔在路上遇到，不要当不认识我，只是简单地打个招呼也行……这样可以吗？"

如此委曲求全的她，让吴成和阿东于心不忍，就连第一次见面的迪哥也忍不住朝她投以瞩目的目光。

可偏偏男主角还是一副不为所动的样子，他沉默地看了她许久，抿紧薄唇，还是一句话都不说。

这就是他的回答吗？

千宸的心突然被一股绝望包围了，她懂了。

"我想……我已经知道你的意思了，那我们就在这里说再见吧。"

她艰难地扯起一抹笑，本来想让自己离开得漂亮一点儿，但结果还是溃不成军，当声音从嘴里出来，泪水就夺眶而出了。

她转过身，准备像败寇一样逃走之际，易熙清亮的声音却突然响起："我允许你说再见了吗？"

千宸闻声，震惊地回过头，一脸错愕地看着他。

易熙却视而不见，继续说道："你想留下来没问题，可是待在我身边的女生向来只能是两种身份，你确定自己能接受吗？"

千宸的眼里燃起了新的希望："是什么？"

"一种是亲人，另一种就是……"声音一顿，易熙的唇边漾起一抹意味不明的笑意，他把头向外探出一点儿，说道，"当我的女朋友。"

啊！

千宸震惊得差点儿叫出来，幸好双手及时捂住了嘴巴。

如果按他这样说，男女之间只能存在那种关系的话，那么左边正在说话的那对男女是怎么回事？难道他们也是情侣关系？还有学校里的那些男女同学，难道他们之间的感情不是友情吗？还有在公司上班的男女职工，他们的关系又该怎么解释呢？

千宸没有谈过恋爱，也缺乏和别人沟通，所以即使她认为他的话有哪里不对，一时半会儿也找不到理由去反驳。而且她私下里认为，易熙根本没必要，也没理由骗她。

所以她愣住了，不知道该怎么回答他这个问题。

震惊的不只是千宸，还有车内的另外三人。

性子最直、最躁的阿东喊道："开什么玩笑，易熙，你居然找她做女朋友，也太饥不择食了。"话一出口，他才意识到千宸在场，连忙向她解释，"抱歉，我不是说你不好，只是……只是我觉得你们在一起根本不合适。"

千宸拼命摇头，其实她也认同阿东的话，自己这么差劲，他又是那么优秀，怎么看也不像适合在一起的两个人啊！可惜她本来就嘴笨，现在又被易熙的提议吓得失去了说话能力，除了摇头，再拼命点头表示自己也是这样想的之外，她真的不知道该怎么说……

不过阿东倒是被她一会儿摇头一会儿点头的模样弄糊涂了，问道："你到底想说什么？"

千宸还没来得及答话，一向沉默的吴成突然开口，情绪看起来也有点儿激动："易熙，你是认真的吗？"

迪哥虽然也好奇，但毕竟是成年人，懂得分场合，因此只是安静地从后视镜看着他们。

"你确定这是你想要的吗？"易熙并没有理会其他人的意见，而是又问了她一遍。

千宸却只能呆呆地看着他，像雕像一样动弹不得。

成为易熙的女朋友吗？这可能吗？

彼时的她，"震惊"二字已经不足以形容她的心情了。

【二】

四月一到，大家都开始为期中考试忙碌着。

不过，千宸并没有在这个行列之中，因为该复习的功课她早已复习好了。一个人的生活太无聊了，她除了看书就再也找不到其他事情做。

所以，很多时候千宸都会想，她的学习成绩好，估计也是太闲的缘故。

和许多时候一样，下课后大家都有不少活动要参加，可是千宸只能来到校园一处比较僻静的地方，无聊地坐在草坡上，看着天上的太阳向西边一点点地沉下去，而最靠近太阳的地方渐渐被染成橘黄色。

忽然，一双干净好看的大手从后面捂住了她的眼睛，接着耳边响起一个好听的声音，就像晨间和煦的阳光一样温柔。

"猜猜我是谁？"

千宸全身一颤，闻到了一股类似医院消毒水的味道。

"又曦，于又曦！"

几乎不用考虑，藏在内心深处的名字就从千宸的嘴里冒出，而她面无表情的脸上也因为来人而焕发出光彩。

千宸掰开他的手，回过头惊讶地望着他："你怎么来了？"

"自从你上大学后就一直想来看你，可是一直没有时间，难得期中考试结束后会放几天假，就顺道过来看看你了。"他笑着解释道。

"啊，你们这么快就考完了？"千宸有些意外。

"对，因为医学院的课程安排和其他学校的不同，而且考试的方式也不只是笔试这样简单，所以在时间上会和普通学校有些小出入。不过大概的时间也差不

多。"

千宸想想也对，这就好比上大学和读高中，虽说都是在学习，但是区别很明显。

"你知道吗？刚才我还在想，要是你认不出我，我该怎么办。我还真有点儿担心你把我忘了。"于又曦说完，微微一笑，但就算是这样，也无法将他眼底的那丝担忧抹掉。

千宸连忙说道："不会的，我永远不会忘记你的。"

于又曦是她上幼儿园的时候认识的，那个时候其他小朋友都不喜欢她，甚至还欺负她，是于又曦一次次替她出头解围，也只有他肯陪自己玩。

"木头人"是千宸学会的第一个游戏，也是于又曦教的。

于又曦还送她画册，让她把每一天的心情都当成一种颜色填进去。

于又曦每天给她带一颗糖果，他说这东西吃多了不好，但是一天一颗可以让心情也甜点儿。

于又曦知道她不喜欢吃鱼肉，每次都会变着法子哄她多吃一点儿，说这样才会长得快。

于又曦也不知道从哪里听说她晕水，于是每次上游泳课，他就担起护化使者的责任，保护她，还教给她许多克服的办法。

于又曦还告诉她，人死后会飞到天上，变成一颗星星。所以有段时间千宸很喜欢在夜晚仰头看天上的星星，那一刻，她觉得爸爸妈妈原来一直在自己的身边从未离开过。

除了这些，还有很多很多……

千宸所知道的许多事，几乎都是于又曦教的，所以他对千宸来说，是一个特殊的存在。

但是很遗憾，出身医生世家的他必须听从家人的安排，为了上最好的医校，他只能在指定的学校接受教育。从那时候起，千宸想要见他一面就变得困难了。不过，这并不代表她就会忘记他。每年她过生日，他不是都会特意赶回来替她庆祝吗？

所以千宸总觉得于又曦其实没有真正离开过，他一直都在。

"真好，千宸还是和以前一样，我很开心。"

于又曦温柔地摸了摸她的头发，眼神流露出一种比迷恋更复杂的情绪，那是千宸看到后所无法理解的。

她的眉头微微皱起，仰着下巴看着他，问道："没变到底是好还是不好？"

以前他经常说："千宸，你太单纯了，这样的话，我怎么放心到另一个城市去读书？"

所以突然再听到他说这句话，千宸直接把它归类到贬义了。

于又曦却看着她笑了笑，什么都没说，目光越发复杂起来。

他故意岔开话题："对了，听说爷爷最近花高价从美国请来一位名教授，专教你企业管理，是真的吗？"

于家和千家是老交情了，家里的两位大家长经常会互通电话。自从医院的事都交给他爸全权处理后，爷爷在家闲着没事就常打电话给千宸的爷爷。这事他也是不久前才听爷爷说起的。

千宸点头说道："你知道的，爷爷一直希望我以后能接管公司，所以对企业管理这块，他从来没有放弃让我停止学习，只要找到机会就想磨炼我一下。只是我对商业真的没什么兴趣，所以效果不大，爷爷可能是着急了吧。"

于又曦明白，就是有点儿心疼她。

"真是辛苦你了。"他习惯性地伸手摸了一下她的头，问道，"对大学的感觉怎么样？"

千宸没有躲避他亲昵的动作，叹了一口气："你知道的，我……"

于又曦眉毛一挑，立即了然："怎么了，还是和大家相处不来吗？"

千宸苦笑一下，但还是坦诚以告："就和那个时候差不多，他们都怕我。"

于又曦眉头蹙紧，说道："还是因为诅咒的事？"

千宸点头，一副无所谓的样子，可是于又曦看起来比她还要气愤。

"这些人还真是无聊，一件莫须有的事也能传这么多年，难道他们的嘴巴就不嫌累吗？"

"噗！"千宸忍不住失笑，"其实还好啦，反正我都已经习惯了。"

尽管她在努力掩饰，可于又曦还是能一眼看穿她的伪装。

其实他心里一直都知道，千宸很想和周围的人做朋友。她一直都在努力，可是没人愿意给她这个机会。

"放心吧，我相信早晚有一天会有人发现你的好，从而愿意跟你做朋友的。"于又曦握住她的手，鼓励她，脸上的表情认真而严肃。

他的话却让千宸想起了易熙。

她已经好久没跟他联系了，也没有见过他。可是那天的事一直在她的脑海里挥之不去，现在又曦刚好回来了，或许她该请教一下他。

迟疑了好久，千宸才小心翼翼地开口："那如果……是女朋友呢？"

"噗——"

于又曦刚刚灌进嘴里的矿泉水，就这么全数喷了出来。

"你问这句话是什么意思？"他的脸色突然沉了下来，一颗心忽上忽下，变得很不安。

"就是我们学校有个男生问我，要不要当他的女朋友……可是我不知道该不该相信他的话。"千宸吞吞吐吐地说完这句话后，脸颊已经红透，像极了树上熟透的红苹果。

"砰——"

原本好好拿在于又曦手里的矿泉水瓶霎时被捏瘪了，水喷得千宸满脸都是。她惊叫一声，连忙躲开，以至于没听到于又曦那声咬牙切齿的咒骂。

"浑蛋，竟然趁我不在捷足先登了！"

这时候，太阳已经沉下去三分之二，大片的天空被染成了橘红色，就好像画家手中的水彩。

风比刚才大了许多，风一吹，卷起了地上的枯藤残叶，也吹落了斜上方栽种的紫丁香的花瓣，一片又一片，美得像乱舞的紫精灵。

可是在这样的美景前，于又曦无力欣赏，他的心情糟糕透了。

"你说清楚一点儿，这到底是怎么回事？"他的脸色很难看。

千宸用手抹掉脸上的水珠，琢磨了一会儿，在他再三的催促下，终于笨拙地把关于易熙的一切都交代了，其中还包括他们最后一次见面时说的话。

于又曦听完，脸都绿了。

"我还是第一次听说这种事。要是男生和女生之间除了亲人就只能是那种关系，那这个世界不就乱套了？"

于又曦很少生气，但是生起气来很有震慑力。

千宸不禁被他的气场吓到："所以你的意思是……"

"他在耍你呢。"于又曦果断地下了结论，"一般来说，男生和女生除了可以是恋人，当然也可以只做单纯的好朋友。就拿我和你来说，我们从小一起长大，感觉很好。那么在你心目中，你是不是也把我当成你的男朋友了？"

其实于又曦问这句话是有私心的，他在试探千宸，想知道她把自己摆在哪个位置。所以问完这句话后，他只觉得心跳如擂鼓。

可是他高估了千宸的反应。

她的思维显然和常人不同，她关心的重点根本和他关心的不同。

"也就是说，我可以和他做朋友，不一定是男女朋友那种关系？"千宸的眼睛猛地变得明亮，精致的面容焕发着夺目的光彩。

"啊？"于又曦愣住了，完全没有想到，她居然会自动忽略他后面的问题，还忽略得这么彻底。

"又曦，谢谢你告诉我这么重要的事情，这对我而言实在是太重要了。"千宸感激地握住他的手，毫不吝啬地冲他粲然一笑，笑容犹如盛夏的阳光，明媚而刺眼。

可是，于又曦的心里布满了疑云。

"你看起来好像并不想当他的女朋友，如果他真像你说得那么好，为什么还要犹豫？"

"就是因为他太优秀了，像我这样的人，怎么有资格站在他的身边呢？他值得更好的人。"

于又曦仔细地看着她，想从这张精致的脸上找出一丝说谎的痕迹，最后他却失

败了。千宸的神态足以证明，刚才的那番话完全是发自她的肺腑。

突然，他有点儿羡慕那个叫易熙的男生，居然能在短短数日之内，就把千宸的大部分注意力都吸引了。

有机会他真想见一见这个男生。

"你也不用这样贬低自己，在我看来，你比许多人都要优秀，只是你自己不知道而已。"于又曦的表情突然一变，"千宸，你想过要谈一场恋爱吗？"

"啊？"千宸眨了眨眼睛，"为什么突然这样问？"

"因为你已经到了该谈恋爱的年龄，有时候我会忍不住想，你喜欢的会是什么样的男生，有没有对谁憧憬过。"于又曦说这话时，心里咯噔一下，心跳忍不住漏了半拍。

"喜欢什么样的男生……"

千宸稍微动了一下脑筋，结果一张熟悉的脸庞嚣张地出现。那是一张星味十足的帅气脸庞，眼睛是细长的，眼角微微上吊，看人的时候哪怕只是随便一瞥，都是电力十足。

没错，这人就是易熙！

千宸很惊讶，自己为什么会想起他？

这种感觉太不可思议了，毕竟他们才认识不久。可是她又觉得理所当然，因为就在大家都躲着她、围攻她的时候，只有易熙愿意出面帮她。像他这么好的人，又是这么优秀，想不喜欢都难。

她眼神迷离地看着前方，虽然嘴上没有说什么，但是于又曦瞬间明白了许多事。他觉得自己以后应该多抽出一点儿时间来陪陪她，常跟她联系，这才能促进两个人的感情。

要不然再这样下去，他的千宸真的有可能会喜欢上别人，到时候他就真是欲哭无泪了。

【三】

放学后，学生们三五成群地从英式风格的校门口鱼贯而出，大家的脸上都挂着轻松的笑容。

当三个帅气的少年从眼前经过，千宸立马出声喊住了当中的一个人。

"易熙！"

声音有点儿耳熟，易熙闻声，下意识地停下脚步，回过头朝着声音的来源处望去。

他看到几米外的千宸躲在一棵大树的后面，好像不想被人认出来一样，鬼鬼祟祟的，但是表情很激动。

"那不是千宸吗？"旁边的阿东嘴快地说道。

易熙不满地瞪了阿东一眼，这才迈开双腿，朝树下的少女疾步走去。

千宸穿着学校特制的校服，风一吹，吹动了她的裙摆，也将她乌黑柔顺的长发吹到前面来，黑白相衬，这让她的肌肤看起来更加白皙。

阳光从枝叶的间隙照射下来，星星点点般洒在她的身上，点缀了她的衣服。

"你找我有事？"易熙在她的面前站定，轻声问她。

精致的面容带着淡淡的红潮，千宸勇敢地对上他的视线，说道："关于你上次说的问题，答案我已经想好了。"

"什么？"易熙愣了一下，才想起她指的是哪件事，"哦，你说的是那件事啊。"

离最后一次在医院见面已经过去二十天左右，他脚上的石膏早拆了。易熙原本以为她已经作出选择，那就是离他远远的。毕竟从那次后，易熙确实没再见过她，他一直以为是千宸故意在逃避，没想到她现在才跑来告诉他已经有了决定。

这样的话，他是否可以期待一下？

"那你最后的答案是同意做我的女朋友？"易熙说这句话时，嘴角带着自信的笑容。

"不是。"千宸摇了摇头。

易熙露出惊讶的表情，说道："不是？那你来找我是……"

他好像高估了自己的魅力。

"我是想告诉你，你的观点是错的。"千宸表情肃穆地说道，"又曦说，男女

之间是可以单纯做朋友的，如果人人都是那种关系，那世界岂不是乱套了？"

说完，她有种轻松的感觉。

自从在于又曦那里得知真相后，她就迫不及待地想跑来告诉他答案，所以于又曦前脚刚走，她后脚就来找易熙了。

可是易熙听完她的话后，眉头微微皱起。

又曦？这又是谁？

他发现，听到这个似乎是男生的名字后，自己居然有点儿不爽。

"所以呢？你想说什么？"

"我想说的是，既然别人可以只做好朋友，那我们也可以，并不一定是恋爱关系。"

千宸并没有指责他的意思，而是单纯地这样认为。

易熙从她的脸上就可以看出来。

他目不转睛地看着她，许久才问道："你讨厌我？"

"啊？"千宸愣住了，不明白他怎么会突然这样问，"不讨厌啊。"

相反，她还很喜欢他。

"既然不讨厌，那你为什么要拒绝我？"易熙咄咄逼人地追问。

"那是因为……我是一个不受欢迎的人。"千宸垂下头，露出沮丧的表情，"你忘了他们口中有关我的故事吗？"

易熙却看着她，沉默了很久，才咬牙切齿地问道："这就是你拒绝我的理由？"

是她看错了吗？易熙看起来有点儿生气。

"当然，我还有点儿私心，我觉得像你这么好、这么优秀的人，应该值得拥有更好的女生。"

千宸很坦诚，而她从来都不知道怎么去爱一个人。

恋爱不是应该从学会爱一个人开始吗？

风吹过，吹起了两人的衣角，也吹起了两人的发丝。

易熙忽然想起她第一次为自己削苹果的情景，那个时候，明媚的阳光从窗外照射进来，照在她比平常人还要白儿分的脸上，让她的肤色儿乎胜雪。她低着头，正认真地在跟手里的苹果"战斗"，樱桃般的小嘴边情不自禁地露出一抹浅浅的、可爱而又甜美的微笑。

笑容很浅，仿佛窗外的风再大点儿，就能将它吹破，像玻璃般易碎。

或许就是这样吧，那时他才会看得特别仔细，总觉得这种易碎的笑容很美。

易熙邪魅地笑道："或许你说的都没错，别人是这样的，但是我跟那些人不一样。如果你想跟我在一起，那我们只能是那种关系。"

扔过来的是选择题，可是不管怎么看，答案似乎只有一个。

千宸有些着急了："你真的不再考虑考虑吗？你是那么优秀，所有人都喜欢围着你转。而我呢，别人见了我都只会躲开。虽然我也一直在否认自己是不祥之人的事实，更不相信什么接近我就会受到诅咒这样的事，可是我们第一次见面的时候，就是因为你帮了我，你的脚才会受伤的。"

这事易熙当然没忘，脚被打上石膏的滋味简直糟透了，但是……

"那次的事件只是一个意外，如果不是地震，也不会发生踩踏事件，这与你无关。"

千宸急得声音都带着哭腔："不是这样的，就算那次是意外，那以前呢？以前和我有过接触的人，或多或少都会发生一些事……就像爸爸妈妈，他们也是在生下我不久，就发生意外去世的。这一桩桩、一件件，凑在一起也许就不是意外了。"

想到从小到大的遭遇，千宸的面色瞬间变得苍白。

"那你就当我喜欢挑战吧，因为……"易熙俯下身，修长的手指落在她粉红色的唇瓣上，"在酒吧的时候，我们就已经吻过了，按理说，我们是不是都应该为对方负责？"

"啊？"千宸震惊不已，"啊——"

她的脸颊以最快的速度涨红。

虽然他说的是事实，可是……可是……

千宸想解释，然而嘴巴像被灌了沿一般，吐字困难。每每话到嘴边，却又觉得百口莫辩。

那可是她的初吻啊……

这辈子，就算到老到死，她应该也不可能忘记双唇相碰的那个瞬间吧？

不过，那是千宸的初吻，并不代表也是易熙的初吻。

深知他各种事的阿东和吴成听到这里，都忍不住出声阻止："易熙，你疯了吗？如果你和千宸在一起了，那阮维希怎么办？我不同意！"

维希可是等了他三年，一个女孩的青春能有几个三年？他背负得起吗？

可易熙仍固执己见，他对千宸说道："所以这是老天要让我们在一起的，你不能反抗。"

不管过去的种种，曾经发生的或是现在遭受的，他都想帮她改变。

这是他的私心。

第四章

融入对方的生活圈

THE
SECRET
I S   N O T   T I M E   T O
TELL

CHAPTER 04

【一】

距离约定的时间已经过去五分钟了，千宸拼命地往学校门口跑去。

风从身边吹过，在耳边呼呼作响。

她感觉自己的脸颊被风刮得有些疼，一口气从教学楼跑到校门口，过度的运动让肠子都要打成结了。可是她没有停下来，她怕易熙等久了，更怕他等到不耐烦先走了。

如果这样，他是否也会像其他人一样，开始讨厌她？

不，千宸绝对不允许这样的事发生！

她跑得快要断气的时候，那两扇英式风格的大铁门慢慢地从一堆建筑物中露出头来。

一辆惹眼的黑色重型哈雷车就停在那里，而手里抱着头盔斜靠在哈雷车旁边的少年，就是星巴艺校的人气王、校草兼偶像、未来有可能成为娱乐圈巨星的易熙。

他无视周围炽热的目光，和他的哈雷车一样酷毙了。

还好他还在……

千宸到的时候，整个人都要休克了。她弯着腰，双手撑在膝盖上，剧烈地喘气，大口地呼吸着，模样要多狼狈就有多狼狈。

"我本来是……是可以走的，但是爷爷打来电话，所以我迟到了……对不起。"

她结结巴巴地解释，脸上早已布满了汗水，额前的头发也被汗水打湿了。

"你一路跑过来的？"

易熙惊讶地看着她。

千宸点点头，随后才发现自己还弯着腰，易熙是不可能看到的，于是马上抬起头来。

"因为……怕你等急了。"

易熙这才发现，她的脸色惨白得可怕，整个人就像从水里拎出来的一样，几乎全身湿透了。

霎时，他心里最柔软的地方好像被什么东西碰了一下。

"下次不用跑这么急，既然跟你约好了，我就不会先走。"说完，易熙像是又想到什么，连忙补充一句，"哪怕一直等下去。"

千宸微微一愣，感动得眼圈泛红。

"走吧，吴成他们还在等我们呢。"

说着，他将早已准备好的女性头盔扔给她，那是他们确定关系后，易熙专门为她准备的。

"嗯。"千宸忙不迭地点头应道，唇边的笑容忍不住无限放大。

想起第一次易熙约她放学后一起去旧宿舍练歌的情景，她高兴得要飞起来了。那种心情，翻遍整本词典都无法找到贴切的词来形容。更别提当她看到易熙骑着哈雷车出场时的心情了，那简直帅到天妒人怨。

也是那个时候，千宸才明白易熙为什么那么受欢迎了，特别是受女生的欢迎。

周围窸窸窣窣的声音越来越大了，众人议论纷纷。

"你们看，真的是千宸！"

"都说易学长在跟她交往，果然是真的！"

"太过分了，她这是想把灾难带给易学长吗？"

"你们还记得易学长右脚打石膏的事吧？听说就是她害的，那还是他们初次见面！"

"啊！这么可怕，易学长这是拿生命在跟她来往吗？"

"对啊，你们看她的样子多可怕，两只眼睛的颜色不同，皮肤又是近乎病态的惨白，这样的人还算个正常人吗？"

"哎哟，你们都别说了，再说，今晚我一定会做噩梦……"

"她也一点儿都配不上易学长……"

议论声演变到最后几乎沸反盈天，千宸就算想装作没听见都没办法了。

算起来，从他们确定关系的第二天开始，这样的事一天总要发生几回。

一个是校园人气排行榜第一，一个是校园话题排行榜第一，他们的事一经传播，知名度大增的同时，有关他们的话题也不曾从论坛首页置顶的位置掉下来过。

同样，一直伴随着千宸的那些负面谣言，也有愈演愈烈的趋势。

她忍不住通过后视镜看了一下自己的现状，额前的头发已经全部湿透，贴在她的额头上，黑与白的对比，让她的肤色看起来苍白得可怕。再加上那双不同于常人的双色瞳，用"诡异"和"惨不忍睹"来形容都不为过。

这样的人，哪有什么值得让人爱的地方？连她自己见了都想逃之夭夭。

千宸准备坐到车后座，却愣住了，沮丧到想哭。

她有些无地自容。

"要不你先走吧，一会儿我再自己过去。"

她实在没有勇气以这副狼狈的模样坐上他的车，招摇过市地穿梭在校园里。

"嗯？"易熙闻声回过头，视线投向不远处那几个议论纷纷的人身上，黑色的眸子闪过一丝了然，"如果这样就介意别人的目光，那以后当我们站在舞台上，面对那些不支持我们的人，还有那些难听的话，那你该怎么办？"

"呃……"千宸被堵得哑口无言，"可是现在情况不一样。"

对她来说，他的事才是最重要的。她不想易熙因为自己而必须面对一些难堪的事情，这只会令她更加痛恨自己的与众不同，以及对现状感到无能为力的自己产生的厌恶情绪。

"都一样。"易熙斩钉截铁地说道，"别人怎么想是别人的事，你只要清楚自己在做什么就行，其他的都不必理会。"

千宸觉得易熙说这句话的时候既果断又迷人，害得她的心脏也漏跳了一拍，微微掀起的唇挣扎了半天，却吐不出半个字来。

易熙不算温柔地夺过她手中的头盔，替她戴好，接着用巧劲拉着她上车。

"明天就是星期六，我们今天最好先把新歌练熟了，明晚上台演出时才不会出错。所以不管你现在还有多少想法，通通把它们收起来，现在我们没空去理他们。"说话的时候，易熙已经迅速给自己戴好头盔，然后潇洒地上了车，再次发动车子，"坐好，我们要出发了。"

千宸看着他宽阔的背影，刚刚还很气馁的心情又一点点地平复过来。

两人做朋友后，每逢星期六晚上，易熙都会要求千宸一起去零点酒吧听他唱歌。虽然不是第一次去，可千宸每次还是被客人高昂的情绪吓到。那些人和他们的音乐一样充满了激情和力量。

不过千宸心里仍然充满了感激，她感激易熙将自己带入他的生活圈，让她体验到那些不一样的人生。那个世界对她来说充满了新奇，也带着致命的吸引力。

怎么办？

她对他的喜欢好像又加深了。

好希望车子能一直开下去，目的地可以再远一些，这样她就可以抱得久一点儿。

【二】

旧宿舍位于学校西区后面，平时这里根本不会有人来，易熙他们便利用这空旷的场地来练歌。

易熙刚坐下来，他的手机就响了。

和往常一样，他扔下一句"你们先开始"，就出去接电话了。

"又是这个时间段打来的，喂，同学，你知道这电话是谁打来的吗？"阿东口不择言地问道。

习惯归习惯，但是千宸心里其实是很反感的，不过阿东是易熙最好的朋友，她不希望因为这些小事情而让易熙感到为难、心烦。

她轻轻地摇头："我不知道。"

"你们这阵子不是天天在一块儿吗？难道他一句话都没有透露过？"阿东摆明了不信。

其实千宸也注意到了，每天黄昏一到，大概5点左右，易熙都会接到一个神秘

电话，而且接完电话后，他的脸色就会变得很难看。千宸原本以为吴成和阿东他们应该知道一点儿内幕，但是现在看来，他们知道的不一定比她多。

不只这样，千宸还发现了一件事，那就是每到星期三晚上，易熙就会玩失踪，不仅找不到人，打电话他也不接。易熙给她的感觉越来越神秘了。

"他没说，我也没问。"像是想到了什么，千宸突然眨着眼睛问道，"这需要问吗？"

阿东都无语了。

如果两人的身份对换一下，有人天天往自己男朋友的手机打电话，而他还一副鬼鬼祟祟的样子，他才不管什么后果不后果的，撕破脸也得把这件事搞清楚。

"都不知道易熙是看上你哪点了，居然笨成这样，连瞎子都知道维希比你强，可是他选了你，他比傻瓜都不如！"阿东生气地说道。

千宸耳尖听到了，还是被打击了一下。

"阿东，你的话太多了，不是什么人都可以拿来跟维希比的，那还得看对方有没有资格。"一向沉默的吴成忽然开口。

可是这看似温和的口气背后，千宸却嗅到一股"盛气凌人"的硝烟味。

"那个叫维希的……是个女生吧？"她择重点问道。

阿东看着她，讥笑道："还不是笨到不可救药嘛，居然能猜出维希是个女生，不错哦。"

千宸的脸蓦地一红，有些尴尬。不过她记得易熙曾经说过，能待在他身边的女生只能是两种身份，一种是亲人，另一种就是女朋友。而她已经是他的女朋友了，那么这位叫维希的女生跟易熙的关系是……

"她对易熙来说是个特别的存在。"吴成就像她肚子里的蛔虫，一开口就语惊四座。

千宸露出惊讶的表情，她想到于又曦。对自己来说，于又曦也是个特别的存在。那么易熙和阮维希也是这种关系了？

思及此，千宸松了口气。

虽然这时候她还不懂这样的情绪被专业人士称为嫉妒心理。

"那她跟易熙是……同学？"她抿着唇，小心谨慎地问道。

阿东用一副看怪物的表情看着她："不是吧？你真的不知道维希是谁？阮维希，舞蹈系A班的阮维希，芭蕾跳得特棒的那个。"

千宸眨着眼睛，一脸抱歉："听起来好像真的很厉害。"言下之意就是她还真的不知道学校有这个人。

闻言，阿东几乎要吐血。

他有些懊恼地翻了一下白眼，恶声恶气地说道："她虽然还是个学生，但已经是国家认可的优秀芭蕾舞者，经常要飞往各地参加比赛，而且每场比赛经常名列前三，像这样的人，你说厉不厉害？"

阿东嗤之以鼻，毫不掩饰心中的鄙夷。

千宸虽然性格内向了点儿，但这并不代表她的智商有问题。阿东和吴成不喜欢自己，其实她早就看出来了。她甚至还在想，是否他们也跟其他人一样，是因为那些不实的谣言而排斥自己，但是现在看来，原因只有一个，就是有关那个叫阮维希的女生。

"确实很厉害。"

千宸认同地点头，眼睛睁得大大的。

可就是她这坦然的样子惹怒了阿东。

"老实说，我真不懂易熙为什么会选择你。先不说你自身的条件，我们就谈谈他和维希吧。他们俩从高中就认识，不管是外表还是内在，都很合适。维希不仅芭蕾跳得好，人也甜美漂亮，性格还特别温柔。像她这样的女生，简直就是我们男生心目中的女神，偏偏你在这个时候出现了。"

他的话里充满了指责的意味。

千宸浓密的长睫毛垂了下来，一副比他还迷茫的样子："其实我也想知道原因。"

毕竟开口要求建立这层关系的人是他啊。

明明给了她选择权，可是能选择的答案永远只能是一个。现在事情发展成这样，也不是她能做主的吧？

就拿她为什么会出现在这里的事说吧，还不是因为易熙的一句"陪我""就算不说话，静静地待着也行"，她就不得不来。

因为她没办法拒绝他的任何要求，哪怕这个要求是任性的，是不可理喻的，她都办不到。

良久，她轻声说道："那个叫维希的女生一定很喜欢易熙吧？"

而你们也很喜欢她，是吧？

后面的问题千宸并没有问出口，因为答案几乎可以肯定。

黑色的眸子里突然闪过一道异样的光芒，吴成抬起头瞥了她一眼，表情有些惊讶。因为他注意到，千宸问的是维希是否喜欢易熙，不是易熙对维希怎么样，这两者可是有很大的区别。

"是，她是很喜欢易熙。虽然易熙从没有对她承诺过什么，但是他对维希向来很不错。而且你觉得像易熙的性格，如果不是打心底里接受对方，又怎么会容忍别人待在他身边，而且还是这么多年？"

千宸的身子陡然一僵，因为她知道吴成说的是事实。

易熙就是这样一个人，表面上悠然自得，有点儿张扬，又有点儿玩世不恭，实际上却冷漠得要命。除了吴成和阿东之外，他没有其他朋友。不管是谁跑来跟他搭讪，不是摆出一副爱理不理的样子，就是像那些出道的明星一样，老奸巨猾地打起太极。别说是攀交情了，就连好好讲话都困难。像这样的人，不是孤僻到一定的程度，那又是什么？

"最重要的是，你还记得易熙对你说过的话吗？他说，在他身边的女生，除了是亲人以外，就只能是那种关系了。而维希跟他并没有血缘关系。"

吴成后面的话就像一颗定时炸弹，突然在千宸的心里炸响了，硝烟弥漫，一片狼藉。她的眼睛睁得大大的，一双与众不同的眸子里慢慢浮现出受伤的情绪。

——你想留下来没问题，可是待在我身边的女生向来只能是两种身份，你确定自己能接受吗？

——是什么？

——一种是亲人，另一种就是……当我的女朋友。

昔日的对话言犹在耳，千宸怎么可能忘记。

纤瘦的手掌轻轻地按在心脏的位置，她觉得那个地方好像被什么尖锐的东西重击了一下，伤口不大，但很深，特别痛。

"所以趁现在还来得及，赶紧离开吧，这对你对他都好。"吴成特别残忍地说道。

也许他说的是事实，可是……

千宸放在心脏位置的手突然握紧，她很平静地说道："好像没办法了，因为那里一直有个声音在说——不想走。"

【三】

易熙接完电话回来，就发现气氛有些异常。

其中最为明显的是阿东，平时话特别多的他这会儿安静得嘴巴就像被针缝起来似的，让人想看不出端倪都难。

而练歌期间，千宸的手机一直响个不停。

怕打扰到他们练歌，千宸只好走到外面去接电话。

长长的走廊空无一人，空气中弥漫着一股淡淡的霉味。

纤细的手指快速地在屏幕上一划，于又曦介于青涩与成熟之间的帅气面孔顿时出现在屏幕上。

他的眼眸很黑，但也很亮，像夜空中的星辰，十分耀眼。

"怎么这么久才接电话？没发生什么事吧？担心死我了。"于又曦着急地说道。

或许连千宸自己都没有注意到，当她看到于又曦熟悉的面孔后，脸上的表情一松，不自觉地露出浅浅的笑容。这让她整个人看起来有活力了一些。

"没什么，只是刚才有些不方便。你找我有事？"

"没事就不能打电话给你吗？"

于又曦故意不满地反问。

千宸急忙说道："当然可以，我不是那个意思。"

"昨晚我给爷爷打电话，他说你最近不常在家，你到底在忙什么？这阵子感觉你变得有点儿不像以前的你了。"

千宸心里一惊，说道："爷爷生气了？"

"没有，不过他很担心你。"于又曦顿了一下，才接着说道，"千宸，你老实告诉我，这段时间你是不是一直都跟那个人在……"

"你在跟谁打电话？"

身后突然响起一个清冷的声音，把又曦的话打断了。

千宸惊诧地回过头，正好看见易熙从门口走过来，身形挺拔如竹。

"我在和朋友讲电话。"

不知道为什么，易熙的目光让她莫名的紧张和心虚。这种感觉就好像她背着他在做坏事，却被他当场捉到。但是，她和又曦打电话好像没有什么不对吧？

"朋友？"

声音落下的时候，易熙刚好在她的面前站定。他眉头微皱，看起来不大相信。

视频彼端的于又曦也看到了他，问道："千宸，他是谁？你怎么会跟他在一起？"

他的询问让千宸猛地想起好像还没有正式给他们介绍一下。

"他是……"

不过，她才说出两个字，就看见一只大手从眼前伸过，抢走她的手机，然后——

挂断电话？

是的，易熙果断地替她把电话挂了。

千宸睁大眼睛，不可思议地望着他："易熙……"

"刚才那个人是男的吧？"易熙冷着脸，再度打断她的话。

千宸一愣，没反应过来："嗯？"

刚刚他应该看到了又曦吧，那这样明知故问是……

"身为别人的女朋友，不应该和其他男生有牵绊，哪怕只是普通朋友，那也是对男友的一种不忠哦，千宸。"

易熙唇边噙着笑，笑容虽然迷人，声音也很温和，可是不知道为什么，千宸感到一股凉意从尾椎骨窜起，一路爬上她的背部，拔凉拔凉的，让她打心底里感到害怕。

"我没有啊……"

她也不知道自己在否认什么，只是当她看到易熙不悦的表情时，她下意识地这样说了。毫无理由可言，有的只是身体的条件反射。

"是吗？"

易熙脸上的笑容没变，可是千宸心里的恐慌更甚了。

她急着想说点儿什么证明，可是易熙并没有给她机会。

"我们回去，吴成他们还在等我练歌呢。"

易熙说完就转身回屋，可是他并没有把手机还给千宸，而是塞到自己的口袋里。而千宸只能眼巴巴地看着，愣了好几秒钟后，她才艰难地挤出一个字——

"好。"

虽然她没有谈过恋爱，也相信易熙的话一定没错，可是，这对又曦是不是有点儿不公平？

当天晚上，千宸回到家后就用家里的座机给于又曦打了个电话道歉。

结果于又曦听完她近期发生的事情后，整个人都疯狂了，情绪激昂地说道："什么？你居然答应做他的女朋友？那个卑鄙的家伙！"

千宸不高兴地说道："易熙不卑鄙，他人很好的。"

闻言，在千宸面前一向十分温柔的于又曦差点儿骂脏话了。

趁他不在捷足先登，这种行为不是卑鄙是什么？

于又曦心里气得要命，偏偏千宸一点儿都不能理解他的心情。这让他的心情糟糕透了，同时也心急如焚。本来他是计划着等两人都毕业了，他再向千宸表白，接着求婚，一举将两人的婚事定下，结果没想到中途却蹦出易熙这个程咬金。

看来他不能再一直沉默下去了，如果再不主动出击，他真的有可能会失去千宸。

"千宸，下个月就是你的生日，对吧？"

虽然不懂他突然问这个干什么，千宸还是如实回答了。

"嗯，6月11日。"这天除了是她的生日，还是世界人口日和中国航海日，非常好记。

"还有一个多月的时间准备，应该来得及。"于又曦垂着头，嘀咕了一句。只是当他再抬起头来，眼神却充满了自信，"千宸，你生日那天我想到要送你什么惊喜了，敬请期待吧！"

"啊？"

千宸好奇地应了一声，那边却已经挂断了。

【四】

漆黑的夜空就像一幅染上浓墨的水彩画。

洁白如雪的明月高高地悬在空中，似明镜般透亮。在它的周围，稀疏的星星频频做着眨眼睛的动作，看起来就像个调皮的小孩。

街上五颜六色的灯已经全部亮了起来，照得人眼花缭乱。

这里是这座城市最著名的红灯区，也是人群最为密集的地方，隔着几家店就能看见酒吧，或者是量贩式K歌的地方。

突然出现的千宸显得和周围的气氛格格不入。

本来她和易熙约好要一起来酒吧的，但是千宸想起有些事要去处理，就只好过来了。

一进门，震耳欲聋的重金属音乐立即将她包围住，炫目的灯光忽明忽暗，满场闪耀着，疯狂的人群正兴高采烈地跟随着节奏扭动着身体，气氛高涨到几乎掀顶。

而她的耳朵和心脏还没来得及适合周围的环境，一个服务生打扮的少年就托着盘子朝她走了过来，满脸笑容。

"欢迎光临，请问几位？"

千宸腼腆地说道："我是来找易熙的，我们事前约好了。"

虽然已经陪易熙来过几次，不过这里的人太多了，而且她也有意避开别人，所以大部分的人都不知道她就是易熙的朋友。

"这样啊，要不你先到那边等吧？他们刚登台，最快也要半个小时才能结束。"

服务生的态度很好，这让千宸紧绷的神经稍微放松了一些。

"好的，谢谢。"

在服务生的引领下，她来到吧台角落的位置，这里虽然离舞台有点儿距离，但是相对的，音乐声也没那么吵，千宸挺喜欢这里的。

"不介意的话，我帮你点一杯果汁，你可以边喝边等。"

服务员好心地提议。

千宸虽然不喜欢这东西，但是比起啤酒来，果汁已经变成她唯一的选择了。

"那就来芒果味的吧。"

"好的，你稍等。"没过一会儿，去而复返的服务生手里端着一杯芒果汁出现了，还体贴地拿来蜡烛。

迪哥是一个很有情趣的人，所以他开的酒吧品味不俗。千宸虽然没有去过别的酒吧，但是有段时间她看过一些关于装修的书，知道这里面的水准。就拿酒单来说，设计十分精巧，底封是以黑色为主，字体则为镀银，纸张厚度适中，摸起来手感极佳，再加上内页采用的是欧洲典雅的设计风格，这让人看着赏心悦目，还非常上档次。

在一片喧哗的气氛中，千宸借着蜡烛微弱的光，无聊地拿着吸管拨动果汁。

"你一个人吗？不介意我坐下来吧？"

突然，她的身后响起一个声音。

千宸惊讶地回过头，刚好看见对方擅自坐下的身影。这是一个介于少年与男子之间的男青年，看起来只有二十出头，比千宸大不了多少岁。五官长得还算端正，但是头发染成五颜六色，让人看着直皱眉头。

她的眉头微微皱起，没有说什么，拿起芒果汁就准备走人。

"你想去哪儿啊？"

染发青年离座挡住她，千宸一惊，手上的果汁没拿稳，不小心洒了一些在他的衣服上。

"啊，对不起，对不起……"

她连忙道歉。

"一句'对不起'就完了吗？你知道我这衣服多少钱吗？"染发青年捉着她不放。

"那我赔你……"

千宸更加抱歉了，头压得低低的，态度看起来极为诚恳。

她精致的脸颊也因为窘迫微微涨红，这样的她让人看起来心痒。

至少站在她对面的染发青年心里是这样想的，千宸却还傻傻的浑然不觉。

"赔？看你这身打扮，应该还是个学生吧，你赔得起吗？"染发青年挂在唇边的笑容越发不怀好意，眸子里频频闪动狡诈的光芒，"这样吧，我也不让你赔了，就当我自认倒霉好了。正好我有点儿无聊，想找个人陪我喝喝酒，你就坐下来陪我喝几杯吧。"

看似好心的建议，实际包含坏心。

千宸当然看出来了，脸色当即"唰"的变白，意识到不妙。

"我不会喝酒，可以请你放开我吗？衣服的钱我一定赔。"

"我又不是出不起这个钱，衣服不用你赔，但是今天可由不得你。"染发青年一用力，将她按回座位上。

千宸拼命挣扎："你放开我……"

这场小风波渐渐在酒吧里引起骚动，有不少人被吸引了注意力。

就在千宸不断反抗，但还是被染发青年按在座位上灌了半杯啤酒后，一只修长的手突然出现，将她嘴边的玻璃酒杯拿走了。

紧接着，一个温和但充满压迫感的声音蓦地响起。

"这样当众欺负女生好吗？"

是易熙！

千宸震惊地转过身，果然看到了易熙帅气的脸。他看起来没什么表情，但是黑色的眸子里已经燃起怒火。

他生气了？

这好像是一件很明显的事。

"易熙，怎么是你啊？"

染发青年的眉头微微皱起，他常在这间酒吧挂唱，突然蹿红，那些漂亮的女生全部围在他屁股后面打转。

"你最好少管闲事，不然就算是迪哥出面，我也照样不给面子。"

千宸的脸一下子就绿了，倒是易熙帅气的脸上仍是一派悠然自得，就好像站在他面前的凶悍青年是幻影。

"这好像不行，因为这个人是我在罩的。"

唇边的笑容不减，但是易熙那种冷淡的语气，还有目中无人的态度，都让他看起来极具魄力，盛气凌人。

光是气势上，染发青年一下子就被比了下去，他龇牙咧嘴的，脸上的表情开始变得狰狞。

"嘴上说得好听有什么用，在这里，真正的强者从来不靠那张嘴，以及——"声音蓦地一顿，再响起时，伴随着的是挥出去的拳头，带起劲风，"一张漂亮的脸！"

"易熙小心！"

千宸猛吸了口凉气，就在她的心紧张得快提到嗓子眼时，易熙的身子稍稍一转，就轻松地躲过了几乎擦着脸颊而过的拳头。

"呼……"

这是多么惊险的一幕，围观的群众无不发出惊叹声，暗地里都为易熙躲过一劫而松口气。

染发青年见状，更加气愤了。

"哼，别以为这样就没事了。"

霎时，那两桌客人掀桌而起，场面一下子变得混乱，有不少胆小的客人跑了，只留下少数爱看热闹的，但也是躲到安全的区域，只敢用眼睛偷瞟。

易熙活动了一下筋骨，特别轻松地说道："好久没打架了，也不知道生疏了没有……"

下一刻，原本还很担心的千宸，不可思议地瞪大眼睛。

彩色的灯光照在易熙帅气的脸上，看着易熙的身影，千宸突然觉得这一切都很虚幻，心底深处最牵挂的那处地方慢慢地就被眼前这个身影填满了……

第五章

女 神 归 来

THE
SECRET
IS NOT TIME TO
TELL

CHAPTER 05

【一】

这场风波因果汁开始，却又因警察的出现而结束。

迪哥闻讯赶回来的时候，正好看见警察把一干闹事的人全部送上车。因为大家身上都受了不同程度的伤，所以只能先去医院把伤口处理了，再回警局做笔录。

这是千宸第一次见到易熙的母亲。

她眉如远山，目若秋水，看上去虽然不年轻，但举手投足间带着一种风华绝代的气质。

易熙和他母亲长得很像，特别是眼睛，又迷人又会发电。

不过令千宸惊讶的是，易熙的母亲，也就是百多鸣女士，是拄着拐杖出现的。

"易熙受伤了？伤哪儿了？严不严重？"她看起来特别担心易熙的伤势，一出现，就不停地追问守在诊室外面的他们。

而这里的"他们"，其实用得不是很贴切，因为百多鸣问的对象只有吴成和阿东，千宸虽然也站在旁边，可是对于她，百多鸣选择自动忽略。

这是一种眼不见为净的冷漠，与她以往所承受的那种畏惧甚至是厌恶的目光完全不同，对方是直接把她当成空气来对待了。

对此，千宸早已经过千锤百炼的心难免还是有点儿痛。因为她是易熙的母亲，就算全世界的人都不喜欢自己，千宸还是希望她能接受自己。

"阿姨，您别着急，易熙没什么事，他的身手怎么样，您又不是不知道，其实没那么严重……"

阿东开始发挥他舌灿莲花的本事，在安慰受惊的易母，旁边的吴成偶尔回应几句，至于千宸，则是完全被透明化了……

易熙处理好伤口出来，看到的就是这样的场景——吴成他们三人围在一块儿说话，而千宸一个人坐在另一边的长椅上，那种被孤立的感觉太明显了。

易熙眉头紧皱，有点儿生气。

他跟母亲打了声招呼后，就走到千宸的面前。只是当他看清楚她眼眸的颜色后，帅气的脸上露出了惊讶的表情。

"你戴美瞳了？"

酒吧的灯光忽明忽暗，所以易熙没发现，但是现在医院的灯光亮如白昼，情况不同。难怪从昨晚到现在总觉得哪里怪怪的，原来是她戴了美瞳。

没想到他第一个问题竟然是这个，千宸本能地一愣，然后才说道："嗯，好看吗？"

这是一种独特的隐形眼镜，是时下女生的最爱。它可以让眼眸放大，令眼睛看起来自然迷人，在灯光下更是深邃。

今天千宸戴的是典雅的黑色，有了美瞳的遮挡，她的眼睛看起来和常人无异。

"一点儿都不好看！"易熙说道，"你别告诉我，你昨晚就是因为这个才迟到的。"

千宸脸一红，不敢吭声。

易熙看见她这样，就知道自己猜对了，不禁更生气了。他突然命令道："把它取下来。"

"不要，别人会看见的……"

千宸闪躲了一下，不同意。

这才几天，都已经学会反抗他了，是吧？

易熙气急败坏地说道："看见就看见了，我不在意。"

"可是我在意。"千宸反应激烈，她咬了咬唇，有些懊恼，也有些自责，"我不想你因为我而被人说闲话。"

不管她再怎么小心，每次只要她出现，总会因为这双眼睛而引起不必要的困扰和骚动。当易熙提出让她星期六晚上过来的要求后，她其实早就想这样做了。

戴美瞳是目前解决这件事的唯一办法，也是最直接有效的。

"舌头是别人的，别人爱怎么样是别人的事，你样样都要去在意，你在意得过来吗？"

语毕，易熙突然将手伸向她的眼睛，千宸下意识地退后躲开，结果手臂却被他的大手握住，顿时进退两难。

下一刻，她的美瞳就被易熙取出，暴露在空气中。

"你干吗？"

美瞳突然被取出的不适感让千宸不断眨眼睛。

她伸手想要抢回自己的东西，结果美瞳却被易熙手快地扔掉，眼睛眨都不眨一下。

"啊，我的隐形眼镜，这可是刚买的！"千宸哀号道，她弯下腰想找，可是无从找起。

易熙理都不理，还冷声说道："你有时间去做这些毫无意义的事，还不如用点儿脑子多看看身边的人，别单纯到蠢。"

这就是易熙的说话方式，要么客客气气的像打太极，要么挖苦起人来脏字都不说一个。尖酸刻薄，外加讥讽鄙夷，舌头就跟打了蜡似的，又跟染了鹤顶红一样的毒。不，应该说比鹤顶红还毒上千倍。

千宸听到他的话，问道："那什么才算是有意义的事？"

"以后再遇到像这种类似调戏的事情，不用客气，一巴掌直接扇过去，出了事还有我，我的肩膀可以给你依靠。"

易熙的表情看起来不只狂，还很嚣张。

千宸的脸颊有点儿红："因为我是第一次碰到这种事，我还以为，以为……"

"以为对方是好人？"

易熙的话让千宸更加尴尬，脸红至极，她说："下次我会注意，不再让这种事发生了。"

"最好是这样。"易熙眉毛一挑，只差哼出一声了。

那趾高气扬的样子，简直让对面两个从小就跟他一块儿长大的队友不忍直视。

"喀。"

一声轻咳，是阿东为了引起易熙注意的开场白，提醒他被忽略的百多鸣女士此时到底有多么不悦，简直可以用"冷若冰霜"来形容了。

"易熙，阿姨来看你了。"

闻声，易熙慢慢地转过头，目光却出奇的平静。这多少让千宸感到错愕，而百多鸣的反应同样让她惊讶。

"刚才警察局打电话过来，说你被送进医院，所以我过来看看。"百多鸣说话的时候，已经拄着拐杖走到易熙的面前，细白的手随即轻轻抚上他的脸颊，目光温柔，"还好没有伤到这张脸……"

易熙那句"这么晚了，其实你不用来"顿时卡在喉间，如鱼刺般，吐不出咽不下，痛得他眼睛酸涩。

"放心，我会小心，不让它受伤的。"他将停留在脸庞上的那只手握住，然后毫不犹豫地拿开，"因为它是我将来吃饭的本钱。"

他的笑容充满了挑衅的味道。

百多鸣脸上的表情一僵，不过也只是一瞬间而已，下一秒她又恢复了以往的冷漠个性。

"既然没事，那我先回去了。"她说走就走，还真是一点儿牵挂都没有，十分干脆。

千宸看得眼睛都直了，可是在场的人除了她以外，都没人对易母的这个反应感到奇怪。这时候，千宸突然觉得自己对易熙的事情知道得太少了。

只知道他父亲已经去世，没有兄弟姐妹，家里只剩下他和母亲。可是她不知道，原来他和母亲的关系是这么糟糕。

她更不明白，为什么刚才看起来还很担心易熙的百多鸣，却在看到他的脸没有受伤后，一反常态地变得冷漠。这样的转变让千宸觉得，她所关心的也许只是易熙的那张脸。可是，这应该不可能啊，母爱不是最伟大无私的吗？易熙是她的儿子，她应该很爱他才对。

心里充满了疑惑，千宸刚抬头，目光触及易熙唇边的笑容后，心仿佛被重物袭击了一般，剧烈地痛了一下。

好想抱他。

刚这么想，千宸已经伸出手，紧紧地抱住了他。

"千宸？"易熙错愕地低下头。

千宸仰头望着他，脸上带着浅浅的笑容："没什么，只是突然想告诉你，我会一直在的。"

所以不要难过，不要露出那样难过的表情，这不适合你，你应该属于阳光。

易熙愣住了，心里涌起一股异样的感觉。

"谢谢。"他低低地说道，声音有些沙哑，或许是因为感动。

"对了，易熙……"走到拐角处突然折回来的百多鸣，看到他们拥抱在一起的身影后，脸色变得难看，不管她之前想说什么，但是现在她只想问一个问题，"你就是因为她才跟别人打架的吧？"

千宸的身体猛地一僵，易熙的声音随即在她的头顶上方响起。

"对，因为她现在是和我做朋友的人。"

闻言，阿东和吴成都露出错愕的表情，因为他们一直以为易熙只是玩玩而已，万万没想到他这次竟然是认真的。只有百多鸣的反应看起来正常一些，只用审视的目光盯着千宸，紧抿着嘴唇，一句话也没说。

【二】

传说中的女神归来，正好是一个星期后的事。

那天是星期六，易熙因为之前在酒吧和客人动手的事，被迪哥勒令休息一段日子。难得休息，他和千宸约好去看电影，接着再到海边看日出。

当他在自家门口看到阮维希时，帅气的脸上露出了惊讶的表情。

"易熙，好久不见。"

她站在虚掩的网格小木门前，脸上带着微笑。高腰的波西米亚白色长裙不仅衬得她腿型修长，还让她看起来十分有气质，典雅中带着女生的柔美，宛如一朵盛开的玉兰花，清新，但也妩媚动人。

"你什么时候回来的？"

阮维希笑着说道："刚刚下的飞机。"

"是阿东还是吴成？"易熙的眉头微微皱起。

"什么意思？"阮维希没听明白。

易熙轻哼一声，不以为然地冷笑道："难道不是他们向你打小报告，叫你赶紧回来吗？"

"哦，你说的是那个啊。"阮维希用手指勾了一下被风吹到额前的头发，笑容更甜了，"他们确实打过电话，不过他们也是一片好心，你不会因为这个在生气吧？"

易熙挑眉，声音变得更加冰冷："如果他们可以不这么'好心'，相信我会更加感激的。因为他们这样做，让我有一种隐私被侵犯的感觉。"

"扑哧"一声，阮维希忍不住笑开了："你把这事形容得好严重，我们都没有想窥探你隐私的意思。你应该相信他们，他们可是你最好的朋友。"

这点易熙当然知道。

如果他们不是自己最好的朋友，光是他们给阮维希打电话的事，他就想把他们拉进黑名单，哪还等到现在站在这里跟她说这么多废话。

阮维希推开小木门，迈着轻盈的步伐走到他的面前，然后亲昵地朝他靠近，几乎面颊贴着面颊。

而这么近的距离，易熙只需稍微放低视线，就可以很清楚地看到她密长的眼睫毛。

"易熙，你知道吗？其实我一直都在庆幸一件事，这么多年，我看着你身边的女生换了一个又一个，而我却一直留在你身边，你知道这代表着什么吗？"

她的声音轻轻的、柔柔的，呼出来的气息又带着淡淡的栀子花香。可是就在这样柔弱的外表下，她的内心却是坚决的。

易熙忍不住皱眉："你是想说，你对我而言不一样，是吧？"

"难道不是吗？"阮维希表现出绝对的自信，顿了一下，脸上的表情一松，唇边又露出淡淡的笑容，"我知道这不能怪你，要不是我经常飞往各地参加比赛，因此忽略了你，你也不会无聊到找人解闷。其实这也是无可厚非的，但是玩归玩，你

可不能把这里弄丢了，至少要记得回家的路。"

最后一句话，阮维希是一只手按着他的胸膛说的，动作充满了暧昧，而她看他的目光更是充满了占有欲。

她这话是什么意思？不就是在暗示他，该跟千宸分手吗？易熙怎么可能没听出来。

不过，他做事还轮不到她来下决定吧。

易熙蹙眉，有些不耐烦地将头转到另一边，那副不愿意配合的样子很明显。

阮维希的身体猛地一僵，一见他这样，就知道自己已经越线了，如果再继续说下去，很有可能会引起易熙的反感。

她是个聪明的女生，马上往后退一步，装作刚才的一切都不曾发生过的样子，唇边又漾起一抹甜美的笑。

"好了，我也该回家了。帮我跟鸣姨说一声，等我手上的事情处理好了，过两天我会再过来看她。"说完，她踮起脚，将粉唇凑近他的脸颊。

易熙防备地向后退了半步。

"别紧张嘛，亲吻在美国只是一种礼仪，我可没别的意思。"

易熙皱着眉头说道："可我不喜欢别人碰我。"

"我知道，和你认识也不是一天两天了，要是连你这些小习惯还不知道的话，那我还有什么资格说喜欢你？"阮维希从不隐瞒自己对他的感情，"但是，就不能为我破例一次吗？离开这么多天，我真的想你了。"

说完，她涂着蜜色唇彩的唇瓣再次慢慢地向他的脸颊靠近，这次易熙没有躲，才嗅到一阵淡淡的香味，就感觉有两片柔软的唇瓣轻轻盖了下来。

易熙一愣，睁大眼睛，有些恼火地瞪着她。

某方面来说，他是个有洁癖的人，除非是他自己主动想要的，不然他会觉得很恶心。所以被亲吻脸颊，已经算是他能容忍的极限了，没想到阮维希竟然敢对他设陷阱。

易熙别提有多大的火了，可是阮维希像早就洞悉了他的想法一样，聪明如她，已经抢在易熙发作前跳开了，脸颊带着羞赧的嫣红，一脸的心满意足。

"要记得想我，拜拜。"她迅速转身走远了。

易熙的嘴唇抿得紧紧的，露出一个看上去严厉且深恶痛绝的表情。

【三】

期中考试一过，星巴艺校一年一度的选秀比赛拉开了序幕。

根据规定，每个年级的优秀生都必须参加，其他的就随个人意愿。这是一个奇怪的规定，从这所学校诞生开始就一直存在着，所以久而久之，大家也没觉得这条规定有哪里不对。

易熙是学校的人气王，所以不管他愿不愿意，名单上一定会有他的名字。而千宸的成绩是年级第一，再加上她背后的那层关系，自然也不会被落下。

只是她看起来对这个比赛并不热衷，当别人都在用心准备下个星期日的比赛节目时，她还是浑浑噩噩地度日，生活重心依旧放在易熙的身上，对比赛的事总是一副心不在焉、可有可无的态度。

当易熙问她："不需要准备吗？"

千宸却说："不需要，反正我就算站在那里不动，他们也不会让我在第一关就落选的。"说这句话时，她脸上的表情特别平淡。

这让易熙若有所思起来。

比赛前夕，也就是星期六下午，他把千宸约到圣马广场。

两人一前一后相继出现在相约的地点，千宸到的时候，易熙就站在一处人工瀑布的前方，和她距离不到五米。

瀑布从假山顶一泻而下，激起了万千水花，水珠狠狠地打在水池上，溅得四周都是，形成一股颇大的风浪。易熙乌黑的头发被这股风浪掀了起来，浓密的眼睫毛前端被水雾打湿，宛如一把被镶上钻石的刷子，闪闪发亮。他的目光淡淡的，似笑非笑，看起来有一种魅力。

千宸发现自己的视线很难从他的身上移开，他就像发光体，随便往哪里一站，都能在第一时间吸引所有人的眼球，变成瞩目的焦点。

瀑布声浪很大，但是广场中央突然掀起一阵更大的喧嚣声。

千宸惊诧地问道："怎么回事？"

今天她又戴了美瞳，这让易熙有点儿不习惯，但是一想到今天约她出来是有目的的，就懒得去纠正她了。

"是安俊旭。"易熙目光淡淡地扫向广场的另一头，"今天是他的签唱会。"

"好吵。"千宸的眉头皱了起来，"我们去别的地方吧。"

话音刚落，易熙却握紧她的手，说道："我们过去看看。"

千宸最讨厌人多的地方，尤其还这么拥挤，她刚喊了声"不要"，却被易熙无视，拉着她往人潮涌动的地方靠近。

虽然已经有心理准备，但千宸还是被眼前的场景震慑住了。这个安俊旭到底有多红，才能让这么多人甘愿顶着毒辣的太阳聚集在这里？看这一片黑压压的人头，少说也得好几千将近一万吧……

千宸的眉头蹙得更紧了，完全不明白自己为什么要出现在这里。

"易熙，你带我来这里做什么？我们还是赶紧走吧，这里好吵。"

不过站了一会儿，她就被前面一直推来挤去的人撞了好几下，这让千宸心中的厌恶感倍增。

易熙却好像没听到她的话一样，看向舞台中央正在努力唱跳的明星，头也不回地问她："想不想红？"

"啊？"千宸有些莫名其妙。

"想让自己红起来，是每个考进星巴艺校的学生的梦想，今天我带你来这里，就是想让你感受一下红起来的感觉是怎样。"易熙说完，拉着她就往舞台的方向靠近。

也不知道是易熙一米八的身高让他在这群平均只有一米五六的女生中间显得特别有优势，还是微微蹙眉、一脸认真的他给人的感觉太有威慑力了，只要是他经过的地方，站在四周的女生都会退让，给他让出一条路来。易熙几乎不费力，就拉着她一起靠近舞台。

两旁的音响传出的声音响彻云霄、震耳欲聋，可是易熙完全没有要退出去的意思，反而放开她的手，随着音乐放松自己的四肢，破天荒地当起一回称职的粉丝来。甚至在安俊旭和粉丝互动时，他也跟其他人一样高举着荧光棒，做着左右挥舞的事。

千宸愣住了，感觉自己越来越不懂他了。

签唱会结束，几千名粉丝并没有立即散去，而是等到安俊旭坐上保姆车离开后，这才依依不舍地散去。

这时，易熙把目光移回她的身上，问道："刚才的感觉怎么样？"

千宸微微歪着脑袋想了半天，才皱着眉头说："很疯狂。"

只是偶像跟她们互动了一下，就可以兴奋得尖叫，这样的行为不是疯狂是什么？不知道的还以为是哪个精神病医院跑出来了一大群精神病患者呢。

易熙的手指着舞台的方向，说道："总有一天我会站在那里，到时候场面一定比现在更热闹，来的人也会比现在多。"

他的语气轻描淡写的，就好像在谈天气一般，但是说出来的话十分霸气。

千宸一下子就被震慑住了，目瞪口呆地望着他："易熙，你很想红吗？"

名利这种东西，真的就这么吸引他吗？

易熙却嗤之以鼻："这种东西我一点儿都不稀罕。"

"那你为什么还……"

千宸真不明白。

"既然我已经选择了这条路，那我就要走好它。没有努力过而失败，我不能接受。"他一眨不眨地看着她，神情专注，"千宸，你真的愿意自己的人生都由别人来安排吗？和我站在一起，并肩努力，一起走到最后，这一点儿都不吸引你吗？"

千宸的身心陡然一震，觉得眼前这个少年的形象突然变得高大起来。

她的体内热血沸腾。

身为执行董事长的孙女，千宸从小就衣食无忧，更没有想过红不红的事。对她来说，上学不过是因为她目前的年龄只适合当一名学生，而来星巴艺校读书，那更是爷爷的安排。先不说爷爷现在所积攒下来的财富够她花上几辈子，就单说她自己吧，其实名利心一点儿都不重，只要日子过得安逸舒适，那就够了。所以毕业后进不进演艺圈，她都没有想过，更何况还是未来的事。

但是现在，她所有的想法都在听完易熙的话后发生了改变。

她想认真参加这场比赛，最好进入总决赛拿下前三甲的名次，然后得到所有人的肯定。这只是为了自己，而是她想陪在他身边——

易熙才是她想要努力的动力。

她想被他认可，想陪他走到最后。

【四】

事情的发展和易熙预料的一样，千宸最后参加了比赛，并且很认真地准备。

同是音乐系的他们，选的节目很相似，易熙表演的节目依旧是他拿手的重金属音乐，而千宸是钢琴伴奏，自弹自唱。

不过他没想到的是，原来她的声音这么好听，不仅音色柔美，音乐创作能力更是超强。她纤细的手指快速在钢琴上按下每一个键，一首好听的歌曲在大家的面前展示出来。

这首歌给人的感觉和她的人一样，很安静，但是安静中又透着一种高调。当这首歌的旋律响起时，或许你会觉得很一般，不会去太在意，但是当千宸加入演唱，你的心、你所有的感官会随着她的声音被紧紧抓住，到了曲终，你会依依不舍，觉得还不够，有点心酸，有点惆怅，可正是这种感觉最揪人心。

她就像音乐界突然窜出的黑马，红起来是迟早的事，易熙几乎能预见那一幕了。

"啪！"

遥控器的开关键突然被按下，屏幕上坐在钢琴前边弹边唱的清秀女生顿时消失了。

"吃饭。"

百多鸣将遥控器随手扔在米色的软沙发上，然后借助沙发用手撑起身子，慢步朝餐桌走去。可是她没有想到，还不到一分钟，电视再度被人打开。

她有些生气地回过头，瞪向沙发上的易熙，只见他的注意力都在电视上。

因为F&S娱乐集团的每个决定对娱乐圈都有着举足轻重的影响，所以每年的这场选秀比赛都会受到许多人的重视，各家电视台纷纷进行转播，因为这次的冠军得主很有可能会是明日的新星。

"你可以边吃边看。"百多鸣不高兴地说道。

易熙这才哼着千宸正在唱的歌曲入座。

当初在装修房子的时候，易父还没有去世，因为考虑到老婆的脚疾，他做主把客厅和厨房之间的那堵墙拆掉，所以现在客厅和厨房是相连的，中间只隔着一扇大玻璃门，用来挡住厨房的油烟，而吧台式的餐桌就介于玻璃门和客厅之间。

只是谁也没有想到，房子还没有装修好，易父突然因为脑梗塞而去世了，还不到40岁。

百多鸣虽然对易熙的态度不满，但是没有立即发作，只是在拿起筷子的时候朝厨房喊了声："维希，你也别再忙活了，这么多菜，我们才三个人，哪吃得完，快过来吃吧。"

"你们不用等我，先开动吧，我就快做好了。"阮维希如银铃般的声音从厨房内传出来。

她是舞蹈系的，年纪轻轻，芭蕾舞就跳得极为出色，常常被学校推荐去参加比赛，所以不管是校内还是校外，都算有些名气。像这样的学生，学校破例允许他们不用参加选秀比赛，因为就算参加了，意义也不大，所以阮维希并没有在此次比赛者的行列中。

"好了。"不一会儿，阮维希就端着一盘冒着热气的菜出现，"这是最后一盘，蛋炒番茄，是鸣姨和易熙最喜欢吃的。"

她把盘子放到易熙和百多鸣的前面，明显有讨好的意思。

"鸣姨，您尝一下，看我的手艺有没有进步。"阮维希给百多鸣夹完菜后，回头甜甜地对易熙说，"易熙，你也尝尝。"

这举动自然得就好像他们真的是一家人。

不过和她献殷勤的举动相比，易熙的反应显得冷淡多了。尽管平时惜字如金的百多鸣这会儿称赞阮维希的厨艺进步了不少，东西美味，心灵手巧什么的，易熙却极少开口，偶尔附和，也是短短的几个字。

这种故意把她隔开来的做法太明显了，阮维希忍不住感到失落。

晚饭过后，她将切好的水果端到客厅，这时候正在播放比赛的老掉牙环节——采访环节。一般的选秀比赛都是采用渐进式，就是一场一场比下去，最后晋升的前十名参赛选手才可以参加半决赛。但是星巴艺校的选秀比赛和一般的选秀比赛不一样，他们会在初赛的时候提供五个名额给特别优秀的选手，这些人可以直接晋级半决赛。

屏幕上，主持人正在对进入半决赛的五名选手进行采访。

而由易熙、吴成、阿东组成的天狼星乐队正好是五个名额之一。易熙的外表本来就出色，明星气质简直是浑然天成，再加上他一米八的身高，让他站在这些人当中有种鹤立鸡群的感觉。所以他成为主持人优先采访的对象。

"第一次参加这种公开比赛，紧张吗？"

"听说你们乐队很早之前就在酒吧驻唱了，是不是真的？"

"一下子就把晋级半决赛的名额拿下，一定很兴奋吧！这不只是得到了评委的认可，更加证明了你们的实力，告诉我，你们对接下来的半决赛有没有信心？"

其实问题很普通，问来问去无非都是这几个问题，只是当主持人把麦克风移到他身旁纤瘦的女生面前时，现场的气氛顿时变得有些微妙。

"第一次参加比赛，紧张吗？"

女生看着易熙。

"听说这次参赛的歌曲是你自己创作的，那创作的灵感是来自哪里？"

女生继续看着易熙。

"自弹自唱是很需要功底的，而且看你弹钢琴的姿势，应该是从小就练的吧？"

她还是看着易熙。

主持人郁闷了，心想：我到底问的是易熙还是你啊？

易熙倒也机灵，一看情况不对，马上站出来替千宸说话："她就是这样的，主持人别介意。不管是谁问她什么，她都要想老半天，性格不仅沉闷，还很呆呢。就拿比赛前几天的事来说吧，我问她'你比赛的节目已经准备好了吗'，她也是愣了半天，才仰着脑袋问我'节目不是主办方定的吗'，当时我差点儿气得背过气了。"

他的笑容充满了无奈，还有点儿气愤，但是看着千宸的目光带着一丝宠溺。这让主持人想不看出点儿端倪都难，她好奇心大起。

"你们俩看起来好像很熟，不会是正在做朋友吧？"

采访是在后台进行的，现场没有粉丝，但主持人的话还是引起了其他几位选手的注意，四周顿时掀起一阵喧哗，议论声四起。

"啊，是情侣？"

"之前就听说过我们学校的人气王和话题女王在一起，原来是真的！"

……

虽然是呢喃细语，但大家的话还是一字不漏地被摄像机拍了下来，再转播出去。

客厅里，阮维希的眼睛死死地盯着屏幕上的女生，泛着迷人色泽的唇紧紧抿着，露出一个看上去既暴怒又危险的表情。看着电视上两个人的互动，她突然觉得，自己或许该去见见这个叫千宸的女孩了。

"你不会真打算跟这样的人做朋友吧？"百多鸣冷冰冰的声音响了起来。

易熙愣了一下，说道："在医院的时候，我不是已经和你说过这件事了吗？"

百多鸣顿时语塞，虽然他们母子的感情谈不上很好，但是易熙对她的态度一般都是能忍则忍，很少忤逆自己的意思。但是现在，表面上是顺着她在说话，实际上态度坚定，已经摆出一副不怕她反对的架势来。

阮维希在厨房洗碗的时候，百多鸣拄着拐杖走了进来。

没有拐弯抹角，她直接对阮维希说："男人和女人不同，身边的苍蝇要是太多了，赶也赶不走的时候，就没办法缠上，这时候我们应该做的就是想办法把这些苍蝇赶走。"

她虽然说得很隐晦，但阮维希还是听懂了。

她还是假装愣了一下，问道："苍蝇？鸣姨，您说的话我怎么听不懂啊？"

百多鸣侧着头，淡淡地瞥了她一眼："你听不懂没关系，但是我想告诉你，我

不喜欢看到一些不自量力的女生围在我儿子身边，像只苍蝇一样怎么拍都拍不走，所以用点儿手段也行。我现在只想你赶紧想办法把那个女的从易熙的身边弄走。你应该知道，在我的心里已经认定了谁才是我儿子女朋友的最佳人选。你明白我的意思吧？"

她的声音很轻，但是给人一种强势的感觉。

半晌，阮维希才激动地说道："我知道该怎么做了，鸣姨。"

第六章

因为太喜欢，所以才宁愿转身

THE
SECRET
IS NOT TIME TO
TELL

CHAPTER 06

来不及说的秘密·The·secret·is·no·time·to·tell·

【一】

早晨，星巴艺校。

晨光唤醒沉睡中的生灵，天空慢慢亮了起来，同时照亮了这座静谧的校园。夏日的清晨，空气还带着丝丝清冷。树枝上的嫩叶蓬勃肆意地生长着，放眼望去，整个世界几乎被这些绿色覆盖住，到处绿油油的。

千宸喜欢提前半个小时来学校，然后在绿荫道旁的树下坐一会儿，看看书，呼吸一下晨间的清新空气，还有享受一下这里安静的气氛。

晨风徐徐吹过，带着丝丝凉意，还有树叶清新的味道。

"你是千宸吧？"

耳边突然传来女生轻柔的声音，千宸惊诧地将目光从书上转移，抬起头望向声音的发源地——她看到了一个长得很水灵、很美丽的女生。

风吹得树叶发出沙沙的声音，也将女生背部齐腰的长发吹到前面来，发丝缠在她身侧飞舞，有不少拂过她的脸颊，越发衬得她肤质细腻，眼睛特别明亮。

忽然，她弯下腰向千宸靠近。

千宸吓了一跳，下意识地往后躲，结果背部撞到后面的树干上，痛得她忍不住龇牙。

可是女生并没有打算离开，反而靠得更近，她的目光望入千宸的眼睛里，带着打量的意味。

"还真是不一样……"

莫名其妙的话让千宸一头雾水："什么不一样？"

"你的眼睛。"女生的手指指着千宸的右眼，指尖带着鸢尾香气，"瞳孔居然是棕绿色的，不过不细看的话，还是不容易发现的。"

眼睛是千宸的禁忌，简直是谁提谁死，更何况还是一个素未谋面的陌生人。

千宸看向她的目光瞬间有了敌意："你是……A班的阮维希？"

女生有些惊讶："你认识我？"

"阿东他们经常提起你，你又是我们学校的名人，想知道你长什么样不难，上网在学校的论坛搜一搜就可以了。"千宸平静地说道。

"所以你上网搜我了？"阮维希微惊，露出一抹高深莫测的笑容。

千宸坦然地点头，神情微窘："因为我想多知道一些你的事。"

"对我这么感兴趣，是怕我把易熙抢走吧？"阮维希笑着说道，身子挺直，向后退了一大步。

她手背上的一大块瘀青随即映入千宸的眼帘。

"你的手怎么了？"千宸问道。

阮维希瞅了自己手背上的伤口一眼，语气很平常地说道："没什么，前两天在家里练习芭蕾时不小心摔倒撞到的。像这样的小伤，我身上还有很多，我都习惯了。"

这些疤痕对她来说是努力过的证据，阮维希向来引以为豪。所以她从来没有刻意把它们遮起来，她觉得这些疤痕一点儿都不丑。

她看起来非常自信，千宸忍不住动容："你真的很了不起。"

千宸真心诚意的话让阮维希十分受用，泛着光泽的唇瓣向上一扬，露出甜甜的笑容。

千宸突然想起一句不知从哪里看到的话，"女人的眼泪和甜美的笑容是最难攻破的"，她心想：这句话真有道理，像阮维希这样的女生，有谁不爱？

她的个子偏高，骨架纤细，抿起的唇带着栀子花的香气。像这样的人，不管是

正面，还是背影，都完美得像公主，看似出淤泥而不染，实则娇媚妖娆。

如果她是男生，千宸相信自己也会被阮维希吸引。

阮维希凝视着她，原本还很温柔的目光渐渐起了微妙的变化，她说："来的路上我一直在想，一个能让易熙惦记的女生会是什么样呢？虽然电视转播了那场比赛，但是真人是否要比电视上强？现在看起来……"她顿了顿，看向千宸的眼睛迅速闪过一丝严厉和暴怒，"比电视上的更坏。"

这简短的七个字，瞬间像冰锥一样重重地击在千宸的心上，她的身体不由得变得僵硬。

而阮维希说到后面，声音和她的目光一样变得冰冷。

"你特地跑来找我，就是想告诉我这个吗？"千宸看向她的目光忍不住带上防备。

"当然不是，我是来劝你和易熙分手的。"

"分手？"千宸变得激动起来，"为什么？"

"理由很简单，易熙会选择跟你在一起，是因为你有一个董事长爷爷。他这样做也是想让自己未来的路可以走得顺一点儿，获得好前程。"阮维希嗤笑道，"你不会天真地以为易熙是因为喜欢你，才跟你在一起吧？"

当然不是！

千宸想否认的，但是阮维希的话对她的打击太大了，明明这样的理由她在心里也曾想过无数次，可是一旦由别人的嘴说出来，那杀伤力和自己想的根本不是一个级别。

现场犹如刮起了一阵寒风，气氛陷入了一片死寂。

阮维希看到她的脸上青一阵白一阵，心里忍不住涌起胜利的喜悦，神情也渐渐流露出几分蔑视的味道。

之前答应鸣姨办这件事的时候，她还以为会有多难呢，没想到比想象中容易多了，这个千宸看起来简直就是太单纯，很容易摆平嘛。

"这话是易熙亲口对你说的吗？"千宸冷不丁地问道。

"什么？"

阮维希一愣，有些跟不上她的思维。

"如果不是易熙亲口对我说的话，我是不会相信的。"千宸说这句话时，心情已经恢复了平静，脸上的表情认真而严肃，"易熙是那么好的一个人，根本不可能像你说的那样卑鄙。况且他这么优秀，前途对于他来说完全可以靠自己的能力争取到，根本不需要依靠其他关系——特别是像这样的关系。"

出卖自己的感情，和一个不喜欢的女生天天待在一起，像易熙自尊心那么强的人，怎么可能愿意这样委屈自己？

千宸虽然有所触动，但是一点儿都不相信她的话。

阮维希嘴边的笑容一僵，望着她的目光陡然沉了下去："那关于你的那些传言呢？你是不是也要不顾他的安危，任性地和他交往下去？"

千宸的脸色变白，试着解释道："那些谣言是不实的，我根本没有那种能力，既看不见他们所说的那些东西，也没有被诅咒，所以易熙跟我在一起是不会有事的。"

话虽这样说，千宸心里却是不自信的，甚至还有一点点心虚。

"真的不会有事吗？你确定？"

阮维希的质疑让千宸本来就不踏实的心霎时变得更加忐忑起来。

"我……"

"如果你自己都不能确定，那就不要说得这么信誓旦旦。难道你忘了你们第一次见面的事吗？虽然我当时不在场，但是吴成他们都跟我说了，易熙就是因为你才发生意外的。还有上次在酒吧，他和别人动手的事，你敢说和你无关？还有这次的比赛，你看看他都为你承担了一些什么，难道这就是你爱他的方式？你想要给他的就只有这些吗？"

阮维希的话就像夏天的闷雷，又响又让人惊悚，在千宸的耳边不断回响。

"他们对易熙做了什么？"

阮维希冷笑一声："还需要做什么吗？光是那些流言蜚语，就够把他砸死的。你在易熙身边一天，他迟早会被你拖累。"

她把话说得特别严重，这让千宸的心里顿时像被压了一座山，差点儿透不过气来。

不管易熙对她是不是出于真心，她都不想易熙因为自己而受到牵连。

"口口声声说着喜欢，但你知道什么才是喜欢吗？不要把你的自私当成是爱易熙的借口，那只是你寂寞了太久想找个人陪而已。如果你是真心对他，又怎么可能会让他承受这么多压力，那些压力本来就不应该由他承受。这对他一点儿都不公平！"

阮维希犀利的话让千宸呆住了，沉思了好久。

【二】

当天晚上，千宸打开电脑上了学校论坛。

1楼："看到没有？看到没有？都说大树底下好乘凉，人家Y同学可是把这圣人的名句贯彻到底了，这凉不凉的我们可没看见，但是要么不出手，一出手就直接从初赛晋升到半决赛了，谁敢说这里面没有内幕！"

2楼："楼上的点赞了，要知道这些一年一度的某某奖，基本都是实力雄厚的投资方或者是名导内定的，更何况只是一个小小的选秀比赛，好东西不留给自己吃，难道还便宜路人甲乙丙不成？"

3楼："就是就是！"

4楼："楼上的楼上，句子好犀利，只是光天化日之下，我们谈论这个合适吗？要是大BOSS看到后震怒了，那可是会祸起萧墙的……"

5楼："大BOSS是不可能了，小Q同学倒是有可能。"

6楼："小Q同学平时那么酷，其内涵几乎要与平板看齐，你们确定她懂电脑？

会上网？知道我们学校的论坛？"

7楼："求真相！求解！"

什么Y同学、大BOSS、小Q，千宸看了半天才勉强看懂。

Y是易熙的简称，大BOSS是指爷爷，而小Q就是她。这些都是用他们名字的第一个字母来命名的。

不过那句"其内涵几乎要与平板看齐"，千宸就是想破脑袋都没有看懂。

刚好这时候于又曦打来电话，她不耻下问，于又曦沉默一阵后才告诉她，那些人是在讽刺她为人呆板木讷。

于又曦说完这句后，马上又告诉她，其实呆萌的女生才是最可爱的。

不过千宸根本没有被安慰到，反而无语了。

她好想知道这"呆萌"又是什么意思。一点儿都不明白这些人为什么就不能好好说话，一句很简单的话非得转七八个弯，非把人绕晕了不可。

千宸把学校的论坛关了，用手机上微博，搜索这方面的话题。

她惊讶地发现，阮维希的话果然是真的。大部分的人都认为，易熙能在此次的选秀比赛中脱颖而出，凭借的不是他的实力，而是他背后这层关系。都说他会成功，是因为找了一个后台强硬的女生当女友，靠上大树了。

当然，也有一部分人在帮他说话，可是那些反对的声浪太恐怖了，如狂暴的龙卷风，一下子就把那些支持易熙的帖子压了下去，简直就是石沉大海。

易熙从支持率最高的人气王，一下子就到了人人唾弃的地步。

看到一半的时候，于又曦刚好打来电话，千宸忍不住向他抱怨这事，一直在为易熙鸣不平。

"他们为什么要这样说易熙呢？为了这场比赛，他付出了努力，可是为什么他们看不到呢？能取得晋级的名额，靠的全是他的实力，这和我一点儿关系都没有，为什么他们就是不相信？"

她太痛心了，完全不明白事情为什么会发展成这样。这不是两个人的事吗？为

什么会牵扯这么多？难道和易熙在一起，一开始就注定是个错误吗？

千宸突然想起白天和阮维希见面的事，当时阮维希是来劝自己离开易熙的，但是被她拒绝了。现在仔细想想，她确实不想离开易熙，可如果离开是因为要保护他，那么她会毫不犹豫地去做。

只是事情真的已经到了不可挽回的地步吗？

电话彼端，于又曦却因为千宸难得的失态而愣住了，表情有些复杂。

他唇边的笑容慢慢消失，眉头微皱，手下意识地握紧手机。力气之大，几乎要把手机捏碎。

"怎么了？女朋友惹你生气了？"

宿舍内最好的哥们儿看到他这个模样，不由得调侃了一句。

闻声，于又曦看向他，紧跟着又笑起来："没办法，女生这种生物有时候就是麻烦了点儿，特别是我们这种异地恋，就更麻烦了，时不时得打电话哄一下，不然她要是觉得寂寞，背着我跟别人跑了，到时候就该换我哭了。"

说话的时候，他将手机的话筒捂住，脸上的笑容比阳光还要灿烂，更别提他全身散发出来的幸福光圈，简直快把宿舍里同学的眼睛亮瞎了。

"又来了，又来了，你一天不晒幸福会死啊？"

"这人太可耻了，只知道晒幸福来欺负我们这些'孤寡老人'，应该拖出去——"

众舍友准备群起而攻之，抄枕头的，拿被子的，还有拿洗脸盆的……不过这些都先等他和小女朋友讲完电话以后。

这时候又曦忍不住又想，像他和千宸这种明明还是将来式的未定关系，骗他们说是进行式的确定关系……这会不会不太道德？

不过一想到撒个谎，就能看到他们这种羡慕嫉妒恨的样子，他又觉得十分过瘾。反正他相信千宸早晚有一天会重新回到他身边的，所以他这也不算撒谎，对吧？

他对他们的未来可是很有信心的。

【三】

5月25号，终于迎来了半决赛。

所有参赛选手都在后台准备着，身上穿着他们精心准备的服装，化妆师们根据他们要表演的节目，正在帮他们上妆。

而那些化好妆的选手，就待在隔壁的休息室，此时已经聊开了。

"你们猜这次冠军会是谁？"

这是近期大家闲暇时必聊的话题，身为这次比赛的参赛选手，大家就更好奇了。

"这还用说，当然是关颜了。初赛的时候你们也看到他表演的节目了，现场发挥，就连评委都承认他演技不错，进军娱乐圈那是迟早的事。冠军的得主舍他其谁。"一个身穿紧身黑衣，染紫色头发的男生特别自信地说道。

如果说易熙有可能会拿第一名，那么这个关颜就是他最强的劲敌。

关颜是个混血儿，身上有着一半的西方血统，眼眸是漂亮的深蓝色，五官立体，轮廓像刀削一般分明。他不笑的时候，身上散发着一股成熟男人才有的魅力；但笑起来的时候，那种嘴角歪向一边的笑容却又极具叛逆，带着一点点邪气。

这样的人一看就很适合在演艺圈发展。

"但是你们也别忘了易熙和千宸的关系，不就是个冠军吗？只是打个内线电话就可以搞定的事，一点儿难度都没有。"

又有人发表意见了，不过是持反对意见。

"要真是那样，大BOSS索性捧自己的孙女做冠军得了，干吗还拐那么多弯？"

"这你们就不懂了，捧自己的孙女太直接了，会被外界议论的。但是孙女的男朋友就不同了，肥水不流外人田，又名正言顺。而且除我们学校的人，外界的人又有谁知道他们这层关系。"

"可是……靠这种裙带关系红起来，也太无耻了吧？"第一个打开话匣子的男生说道。

紫色头发的男生伸出食指，左右摇晃了几下："同学，你落后了，现在实力已经不重要了，重要的是后台硬不硬。"

"照你这样说，能不能靠到一棵大树才是问题的关键？早知道这样，我也追她去了，才不管她有没有被诅咒，反正前途才是最重要的！"男生越说越气愤，内心羡慕嫉妒。

易熙恰巧从厕所出来，听到这些话，不由得停下脚步，说道："要真这样羡慕，我可以叫千宸给她爷爷打个电话，问问董事会里还有没有谁的女儿也在这里读书，给你们介绍一下。"

正在背后说人闲话的几个男生没想到话题的男主角会突然出现在这里，顿时都被吓到了，脸上都露出了惊慌的表情。

"你这样说是什么意思？"最后发表意见的男生面子有些挂不住，恼羞成怒地反问道。

"我说了什么吗？瞧你们激动的，我也是好意计你们了解一下什么是靠大树的感觉。"

易熙眉毛一挑，声音淡淡的，有种云淡风轻、置身事外的感觉。

"你这样说，是觉得我们冤枉你了？"紫色头发的男生皱起眉头，不甘示弱地说道，"事实上你真的跟……董事长的孙女在做朋友，那董事长不帮你帮谁？我们这样猜测有错吗？"

"没错。"易熙修长的手指晃动了几下，"换成是我，估计想得比你们还多。"

他看起来并没有生气，眼睛明亮，唇边噙笑，还挺和蔼的。可就是不知道为什么，在场的各位都感到一股可怕的压力，所谓不怒自威，也许说的就是这样吧。

"那不就得了，你就等着当你的冠军好了，还来这边嚣张什么？"明明已经冒出了冷汗，紫色头发的男生还在嘴硬。

"没什么，我就是想告诉你们靠大树没什么不好的。要是你们不服，有本事也找个够强硬的后台，而不是在这里像个娘们儿一样唧唧歪歪，让人感到恶心！"

易熙唇边的笑容瞬间透出浓浓的讥讽意味，连凝视他们的目光都透着一股张狂。

"你竟然敢说我们恶心，姓易的，你不要太嚣张了！"紫发男生闻言，怒不可遏，冲过去就想揍他，却被身后的同伴捉住。

"你疯啦，现在正在比赛，你这时候打架，会被取消参赛资格的。"说话的男生看了易熙一眼，在紫发男生耳边小声嘀咕道，"不要冲动，像他这样是嚣张不了多久的。"

易熙目光阴冷地逐一扫过在场几个男生的脸，厉声警告道："我能不能继续嚣张下去，那是我的事，还不用你们费心。但是我警告你们，说话之前最好过过脑子，你们想怎么说我都无所谓，但是有人在乎，如果你们再说一些让她难堪伤心的话，让我知道了，我绝对不会像这次这样好说话。虽然我没有多强硬的后台，但是无声无息地整死你们，我有的是办法。你们最好相信，我说到做到！"

他脸上的表情和他话里的内容一样，充满了暴戾。

有关他的那些八卦，易熙多少知道一些。

如果这些谣言会伤害到他身边的人，他就不能再置之不理了。

乐队不是他一个人的，不能因为他个人的关系而被蒙羞。这里面还有阿东和吴成的付出，还有千宸。表面上她什么都没说，但易熙看得出来她最近变得郁郁寡欢。而这样的改变，他相信就是这些八卦舆论造成的。

当易熙警告完众人准备回后台时，谁知道在转身的一刹那瞥见了一道纤瘦的身影。

"千宸？"他惊讶地看着对面的女生，"你站在那里多久了？"

【四】

比赛开始了，选手们陆续上场。

可是千宸失踪了，工作人员到处都找不到她，制作人和导演都生气了，说要是到点她还不出现，就只能取消她的参赛资格。

因为这是现场直播，全国观众都在看着，哪怕她的身份再特殊也没办法破例。

比赛的顺序是抽签决定的，易熙所在的天狼星乐队排在第2号，而千宸是第10号。易熙是表演完回到后台，才从工作人员口中听说了这件事。

"你们放心，我现在就去找她，一定不会误了时间。"

易熙留下这句话，参赛的服装都来不及脱，就推开后台的门跑出去找人了。

"希望他能及时把人找回来，不然的话，我们都不知道该怎么跟董事长交代了……"望着易熙匆忙离去的背影，女助手发愁地说道。

10分钟后，易熙在旧宿舍练歌的地方找到了千宸。

此时她正倚在窗边，明亮的光线经过玻璃的折射映在她精致的脸上，让她原本比常人要偏白一点的肤色变得更加白皙，近乎半透明。长长的眼睫毛末端向上微微翘着，在阳光的照射下形成一种渐变色，而她那双不同于常人的双色瞳的颜色同样也发生了变化。

左边近乎黑色的眼眸变成了浅棕色，右边棕绿色的眼眸则变成淡绿色，像青草一样的颜色。而她的脸上一点儿表情都没有，甚至是死气沉沉。

"你怎么突然跑到这里来了？比赛都已经开始了，差不多就要轮到你上场了，再不回去就来不及了。"易熙朝她走过去，拉着她就想离开。

可是千宸一动也没动，反而说道："易熙，我觉得我们暂时不要见面比较好。"

易熙闻言，身躯猛地一震。

他回过头，难以置信地看着她："你是因为刚才那件事，所以说这句话的吗？

如果真是这样，我现在就可以清楚地告诉你我的答案——我不同意。"

他刚才几乎要怀疑是自己听错了，那么喜欢他的千宸怎么可能会跟他提出分手？

虽然交往的这段时间里，他们都没有跟对方说过"喜欢"这样的词，可是有些感觉是不用说出口的，光看她注视自己的眼神，易熙就知道她有多么喜欢自己。

"不是因为他们，是阮维希。"

出乎意外的名字让易熙陡然一愣："维希？这和她有什么关系？"

千宸的眼睛里出现了痛苦的神色。

"阮维希来找我，关于你接近我的目的，她已经清楚地告诉我了……所以，我没有办法装作心无芥蒂和你继续交往下去。"半晌儿，她才哑着声说道。

可惜声音还未落地，她的眼睛就泛红了，脸上痛苦的表情出卖了她内心所受的煎熬。就好像这个决定是她思虑良久才咬牙做出的。

"我的目的？"易熙的眉头猛地皱起，"她到底在你面前胡言乱语些什么？"

"她没有胡言乱语，难道你敢说你接近我真的没有一点儿私心？"千宸的声音哽咽得更加厉害，不过言辞很犀利。

短暂的沉默后，易熙才说道："有。"

他的私心就是想把她从那个孤单的世界里带出来。

他想她快乐，想看她笑的样子。

难道这样的私心也不允许吗？

易熙有些气愤，额头上的青筋突起，却被他努力压制着。

千宸却误会了，当这个字从他的嘴里说出来时，她精致的脸庞"唰"的变白了。明明已经做好了心理准备，可她还是感觉自己的胸口好像瞬间被长矛捅穿，心痛得几乎无法呼吸，她却只能咬牙忍着。

为了他的前途，也为了他不再被其他人误解，千宸只能逼着自己狠心起来，甚至不惜说出违心的话。

"阮维希没有说谎，你接近我，果然是因为我的身份。"千宸的眼睛死死地瞪着地上的某个点，只有这样才能让泪水不轻易流出来，而垂放在身侧的手则下意识地握紧，"从一开始，你就计划着把我当成你起步的垫脚石吗？"

易熙用一种不可思议的目光看着她，有点儿不甘，有点儿气愤，甚至是陌生。

"那你呢？是否也跟那些人一样看我？"

他并没有直接回答她的话，反而咄咄逼人地反问。

"你觉得这次比赛，我能从初赛直接晋级到半决赛，完全是靠你的关系吗？甚至，就算拿下前三甲或者是总冠军，也是因为你吗？"

"我没有……"千宸闻言，震惊地看着他，想也不想就否认了。

"可是，你刚刚已经在质问我了。"易熙斩钉截铁地打断她的话。

那一瞬间，她的声音就好像天国响起的钟声，狠狠地撞进他的耳朵里，传入他的心里。他感觉全身都痛起来。

他露出嘲讽的笑容："还是说，你怕把心里想的那些话说出来后会伤害到我？如果真是那样，那大可不必。"

因为她刚刚的话就已经伤害到他了。

既然伤害已经造成，那么一次和两次又有什么分别呢？

他还没有脆弱到被伤害一次就要死要活的地步。

"我并没有要责怪谁的意思，我就是想把事情弄清楚。我不想让人觉得，你晋级是因为我和爷爷的关系，评委给你打高分是因为偏爱你。我想要的，你明白吗？"千宸咬着唇，声音几近歇斯底里。

可是天知道，她差点儿把自己的唇瓣咬出两道血痕来，才能逼自己说出这样的话。只是说完，她又恨不得把自己的舌头咬断。

好恨那些伤害易熙的人，包括自己。

"很好！既然跟我在一起你有这么多顾虑，那么我想你的选择是正常的。"易熙看她的目光由最初的温柔变得愤怒起来，"现在我只想知道一件事，由始至终，你有没有相信过我？"

　　哪怕只是一分一秒，甚至只是眨眼的工夫也行。

　　"我……"千宸看着他，张嘴又合上。

　　"信不信？"易熙忍不住重复了一遍。

　　千宸的沉默让他心痛，同时心里也燃起了熊熊怒火。

　　"我是真的不知道，你不要逼我好吗？"千宸伸出手捂住自己的耳朵，神情看起来比他还痛苦，"如果这件事只是一两个人在说也就算了，可是现在的情况是大家都这样说，所有人——全校几千名师生啊，你觉得我该相信谁？"

　　旧宿舍顿时陷入寂静中。

　　易熙目不转睛地看着她，只是眼神越来越冰冷，也越来越陌生。

　　"既然这样，如你所愿，我们分手吧。"

　　他的声音很轻，表情也很平淡，像极了当初两人在酒吧初识时，他端详她下巴的伤口，问她是否受伤的场景。

　　"分手？"这句话如同晴天霹雳一般，千宸看着他，整个人愣住了。

　　明明这样的结局是她所希望的，可是为什么现在愿望得以实现，她的心却会这么痛呢？

　　"反正在你的心目中，我就是这么回事。与其和这样'卑鄙'的我继续纠缠在一起，为了你'高贵'的清誉，我看我们还是早点儿分开好。"易熙的唇边噙着无情的笑，冷冷的声音说着果断又刻薄的话，而他脸上的表情则和他话里的内容一样决绝。

　　如果结局注定是抛弃，那他也一定是主动抛弃的那一方。

　　易熙咬着牙，很骄傲地想着。

　　而那完全是自尊心在作祟。

　　"对不起，我不应该说这些话……但是请你相信我，我所做的一切都只是为了你好……"千宸哭了，泪水顺着她白皙的脸庞滑落。

　　她不断在道歉，可是"对不起"这三个字听在易熙的耳朵里却如刺般，扎得他特别痛。

　　易熙转过身，冷漠地离开。

　　那么决绝的态度，让千宸禁不住失声痛哭起来。

　　不要，不要走！

　　她想去把他追回来，可是脑海里有个声音在不断告诫她，不能这样做。

　　不能，不能去追，不然她刚才所做的一切都会前功尽弃。

　　因为太喜欢他，不想牵累他，所以编出那样的谎言来伤害他，目的只是想让两人暂时分开一下。等比赛结束，大家都肯定了他的努力后，他们再在一起。她没有想到结果弄巧成拙，反而让易熙误会自己是真的在嫌弃他。

　　看着他渐行渐远的身影，千宸无法自已地让泪水沾湿了面颊，心痛地瘫软在地，眼前像走马灯闪过的全是这几个月和他相处的一幕幕，整个人被深深的悲伤和绝望包围着……

第七章

我 在 乎 的 只 是 被 抛 弃 的 原 因

THE
SECRET
IS NOT TIME TO
TELL

CHAPTER 07

来不及说的秘密·The·secret·is·no·time·to·tell·

【一】

半决赛，易熙以最好的成绩进入总决赛，为了帮他庆祝，阮维希发挥舌灿莲花的本事，说服父母把家里的游艇借给她办一场派对。

除了吴成和阿东外，来参加派对的全是阮维希的朋友，当易熙面无表情地出现时，整个甲板上的人瞬间都停下了动作，目不转睛地盯着他。

阮维希办这个派对，名义上是为他们庆祝，实际上是要把易熙介绍给她的朋友认识，强行把他带进自己的生活圈。

所以当她拉着易熙说要把朋友介绍给他认识时，易熙的眉头不由得蹙紧。不过这些年来，阮维希大大小小帮过他不少忙，单凭这点儿友情恩义，易熙也只是抿着嘴没有阻止。

"哇，维希，这是你的男朋友吗？好帅啊！"一个自称是周茜的留过洋的女生，大大咧咧地说完，从桌上拿起两个装满黄色液体的玻璃杯，把其中一个杯子塞到易熙的手上，"帅哥，我在电视上看过那场比赛，你唱得不错，我以果汁代酒敬你一杯，还是你想真的来一杯？"

"抱歉，我对果汁过敏，所以你随意就好。"

尽管易熙是这样说的，但他冷峻的面容上一点儿歉意都没有。话音落下后，他神情冷淡地从周茜的身边绕过去，看也不看她手里的果汁一眼，更别提伸手去接。

周茜愣住了，不解地看向阮维希："我惹他讨厌了吗？"

面对好友的疑问，脸上带着尴尬之色的阮维希只能尽力替易熙开脱，解释道："没有，只是最近他发生了一些事，所以心情比较糟糕，你不要想太多，其实他对我们也是这样的。"

说完，她朝旁边的吴成和阿东使了个眼色："对吧？"

阿东会意，连声附和道："别提了，这家伙最近变得阴阳怪气的，动不动就发怒，不然就是冷着一张脸，好像我们欠了他的钱似的，这几天我们都不想陪他练歌了。"

吴成没他多话，只是张开嘴唇，勉强挤出一个"嗯"，就当回答了。

"原来是这样。"周茜露出一副了然的表情，她展颜一笑，略带一丝钦慕的语气说道，"不过他这样也帅哦，话不多，表情酷酷的。维希，你这次可真是捡到宝了，找了这么一个帅哥当男朋友，连我都忍不住羡慕。"

阮维希笑起来，一副不相信的样子："少来，也不知道是谁昨晚还在微博上拼命晒她和小男友的幸福照，现在再说这句话，骗谁啊。"

"这都让你看破了，你真是我肚子里的蛔虫。"周茜夸张地说道。

这场尴尬的介绍在阮维希故意的调解和玩笑下，用笑声带过去了。

吴成和阿东是在甲板最僻静的角落找到易熙的。

那个时候他正弓着背趴在栏杆上，一只手横搭在栏杆上，另一只手拿着手机，也不知道在看什么。他瞪着屏幕的目光特别凶狠，眉头紧蹙，薄唇紧抿，一副想怒摔手机但又因为某些原因而努力克制的模样。

西沉的太阳已经整个没入海的另一边，仅剩的暗红色霞光投射在海面上，拉出一条长长的线，天色介于黑暗来临的朦胧期，给人的感觉特别阴郁。

吴成和阿东两人看了对方一眼后，不约而同地皱起眉头。

"易熙，你刚才是怎么说话的，人家毕竟是女生，又是维希的朋友。你刚才的举动不仅失礼，还让维希很没面子，你知道吗？"阿东一脸不高兴地看着他。

"我已经说抱歉了。"易熙转过头扫了他一眼，表情淡淡地说道。

阿东听他这样说，有点儿生气："你那也算道歉吗？一点儿诚意都没有！"

"要不然呢？要我跪下来求她原谅吗？"易熙讥笑道，"那可是求婚的姿势，她有那个资格吗？"

"易熙，你——"阿东气结，伸手揪住他衣服的领口，作势就想揍他。但是抡起的拳头在离他的脸还有三厘米的地方停下了，只是瞪大眼睛看着他。

吴成连忙上前阻止，对阿东喝道："你干什么？为了一个连名字都没有听过的女生对自己的兄弟出手，你疯了吗？"

吴成伸手想将阿东揪着易熙领口的手拿下，但阿东执意不放。

"我生气不是因为这个。你也不看看他最近都变成什么样了，要么冷冰冰的一副爱理不理的样子，就像刚才那样；要么逮谁就龇牙，冲谁都开火。好像他最厉害，全天下的人都欠他的钱似的，自以为是，让人想揍……我忍他很久了。"

"嗯？我自以为是吗？"易熙眉毛一挑，明明嘴角漾起了笑，但看他的眼神是冷冰冰的，"说来说去，我看你是想替刚才那个女生出头吧？怎么？对她一见钟情了？想追她？要真是这样，兄弟我可以帮忙，就是这英雄救美的桥段会不会老套了点儿？"

易熙的话无疑是在火上浇油，阿东整个人都气炸了，脸憋成了猪肝色。

"我打你不是为了周茜，是为了你。"阿东气得大吼，揪着他衣服的手都在发颤。

"你这句话前后矛盾，如果哪天我想揍你，我也说是为了你好，换成是你，你干不干？"易熙不以为然地耸耸肩，嗤笑道。

就是这种无所谓的态度刺激了阿东。

"啪"的一声，他几乎听到绷得太紧的神经断裂的声音——不过他知道那只是错觉，他的神经还没有脆弱到那个地步。

忍无可忍的他扭过头，有点儿委屈地看向吴成："你看看，你看看，他又来了！就他这样，我打他还有错吗？就为了一个女生，他就把自己搞成这样，还是说那个千宸真的是灾星，接近她的人最后真的会倒大霉？"

吴成没有吭声，只是眯起眼睛，看向易熙的目光渐渐变得复杂起来，神情若有所思。

他没有眼瞎，当然看得见易熙这段时间的变化。

怎么说呢？就是他以前也不怎么爱理人，不过对于喜欢他音乐的粉丝，他还是会耐着性子跟人家互动几句，但是现在，他不冷着脸叫你滚开，就已经很不错了。有时候，他看人的眼神甚至还有点儿凶狠，性格也似乎变得压抑了。

易熙是真的变了，一点儿都不像他以前的样子。

"住口！"

一声怒喝响起，易熙的脸上满是怒意，上一秒还冷冰冰的，这会儿像吃了炸药一样，充满了火药味。

"我说了，别让我再听到那两个字，谁要是再提，别怪我翻脸！"

霎时，气氛陷入可怕的死寂中。

就连刚刚还一副叫板模样的阿东，这会儿也安静下来，看向易熙的目光渐渐复杂起来，眉头皱得紧紧的。

吴成本来就皱着的眉头几乎能夹死苍蝇了。

光是这句话，他们就知道这次是真的踩到易熙的禁地了。别看易熙平时脾气很差，但是他从来不对朋友说重话。相反，他其实很重视他们三人的友情。

当初在酒吧驻唱时，迪哥曾经提出让易熙单独出来唱，不要搞乐队。他说易熙是遗失在深海的一颗夜明珠，散发着万丈光芒，这样的人就算站在人群里，都能一眼把他认出来，其他人根本无法掩盖他的光华。

迪哥还说，乐队是他的绊脚石，会妨碍他的发展。他有人脉，和那些唱片公司的高层也熟悉，完全有能力捧红他，但提前是易熙必须签在他的名下，而吴成和阿东仍然可以留在他的酒吧驻唱，自成一派。

可是易熙想都不想就拒绝了，他对迪哥说："这不可能，如果是你，有人拿巨款跟你换双臂，你要吗？"

迪哥愣住了，吴成和阿东也愣住了，易熙竟然把他们比喻为左膀右臂。后来他们三个人以天狼星乐队的形式留下来，至于将来的情况是不是跟迪哥说的一样，就不得而知了。

不过，迪哥向来说话很准。

沉默还在继续，三人你看我我看你，阿东有些后悔了，看着吴成的目光带着妥协的意味。只有易熙神情凛然，态度坚决。

这时，被易熙握在手中的手机响了。

他用余光扫了屏幕一眼，却不是那个熟悉的名字。瞬间，一股无名之火怎么压

都压不住，从胸口窜出，直冲脑门。他死死地瞪着手机屏幕，脸都气绿了。

　　这个电话并没有改善目前这剑拔弩张的气氛，易熙看起来并没有要接听电话的意思。

　　"你们这是在干什么？"阮维希突然从拐角处走出来，谁也不知道她躲在那里多久，刚才的对话她又听到多少，只知道她现在的脸色非常难看。

　　才在易熙面前站稳，她立即伸出手去拉阿东放在他胸前的手，不悦地说道："阿东，你这是想干吗？易熙就算再怎么不对，也不许你打他！"

　　瞪了他一眼后，阿东这才不情不愿地把手松开："看在维希的面子上，这次就算了，不过，别以为我真的怕你，翻脸就翻脸，谁怕谁！"

　　他这是死鸭子嘴硬，在场的三个人都看得出来，包括易熙。所以他连还嘴都懒得还了。

　　手机锲而不舍地响了起来。

　　阮维希忍住去看来电显示的冲动，微笑着看向易熙，问道："不接吗？"

　　易熙这才皱着眉头看了手机一眼，伸出手在屏幕上轻轻地划了一下。

　　"我是易熙。"

　　他将耳机放到耳边，绕过阮维希，走到游艇的另一头，对手机彼端的人说道："为什么还打电话过来？上次不是已经跟你们说得很清楚了吗？除非你们答应我的条件，否则我们根本没有再谈的必要……"

【二】

　　易熙挂了电话，倚着扶栏，把手机放进裤兜里，阮维希就出现了。

　　她的脸上波澜不惊，举手投足间透着一种优雅的气质，给人一种高人一等的感觉。

　　"易熙，刚才打电话给你的那个人是谁？我听阿东他们说，这个人最近经常打电话给你，还挺神秘的……你可别告诉我又是倒追你的女生，我可不信。"她半开玩笑地说道。

　　"不是女生那又怎样？你这是要干涉我的生活吗？"易熙浓密的眉毛微微挑

起，看着她的目光透着一丝不耐烦。

阮维希说道："我不是那个意思。易熙，我是关心你。"

说话的时候，她将青葱般的小手慢慢地攀上他的手臂，整个人向他靠近。她微微仰着脑袋，问他："对了，易熙，昨天跟鸣姨打电话的时候，她让我这个周末到你家吃饭，我可以去吗？"

易熙眉毛一挑，反问道："你答应了？"

"呃，因为对方是鸣姨，所以……"阮维希窘迫地吐了吐舌头，"对不起，我真的没办法拒绝。"

"既然是这样，那你还问我干吗？"易熙讥笑道，一脸的不屑。

阮维希当然知道他这是在对自己先斩后奏的行为表示不爽，她还觉得易熙应该看穿了自己这次耍的小把戏。鸣姨那么寡言冷漠的一个人，就算再怎么喜欢她，也不可能亲自打电话叫她过去吃饭。这场饭局就跟之前的很多次饭局一样，都是她想方设法哄得鸣姨亲自开了口，她才算得了逞。

"不要这样嘛，如果不是鸣姨开口，你又怎么可能同意我去你家？我这也是没办法。"阮维希声音甜甜地撒着娇，整个人越靠越近。

下一刻，她身上散发出来的鸢尾花香就这么肆无忌惮地钻入他的鼻腔，这让易熙感到烦躁起来。

他皱紧眉头的同时，毫不犹豫地把自己的手从她的臂弯中抽出来："维希，够了！这已经是我的极限了，下次请你不要再做这些让人产生误会的举动。"

听到他这么说，阮维希漂亮的大眼睛一下子红了。

"为什么？我们不是一直挺好的吗？"她气得咬牙，刚才优人一等的气势通通都消失了。

"是很好，但那也只是朋友。而朋友之间，是不允许这种过分亲密的举动存在的。"易熙的声音虽然温和，但态度果断，不留一丝余地，"维希，你应该懂我的意思。如果我对你真有想法，早在三年前你对我说'喜欢'的时候，我就已经答应你了，而不是拒绝。"

我们之间不可能。

他就差把这句话直接说出来，不过阮维希照样明白。

"是我不够好吗？"她的声音有些哽咽，看起来很委屈。

易熙几乎要心软了。

但也只是"几乎"。

"不是，你很好。"他一动不动地看着她，表情很淡定，"就是因为你很好，所以我才觉得你值得遇到一个更好的人。而他一定会对你非常好，至少……会比我好。"

"可是在我心里，你就是那个最好的人。"阮维希忍不住坦露心声。

易熙闻言，蹙着眉头，淡淡地说道："这不是关键，问题的症结在于，最好的不见得是最合适的，而我并不适合你。"

"你这样拒绝我……是因为她吗？"阮维希冲着他大喊，神情忍不住哀伤起来，"因为那个叫千宸的女生，所以你才这样对我？"

自从他们分手后，这段时间阮维希一直都陪着他，可他对她的态度总是不冷不热，甚至可以说比以前更加冷淡。光是这样，她要是再不明白原因，那她阮维希就真的是榆木疙瘩了。

易熙在故意跟她划清界限，要让她知难而退。

可偏偏她最讨厌的就是不战而退。

自己的幸福就要自己去争取，这是她这么多年在芭蕾舞的世界里学到的。

易熙的脸色骤然一变，声音冰冷地说道："和任何人都没有关系，是我自己的原因。我没办法把你当成心动的对象，所以你要怪就怪我好了。"

意思就是要恨也只能恨他，不要去找任何人的麻烦，特别是那个叫千宸的……他就是这个意思吧？

阮维希算是听明白了，漂亮的脸蛋气得青一阵白一阵，她死死地咬着嘴唇，几乎就要咬出血痕来。

"还有，下次不要再做这种事了，我不喜欢这样。"

离开前，易熙迅速瞥了一眼甲板上已经玩成一片的人，淡淡地留下这句话，而他的脸上则带着毫不掩饰的不耐烦，甚至是厌恶。

像这种把他介绍给自己的朋友认识，让大家都以为甚至肯定他们就是恋人关系，让他百口莫辩，最后只能认栽的手段，他早就见识过了。

阮维希的身子再度僵直，那种一眼就被人看穿的感觉让她羞愤交加。直到易熙离开，她才发现自己的双腿在发抖，这个发现让她错愕。

没关系，不是还有鸣姨吗？她也不是一点儿优势都没有。至少鸣姨一句话交代下来，易熙哪次违背过她的意思？

没事的！没事的！

阮维希在心里一遍遍地劝慰自己。

她突然很庆幸，自己是学芭蕾出身，而鸣姨曾经说过，她将来的儿媳妇一定要是一个优秀的芭蕾舞者。

而芭蕾是她的优势！

【三】

百多鸣年轻的时候是一名国家级的芭蕾舞蹈家，刚怀上易熙的时候右脚突然长了一个肿瘤，走遍了许多医院都查不出原因。当时所有的医生都劝她放弃肚子里的孩子，赶紧接受治疗，可是当她看着隆起的肚子时，母性在最后占据了一切。

她选择保全肚子里的孩子，决定等孩子生下来后再接受手术。可是谁也没想到，她脚上这个良性的肿瘤却在后期恶化了。虽然她选择提前剖腹产把孩子生下来，并且及时对脚部进行手术，但是她错过了最佳的治疗时机，脚部神经已经受损。康复后，她连正常的行走都受到影响，更别提继续跳芭蕾了。

这对百多鸣来说是个致命的打击。

她曾经有一段时间颓废不振，是丈夫锲而不舍地开导和关爱让她慢慢站起来，重新回到这个社会。

但是对于从小就喜欢的芭蕾舞，她有一种执拗。所以当她知道易熙的身边有个叫阮维希的女生也是跳芭蕾的，而且还跳得不错时，百多鸣就开始注意起她来。

她本来是一个温柔的人，却因为这场病故夺走了她人生最重要的事业，所以性格变得怪异和沉默寡言。也只有在阮维希过来和她谈起练习芭蕾舞时发生的一些趣

事时，她的脸上才会露出笑容，像一个怀着梦想的少女那样笑得真心而纯真。

星期六晚上，阮维希如期来到易熙家做客。

饭桌上，百多鸣和阮维希有说有笑，气氛看起来非常融洽。从开始到结束，她们的话题一直都围绕着芭蕾舞，坐在阮维希对面的易熙完全成了陪衬，期间只说过三句话。

第一句——我知道，第二句——是的，第三句——嗯，一句比一句短，而这三句的对话分别是——

百多鸣："维希是个好女孩。"

易熙："我知道。"

百多鸣："她芭蕾跳得不错，只要坚持不懈，将来的成就肯定会在我之上。"

易熙："是的。"

最后一个问题，百多鸣看他的目光相对复杂起来，说的话也带着一种难懂的深意。

她说："你知道我一直有个心愿，就是这辈子能有机会站在林肯中心的舞台上跳舞，让全世界的人都能看到我优美的舞姿。可是这个心愿因为这双腿只能变成奢想，所以我希望，这个梦想能在下一代的身上得以实现。维希不仅舞跳得好，人也漂亮，脾气还很温柔，最重要的是她还很喜欢你。妈妈希望你们可以在一起，易熙，你会同意的，是吗？"

这是易熙从小到大听她说过的最长的一段话，他内心虽然震撼，但也不算太意外。

你想跟什么人在一起我不管，但是将来能踏入我们家成为我儿媳妇的，一定要是个优秀的芭蕾舞蹈家，这是肯定的。

这是他16岁那年和某个女生逛街回来后，她对他说过的话。

没有一丝讨价还价的余地，强硬霸道，完全不顾易熙内心的想法和感受。就算他解释那个女生不是自己的女朋友，他没有在谈恋爱，她也没有听。

也是从那个时候起，易熙开始对这样的母亲感到失望。

而现在，不过是旧事重提而已。

阮维希会跳芭蕾，符合了她这个近乎病态的要求，所以她希望自己接受阮维希，和阮维希在一起，甚至是结婚——好在未来的某个日子实现她那个伟大的心愿。

这算盘她打得可真仔细。

易熙想笑，可是他笑不出来，眼睛有些酸涩，慢慢地涌起了潮湿的感觉。他下意识地将眼睛眯起来，巧妙地掩盖住眼眶里的湿意，不被别人发现。

这就是他的母亲。

易熙感觉自己的心里在哭，在愤怒，他差点儿就要掀桌对她咆哮："这是我的人生、我的幸福，你已经左右我够多的事情了，现在我喜欢谁还要由你来决定吗？"

可是想法刚在脑海里出现，他就立即想到医生的叮嘱："病人的情绪一直都不太稳定，最好不要再让她受到任何刺激，否则病情加重，会很难克制的。"

顿时让他陷入两难的境地。

最后，理智战胜了情感。

他闭上眼睛，把痛苦和不甘通通往肚子里吞。他告诉自己，暂时应付一下，只是安抚她的一个拖延政策。这一切全是看在她有病的分上。

"……嗯。"

良久，他才咬牙做出回应。

闻声，阮维希悬了老半天的心这才慢慢回归原位，心想和鸣姨打好关系果然很有必要。她的脸上忍不住泛起红晕。

易熙原本以为这事差不多就这样过去了，谁知道百多鸣却趁热打铁，居然还说："既然是这样，你们就选个日子吧，先订婚，等毕业了再谈结婚的事……当然，你们想提前结婚也行，只要到法定结婚年龄，我是不会反对的，但前提是你们要跟维希的父母商量好了再说。"

"这么快？"

易熙和阮维希都被她大胆的提议吓到了。

"因为我不想有人中途反悔。"

很明显，百多鸣这话是冲着易熙说的。

易熙眉头一蹙，说道："但是现在真的不行，目前正是比赛的关键时刻，我不想为了其他事分心而输掉这场比赛。所以，这件事等以后再说吧。"

"对啊，鸣姨，我也觉得现在谈订婚的事确实有点儿早了。"阮维希立刻帮腔道。

她很想和易熙在一起，可是鸣姨的这个提议太急功近利了，易熙会反感的。如果因为这样而让易熙讨厌她的话，那就真的得不偿失了。

"行，既然你们都这样说了，那订婚的事就等比赛结束后再谈。"百多鸣用筷子指着餐桌上色香味俱全的几道菜，声音平静地说道，"继续吃饭吧。"

饭后，阮维希一个人留在厨房切水果。切好后正准备回客厅，她突然被身后过度靠近的面孔吓了一跳："啊，鸣姨！"

百多鸣目光锐利地看着她，问道："我问你，那个叫千宸的女生都处理好了吗？"

虽然不懂她为什么突然问这个，但阮维希还是实话实说："我已经见过她了，现在她跟易熙彻底分手了，您不用担心。"

"可我怎么看着不像？易熙好像还一直惦记着她。"姜还是老的辣，百多鸣一眼就看出问题所在，"把你怎么说服她同意跟易熙分手的过程再跟我说一遍。"

阮维希有些顾虑地瞅了外面的客厅一眼。

百多鸣见状，淡淡地说道："易熙已经回房去了，你放心吧，他不可能听见。"

"他回房了？"阮维希闻言，松了一口气，"其实那天我也没说什么，我就告诉她，她跟易熙在一起会给他带来不幸……"

阮维希将当天见面的情景仔仔细细地向百多鸣说了一遍。

只是谁也没有想过，紧挨着厨房的楼梯最后几级台阶上，却安静地站着一个人。

他听到厨房里的对话后，脸色一点点地冷了下去。易熙做梦也没有想过，阮维希去找千宸，竟然是受他母亲的指使。

"为什么？"

愤怒的声音响起之际，厨房里正在说话的百多鸣和阮维希明显都被吓了一跳。

她们循着声音传来的方向望去，刚好看见易熙从楼梯上下来，身形挺拔如竹。他面色铁青，额头上青筋突起。

阮维希震惊地问道："易熙，你不是回房间了吗？怎么会……"

"我要是还待在房间，不就听不到刚才那段精彩的对话了？"易熙嗤笑道，看着她的目光渐渐染上一丝轻蔑。

阮维希的脸很红，竟然一个字都说不出来。

"我真的没想到你们会这样做，费尽心机去对付一个这么简单的人，你们是不是特别有成就感？"易熙凝视着她们，眼里的温度正在一点点地消失，"你们真是太让我失望了！"

说完，他决绝地转过身，准备离开这个连空气都变得难闻的地方。

百多鸣对着他的背影，忽然提高音量喊道："因为她没有资格待在你的身边，所以我想办法让她离开，我这样做有错吗？"

闻言，易熙停下脚步，不可思议地回过头。

"资格？您不要告诉我，您这么做只是因为她不会跳芭蕾。"

"对，我很早就告诉过你，你喜欢谁，爱跟谁在一起，我都不会管，但是有一点她必须做到，那就是会跳芭蕾。这是我对她最基本的要求，也是唯一的要求。"

"那是您的要求，不是我的！在您的心目中，到底是儿子一生的幸福重要，还是为您圆梦重要？说到底，您就是自私！"易熙气急败坏地喊道。

这是父亲去世后，易熙第一次顶撞自己的母亲。

可是天知道，他真的已经忍无可忍了。

他不能拿自己一生的幸福为她的自私埋单。

"你，你说我自私？"百多鸣指着他，气得连手指都在发抖，"你也不想想，我是为了谁才会变成现在这样，要是当初我不执意生下你，那么现在我的脚就不会瘸了，我完全可以靠自己去实现我的梦想！"

心脏好像突然被人重重一击，很痛，易熙咬牙切齿地忍着，但眼里还是忍不住

泛起了泪光。

"是，也许我的出生让您失去了某些重要的东西，也许您不应该生下我，可是我求您了吗？是我拿着什么东西威胁您、逼着您一定要生下我吗？如果知道被您生下来后，我的生活会是这样，那我宁愿您当时就把我打掉！"易熙歇斯底里地喊道。

"轰隆"一声，百多鸣被他的话炸得脑子一片空白，身体虚弱地向后退了一步。

"您知道我喜欢什么，讨厌什么，对未来的计划又是什么吗？没有！您在意的从来是我有没有达到您的要求，想到的是下一步我该怎么做，才可以让您往梦想更靠近一点儿。就连阮维希，也是您看中后硬塞给我的！"

易熙几乎是从齿缝里挤出这些话——压在他心里好久的真心话。

"维希哪点不好了，你敢说千宸比她强？"百多鸣的脸色十分惨白。

易熙的眸子里闪过一丝怒意，恶声恶气地说道："是，她就是太好了，所以我配不上她，行了吧？"

"你——你竟然敢这样跟我说话，你……大逆不道！"百多鸣气得差点儿一口气没接上来。

阮维希见状，赶紧扶住百多鸣摇摇欲坠的身子，一边替她拍背顺气，一边对易熙说道："易熙，你怎么可以用这样的态度跟鸣姨说话，鸣姨这么做也是为了你好。我去找千宸，无非是劝她不要拖累你，你也知道她的黑历史，跟她在一起，你是不会幸福的。"

从刚才吃饭百多鸣自作主张帮他做了那个决定，易熙就一口气哽在喉咙里，千宸的事不过是个导火线，让矛盾提前爆发而已。

其实易熙心知肚明，像刚刚这样的事早晚会发生。

而现在，他只是让这一幕提前发生而已。

"你也不用替她说话，她是怎样一个人，我比你还清楚。如果不是你芭蕾跳得好，你以为她还会像现在这样偏袒你吗？"易熙毫不留情地实话实说。

闻言，阮维希的脸色变白，不自觉地收回扶着百多鸣的双手，目光带着一丝惊惧。她觉得易熙没有说错，百多鸣确实就是这样的人。芭蕾是她的优势，哪天自己这个优势没有了，百多鸣肯定会头也不回地转身就走。

她对自己的喜欢全是因为芭蕾。

这些阮维希心里都清楚，不过，想是一回事，被人这样挑破指出来又是一回事。说没有被打击到是假的，阮维希觉得自己在短时间内都无法平静地面对百多鸣。

余光瞥到易熙转身走进客厅，朝玄关走去，阮维希着急地追上去。

"你去哪里？"

"去找千宸，告诉她这是你们的诡计，让她别再犯傻，以为和我保持距离就没事。"

易熙并没有停下来。

"不要去！"阮维希的声音有些哽咽，眼里蓄满泪水，"就当是我求你，不要去好吗？"

听到她的话，易熙回过头，却沉默了。

半晌儿，他说道："不行，我不去找她的话，她会哭的。你也知道她没有朋友，要是连我都不要她的话，她会很伤心的。"

"失去你，我也会哭，我也会很伤心。"阮维希上前一把抱住他，把头深深地埋入他的怀里，任由泪水流出，湿透了他的T恤，"易熙，难道你心里一点儿都不在乎我吗？"

低低的啜泣撞击着易熙的心，但是——

他伸出手，将她的双手拿下。

"维希，不要再固执了，我对你真的……"

"不要说。"

阮维希大声打断他的话，纤细的十指再度紧紧扣住他的腰，泪水迅速在眼眶里蓄满，闪闪发亮。

她态度坚决地说道："不管你说什么，我都不会改变心意的。"

"可是，我不希望你在我身上浪费感情。"

易熙回过头，用余光看她。

他的坦诚让阮维希泪如雨下，再也控制不住。

"既然是这样，那为什么你不做得更绝情一点儿，让我以为只要我努力，我们还是有可能的。"

"难道你还不清楚原因吗？我妈那么喜欢你。"

易熙欲言又止，也许实话会很伤人，但总比假话好。对于他来说，其实还是很珍惜和阮维希的友谊的。

果然是鸣姨。

阮维希变得歇斯底里起来："那除此之外呢？难道你对我就没有一点点动心吗？就算只是一点点也好啊。"

易熙沉默了，可正是他的沉默，无形中又往阮维希受伤的心再插了一刀。

她颤抖着手，慢慢地放开了他，几乎泣不成声："为什么？为什么要这样对我？难道我对你还不够好吗？"

那悲恸的模样比指着易熙的鼻子骂他残忍还要令人难过。

易熙看着她，眼底露出一丝愧疚："曾经我也想过，不如就让一切顺其自然吧，你很好，我妈又喜欢你，也许我们在一起也很不错啊。可是，我发现我们认识得越久，相处得越久，我就越没办法对你有那种感觉。也许潜意识里，我已经习惯把你列在好友圈，你给我的感觉就像家人一样。"

"家人？"阮维希难以置信地念着这两个字，如死灰般的脸上露出大受打击的表情。

她没有想到，自己努力了这么久，却只是被他当成了亲人。

"呵呵。"

阮维希悲痛地笑出声，只是这笑容却比哭还要让人心酸。

易熙看着这样的她，心里有些难受，但没有后悔。

"维希，你应该多看看身边的人。也许你会发现，其实有人比我更适合你。"他明显话里有话。

"是吗？"

可是她不信，就算真有这个人，她也不想要。

阮维希拭去脸上的泪水，表情却固执得不可动摇。

易熙看着她，再度沉默了，片刻过后，他才启唇，低低吐出那三个字："对不起。"

眼前就像隔着大片水帘，阮维希泪流满面地看着他换上一双黑色的帆布鞋，然后拉开门帅气地走出去。

"站住！"百多鸣在后面冷着脸喝道，"我不许你去，你回来！"

可是易熙并没有停下来，他的身影渐渐消失在门口。

这一刻，阮维希感觉到，自己也许再也等不到易熙回来了。

他好像真的已经爱上了千宸。

【四】

6月11日，除了是世界人口日，还是千宸的生日。

夏天的夜晚有点儿热，微风中还带着白天的暑气，空气就像被套上一层无形的网纱，让人呼吸起来带着一点儿浊气。

夏天的星空却是极美的，炫目而迷人。

夜幕降临后，无数小星星点缀着幽蓝的夜空，忽明忽暗，看起来就像是无数个顽皮的小孩子在眨动着眼睛。而皎洁的月亮犹如这片无边无尽的星海中的灯塔，为其照亮，也为其指引。

6月9日，快递员就是在这么一个晚上按响了千宸家的门铃。

因为订单上特别注明，必须是本人亲自验收，所以管家芳姨只能让千宸出来签收。

当千宸看到这么一个大箱子摆在自己的面前时，就算淡定如她，也被吓到了。最令她惊讶的是，这里面还藏着一个人。

"Happy Birthday！"

当千宸把箱子上的彩带蝴蝶结拆开时，于又曦就像魔术师手里的弹力球一样跳了起来，着实把千宸吓了一大跳。

"啊——"

不止是她，就连见过世面的芳姨还有家里的其他用人，都冷不丁地被吓得差点儿魂不附体。

"千宸，生日快乐！"

于又曦手里还捧着另一份礼物，是一个包装精致的黑色小盒子。在月光的照射下，盒子的表面泛着一阵妖异的光，而他唇边的笑容仍然很温柔。

"又曦？"

千宸频繁眨眼，不敢相信自己的眼睛。

这真的是他吗？他怎么会做出把自己打包成礼物送过来这么幼稚的事呢？可是，她心里涌起的那股感动是怎么回事？

这份惊喜真的太大了。

"怎么样，感动吧？喜不喜欢我的礼物？"他开心地问道。

千宸点点头，刚想说话，冷不防听见他惊诧地问道："你的眼睛怎么肿成这样了？你哭过了？"

说话的时候，于又曦已经抬脚跨出箱子，走到千宸的面前。

"没有。"

嘴上虽然否认着，但是千宸垂下脑袋的动作出卖了她。

就她这模样，于又曦相信她的话才怪，他不由得蹙紧眉头，目不转睛地看了她几秒钟后，才压着怒火开了口："是不是和他有关？"

没有指名道姓，不过千宸还是听懂了，不由得一愣。她想要否认，可是话到嘴边又咽了下去，一双不同颜色的眼睛霎时变得通红，泪水也以一种夸张的速度在里面聚集。

这还是自上幼儿园后，于又曦第一次见到她哭，不禁被吓到了。

"有什么事你跟我说，是不是那个浑小子欺负你了？告诉我，我帮你教训他！"

于又曦手足无措地安慰着，想要帮她拭泪，修长的手指伸到她的脸颊附近，才发现那挂在她眼角的泪迟迟都不落下来，害得他只能硬生生地把手收回，英俊的脸上露出尴尬之色。

芳姨是何等聪明的人，向来擅长察言观色，她见眼前的形势有些失控，于是悄悄地把躲在门后围观的数名用人遣退，自己也跟着回屋，把空间留给他们。

"没有……易熙没有欺负我。"千宸的声音带着哭腔，这是极力忍住眼泪的表现。

"放屁！"于又曦忍无可忍地骂了一句，黑亮的眼睛都快喷出火来了，"你都哭成这样了，他还没有欺负你，难道还是我欺负你不成？"

"我没哭……"

千宸小声地反驳，不过话说到一半，就被于又曦凶狠的眼神瞪得不敢吭声了。她下意识地咽了口唾沫，微微瑟缩了一下。

看着她这别扭的样子，于又曦头痛了。

"眼睛都快肿成核桃了，还想对我撒谎是吧？"于又曦越想越生气，突然转身说道，"行，你要是实在不想说，那我只能去问姓易的。"

"不行，你不能去！"他的话让千宸的脸色陡然变白，她跑到他的前头，摊开双手将他拦住，"我……我……"

于又曦看着她，直皱眉头，也不说话，只是又往前迈了一步。

千宸赶紧喊道："我们分手了！"

气氛突然陷入一阵死寂中。

于又曦第一次有揍人的冲动，而且还是往死里揍的那种。

"你说什么？再说一次！"

他震惊不已，但这样的结果是意料之中的。

千宸的性格偏内向，而那个叫易熙的看起来是个不甘寂寞的人，这样两个人相处起来，会分手是早晚的事。只是乍听之下，于又曦发现自己居然一点儿都高兴不起来，看到她眼里的泪意后，反而更加难受了。

这是一种矛盾的心理，希望她分手，但又见不得她伤心难过的样子。

"我……"千宸抽了抽鼻子，才挤出一个字，眼泪就簌簌地从眼角流了下来，滑过她精致的脸庞。

一颗、两颗，瞬间就泪崩了——眼泪是如此来势汹汹。

"别哭，别哭，不想说的话就什么都别说，我不逼你。"

于又曦上前，一把抱住了她。

她哭，可被眼泪砸疼的是他的心，他比她还要难受。

原因在他，还是在你？

分手是谁提出来的？

是他对不起你，还是你不喜欢他了？

这些问题都已经不重要了，重要的是如何让她不哭。

他朝她挤眉弄眼，故作轻松地说道："我的千宸以前可不是一个爱哭鬼。"

他试着用激将法，结果适得其反。

"我不哭。"

千宸试着将眼泪忍住，于是用力抽着鼻子，可泪水就像是故意跟她作对一样，越流越汹涌。

"都说了不哭，怎么还哭呢？"于又曦看到她哭得几乎断肠，心疼了，同时也在心里把易熙狠狠地骂了一遍又一遍，"他到底是怎么欺负你的，居然害你哭成这样！下次要是落在找于上，我非把他揍残了不可！"

他气愤地撂下狠话，千宸信以为真，面色"唰"的一白。

"不关他的事，是我先要求分开一段时间的，只是我没有想到，他误会我嫌弃他，最后还跟我提出分手……"

她试着解释，可是越解释越乱，于又曦听完后更加一头雾水。

她痛苦地捂住眼睛，任由眼泪从指缝间流出来。只是哭到最后，她的哭泣中偶尔夹着几声咳嗽。

"呜呜……又曦怎么办……喀……"

于又曦从没见到千宸这样哭过，心当即疼得差点儿窒息，抱着她的手臂加大了力道。

下一刻，他坚定地说道："不怕，我会一直在你身边的。他不要你，我要！"

这句话如同座钟一般在千宸的心中撞响，她猛地抬头，对上的是于又曦异常认真的眼神。

"你……你刚才说什么？"

她错愕地看着他，连哭泣都忘记了。

"我说……"于又曦目不转睛地看着她，乌黑的眸子像星辰般闪烁着耀眼的光芒，"千宸，我爱你！"

话音刚落，他微微侧过头，视线落在她红润的唇瓣上，身子越靠越近。

或许这是上天注定，易熙没有想过，他到的时候看到的竟然是这样的情景。一个他并不熟悉的男生正把双手放在千宸的肩上，看样子还要吻她。

可令他停下脚步的是，千宸并没有推开对方。

千宸没有推开……

这代表着什么，他太清楚这里面的含义了。

当于又曦吻住千宸的刹那，满心的希望顿时化为乌有，易熙映着这一幕的眸子里涌现出无限的失望，以及无边的愤怒。

很好，真是太好了！

原本他还以为是自己误会了她，特地跑来跟她道歉，没想到她却已经和别的男生在一起了，还这么亲热。

易熙，你这个傻瓜！

你这个全天下最傻、最好骗的笨蛋，看到这样的情形，难道你还相信她跟你分手真的只是不想拖累你吗？也许那个男生才是她要分手的理由。

你清醒一点儿好不好！

被愤怒蒙蔽了双眼的易熙，沉着脸走入漆黑的小巷里。

悄无声息，就像他来时一样安静。

这时候，不远处的于又曦突然抬起头来，锐利的目光越过千宸的身边，落在易熙之前停下的地方。

他望着昏暗的街头，眉头不由得蹙紧，若有所思。

至于他怀里的千宸，早就被他的行为吓傻了，用"魂飞天外"来形容她此时此刻的心情一点儿都不夸张。

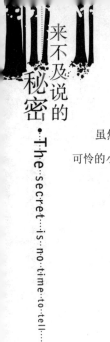

虽然于又曦最后吻住的是她的脸颊，可他是除了易熙以外第二个吻她的人。她可怜的小心脏没少受到惊吓，到现在还一直跳个不停……

第八章

躲藏在黑夜里的存在

THE
SECRET

I S   N O T   T I M E   T O

TELL

CHAPTER 08

【一】

"总决赛即将开始，你现在退出比赛，会不会太可惜了？"

"不会，都说鱼和熊掌不能兼得，我只是在坚持对我来说是对的决定。"荧屏上的少年温和一笑，一脸的惋惜，"其实可以的话，我很想继续比下去，只是可惜了。"

"这么说，你已经做好退出比赛的准备了？"

"是。"

"那我能不能问一下，是什么原因致使你不得不这样做？"

少年顿了一下，望着镜头沉默了。

坐在电视机前的千宸猛地跳了起来。

她从来没有想过，自己会在这次选秀的采访节目中看到易熙宣布退出比赛的消息。

这是多么不可思议。

易熙，那个一心想站在舞台上让自己红起来、那个在圣马广场指着舞台对她说，他将来的成就一定会在安俊旭之上的少年。

尽管荧屏上的少年为自己的退出找了一个完美的理由，可是在她听来，那全是借口。

易熙是因为自己才决定退出比赛的，千宸几乎能肯定。

她坐立不安，冲出房间，快步往楼下跑去，正在客厅指挥用人打扫卫生的芳姨见了，不由得问道："小姐，你这是要去哪里？"

"回学校。"

说话的时候，千宸已经跑到玄关换了鞋。

芳姨微惊："你下午不是没有课吗？而且已经4点半了，老爷的班机5点就到了，我们差不多该准备去机场了。"

经她一提醒，千宸才想起爷爷要回来帮她庆祝生日的事。

她回头望向芳姨："我可能去不了了，芳姨，您让司机载你过去就好了，到时候我跟爷爷说一声。等我回来，我会跟他解释的。"

说完，她打开门出去了，完全不理会身后芳姨的叫喊声："小姐，不行啊，老爷会生气的，你快回来……"

千宸出门后叫了辆的士，15分钟后，学校的大门呈现在眼前，她让司机直接把车开到了旧宿舍楼。

果然，易熙正在里面和阿东、吴成他们练歌。

"你为什么要退出比赛？"推开门的瞬间，千宸忍不住问道。

正在排练的三人闻声，纷纷抬起头往门口的方向望来。当易熙看清楚来人是她后，脸色一沉，目光阴冷得让人打寒战。

"不用理她，我们继续。"

说完，他低下头开始拨弄吉他弦。

吴成和阿东对视一眼后，纷纷放下手上的乐器，吴成说道："我们已经练了很久，休息一下吧，你们有话也可以谈一下。"

"谢谢。"站在门口的千宸一边往里面走一边道谢。她知道吴成在给她一个和易熙交流的机会。

易熙冷声说道："只是一个不相干的人，没必要为了她影响我们练歌的进度，而且我和她也没什么好谈的。"

走到一半的千宸身体猛地一僵，停留在唇边的浅笑险些挂不住，吴成和阿东都看见她的眼睛红了。

突然，他们意识到，这次的分手事件并不是表面上看起来的那么简单，也许这里面有隐情。

几乎是同一时间，吴成和阿东从座位上站起来，扔下一句"我们20分钟后再回

来"，也不管易熙脸色铁青，两人快步走出了旧宿舍。

"易熙，你是不是……"

千宸刚开口，就被易熙毫不留情地打断："你走吧，我们没什么好谈的。"

千宸却不放弃，易熙借口要擦吉他，起身绕到另一边去拿干净的白布，她厚着脸皮跟了过去。

"易熙，我知道那天的事让你对我有所误会，我知道你暂时可能不想见到我，可是我来就想知道，你是不是真的打算放弃比赛。"

易熙好笑地说道："你太抬举自己了，你对我来说还没有重要到那个地步。不过是分手，对我来说也就是换换衣服、换换口味那么简单的事。有一点你倒是说对了，现在我一点儿都不想再见到你，因为现在你对我来说只是路人甲。你明白了吗？"

千宸的心受到重大的打击，她难以置信地看着他，就好像在看一个不认识的人。

她的心很痛。

"易熙，我们就不能好好说话吗？可不可以……不要用这样的语气跟我说话？"千宸的眼里蓄满了泪，声音微哽。

她不想让自己看起来太狼狈、太脆弱，可是到了这一刻，她才发现，他只需简单的一句话，就可以让她溃不成军。

那和坚不坚强无关，那是因为她把他放在心上了，他的话、他的态度是决定她生死的药。

喉咙突然像卡了刺，易熙明明已经到了嘴边的话，却怎么也吐不出来。

她拼命吸着气，强忍着不让眼泪流下来的样子，就像烙印般，用力地烙在他的心上。

易熙发现，自己还是忍不住心软了。

他无法再说出伤害她的话。

他用力咬牙，闷声说道："好，我给你5分钟，说完快滚。"

尽管他恶劣的态度让千宸的胸口微微一痛，但她还是对他的退让心存感激。

"易熙，你真的要放弃比赛吗？"

被问得不耐烦的易熙恶声恶气地说道："是，但关你什么事？"

"不行，易熙，你不能放弃比赛！好不容易才走到总决赛，你一定要继续下去。"

易熙的口气更加恶劣了："参不参加比赛是我的事，你是我什么人，凭什么让我听你的？"

千宸神色一黯，声音有些忧伤："我知道，现在的我对你来说什么都不是，可是易熙，站在那个舞台上让大家都能看到你的表演，不是你的梦想吗？而现在你就差一步，为什么要在紧要关头放弃呢？"

"那只是因为我想在人生这条道路上走好而已，可这并不是我的梦想。"易熙的反应出乎意外的冷淡，和刚刚说话的语气完全是天壤之别。

千宸明显一愣："这不是你的梦想吗？可是你之前还对我说……"

"之前说过什么我已经忘记了，但是现在，这就是我的答案。"易熙的态度很坚决。

"不行，你一定要去参加！"千宸激动地冲他喊道，脸上是从未有过的执拗。

"为什么？"

易熙看着眼前反常的女生，眉头皱紧。

"因为……因为如果你不去参加比赛的话，那我之前所做的一切不就失去意义了吗？我还因为这个跟你分了手……"

千宸的声音忽然变小，她抬头看着易熙。

易熙清楚地看见，一颗透亮的泪珠无声无息地从她的眼眶里滚落下来，瞬间滑过她白皙的脸颊，落在地上。

"啪！"

眼泪掉落的地方明明是地上，易熙却听见那颗眼泪落在自己心里的声音。

他的眼睛猛地眯起，心很痛，可是他对这样的自己感到气愤。

这两种情绪就像水和火，在他体内放肆地乱窜，完全融合不到一起。易熙感觉自己快被这样的情绪逼疯了。

"易熙，你不要让我觉得自己是个傻瓜好吗？而且还是天下最傻的那个。"千宸的声音带着哭腔。

易熙却怒不可遏："说来说去，你要我去参加比赛也只是想让你心里好受一些。姓千的，你还能更自私一点儿吗？"

他的眼睛里仿佛燃烧着熊熊怒火。

千宸被震慑到，脸色变得惨白。

"自私？"

刚刚易熙说她自私，她没有听错吧？

千宸惊讶地看着他，就好像在看一个怪物。这样的目光让易熙感到刺眼和难受，他几乎以为自己真的误会她了。

当然，那只是"几乎"。

"别隐瞒了，我都看见了。"他强忍着心痛说道。

千宸却蒙了，一脸的不解："看见什么了？"

到了现在还装是吧？

"昨晚我去你家找你了。"易熙言简意赅地提醒道。

"然后呢？"千宸的眼睛睁得大大的，就好像他会去她家找她是一件不可思议的事。

易熙忍不住气急败坏地说道："千宸，我是不是特别好骗？到了这个时候你还不准备对我说实话是吧？现在你无从抵赖了吧？"

"啊！"

千宸惊呼一声，脸色先是一红，接着变成惨白。

她怎么把这事忘了？

"他是谁？你们在一起多久了？你和我分手的真正原因就是他吧？"易熙咄咄逼人地问了好几个问题。

千宸忍不住慌张起来，卷翘的睫毛微颤："你说的是又曦吧？虽然我不知道昨晚他为什么要那样做，但我们的关系并不是你想的那样，我们没有做朋友。"

又曦？就是那个常常给她打电话的男生吗？

易熙冷笑一声，摆明了不信："如果不是，你为什么不推开他？"

"因为太突然了，所以……"

"所以你被吓到了，不知道该怎么做对不对？"

千宸激动地点头："对，就是这样。"

易熙看着她，眸子里露出浓浓的失望："千宸，你还真把我当成傻子了。"这样的解释谁会信？

他的目光让千宸的心里不由得涌起一股冰凉的感觉，本就不安的心情变得恐慌起来。

"易熙，你不信我吗？我说的都是真的。"千宸的神情非常急切。

是真是假都不重要了，他们之间早在她提出分手的那一刻就出现了隔阂，回不到最初了。

易熙站直身子，夕阳的余晖透过玻璃窗照射在他的身上，把他投在地上的影子拉得长长的。

"你和他的事，我没兴趣知道。不过既然你这么关心我参不参加比赛的事，那我索性就把真相告诉你好了，省得你以后再来烦我。"

他淡淡的语气让千宸的心脏猛地揪痛，害怕的情绪像汪洋上的浪涛，瞬间就将她吞没。

"什么真相？"

她想把耳朵捂起来，不想去听，可是嘴巴仿佛有自己的意识，已经顺着他的话把问题问出来了，速度快得连一丝后悔的余地都不留给她。

他还没有说话，她的眼眶就已经红了，开始蓄满泪水。

可是下一秒，易熙的声音仍然残忍地在耳边响起："我和维希在一起了，她不希望我参加这个比赛，所以我退出了。"

他说得云淡风轻，可是在千宸听来犹如晴天霹雳，整个人受到重重的打击。

"我不信！你骗我！"

易熙和阮维希在一起？易熙竟然和阮维希在一起？就在他们分手还不到半个月的时间里？

不，她不信。易熙这样说，一定是因为之前自己对他说了那样的话，伤害到他，所以现在他故意这样说，纯粹就是想报复自己。

对，一定是这样的。

千宸完全无法接受。

"我没有必要骗你。维希对我怎样，你心里应该也清楚。她一直在等我点头，而我现在会答应，也是因为被她这种默默等待的行为感动到，没什么不对。"易熙的声音很平静。

那我呢？我也一直默默地对你好啊……

千宸在心里大声喊着，可是她喉口发紧，根本发不出半点儿声音，轻颤的身子好像在地上扎了根，完全动弹不得。

她死死地咬着唇瓣，眼睛红得像充血一般，让人怀疑下一秒她会不会掉下血泪来。

而易熙似乎看不到她落泪就誓不罢休。

薄薄的唇瓣微掀，他说："还有，我们已经计划这学期一结束就订婚。鉴于我们以前的关系，维希不希望我们再见面，所以你以后不要再来找我了。"

"轰隆"一声，千宸只觉得脑袋里突然炮火连天，一片硝烟。

眼前才感觉模糊，眼泪就已经绝堤，争先恐后地从眼眶里滚落下来，迅速打湿了她的脸颊。

千宸哭了，不再像之前那样无声无息地哭，而是不能自已地抽泣起来。可是易熙看见了也不心疼，他决绝地转身，走出了旧宿舍。

【二】

生日当天，特地越洋赶回来的爷爷为千宸办了一场隆重的生日派对。

今日她身上的服装是法国知名设计师亲手设计的，这套衣服在选料和设计上，不仅采用了一些新的尝试，同时也保留了一贯的王室气息。白色是圣洁的代表，用雪纱做裙摆，让这套裙子看起来特别轻盈飘逸，还突显了少女的甜美气息；而斜肩设计则充满优雅的格调，同时透着一丝感性，头上戴上一个公主发箍，于是千宸一出场就成为了众人瞩目的焦点。

　　站在她身边的老者就是她的爷爷，F&S娱乐集团最高执行董事长——千尚。都说人生七十古来稀，可是眼前的老人虽然身形瘦削，头发半白，然而鹰隼般的眼睛却带着商人特有的精明。这样的人一看就知道是个不好对付的角色。

　　第一个过来敬酒的是离他们最近的莱恩教授，专教她企业管理。

　　"千宸，生日快乐。"他用一口别扭的洋腔说着中文。

　　"谢谢莱恩先生。"

　　千宸勉强扯出一抹笑，和爷爷还有教授碰杯。

　　千尚浅饮了一口酒，露出商场上最职业的微笑："这段时间千丫头让教授费心了。"

　　"NO！NO！NO！"莱恩教授连忙放下酒杯，挥着食指说道，"千宸很聪明，基本上我说一遍，她就能明白七八分。只是前段时间她看起来好像很忙，这段时间心情好像又不是很好，我们上课的时候她老是走神……这个词我应该没有用错吧？所以我希望她可以把更多的精力放到学习上。"

　　听完他的话，千尚下意识地看了千宸一眼，当即知道是什么原因了。只是身为爷爷，在这件事上他也不好插手。

　　因此他只是笑道："没用错，你的中文说得太好了。"

　　千尚对莱恩竖起了大拇指。

　　莱恩怕他误会，连忙解释："我说这话没别的意思，我只是很喜欢千宸，所以希望她能更好……我的心情，你们能懂吗？"

　　"明白，我和千丫头都明白，教授这是良苦用心啊……"

　　千尚是商场上的老手，对这样的场面完全应付自如，心里同样感激莱恩教授对千宸的关心，于是也回敬了一杯酒。

　　千宸自知对不起教授，所以留下来陪他们说了一会儿话。

　　只是莱恩前脚才离开，千宸就找了个借口回了房间。

　　千尚见状，心里多少有些担心。

　　"我能进来吗？"

在门板上轻轻叩响两声，在未经主人允许的情况下，来人就推门而入。

果然，千尚一进屋就看见他的宝贝孙女双手抱膝，整个人缩在柔软的大床中间，正在发呆。

她的眼睛被忧伤的情绪占满了，红红的，泛着水光。

唉……

无声地叹了口气，他慢步朝她走去。

千宸感觉床有部分陷了下去，随后爷爷的声音在耳边响起："是不是又在想他了？"

闻声，千宸抬起头来，刚想摇头反驳，但是话到嘴边却卡住了，眼睛迅速红起来，蓄满了泪水。

"你还……唉，真是个傻孩子。"千尚忍不住又叹息一声，像小时候一样轻轻摸着她的头，望着她的目光充满慈爱，"如果真的这么放不下，为什么不去找他呢？"

关于她和易熙的事，千宸从来没有瞒过他，开始他是不同意的，因为他太了解千宸的性格了，与其说安静，还不如说内向，而且也不擅长与人沟通。这样的她如果喜欢上的男生平凡点儿还好，叵偏偏那个叫易熙的男生太出色了。以他在商场打拼了这么多年的经验来看，这个年轻人将会有大作为。如果给他一个机会，他肯定能红。

所以私心里，他不希望千宸跟这样的人扯上关系。

可是现在看到她哭得这么伤心，他又忍不住动摇起来。这是他的宝贝孙女这么多年来第一个喜欢的男生，她是这样惦记着他。

或许他应该给他们一个机会。

"可是易熙不让我再去找他，他还说……他和别人在一起了。"话音一落，挂在眼角的泪水就滚落下来，滑过千宸消瘦的脸庞。

她赶紧伸手去擦拭，想让自己看起来不太狼狈，只是眼泪来势汹汹，任凭她怎么擦也擦不掉。

千尚看后更加心疼了。

"他说你就相信了吗？根据我的经验，他告诉你他和别人在一起，这很可能是他的自尊心在作祟，他不想让别人知道他还在乎你，所以这应该是他的气话。"

"不会的，易熙是不会骗我的。"千宸却不认同爷爷的说法，"就像他说的那样，他没有必要骗我，阮维希确实对他很好，他会被她感动也很正常。"

千尚的语气有点儿冲，说道："那你呢，你对他就不好了吗？你为他所做的事，为他所受的委屈，是不是也应该让他知道？"

千宸顿时紧张起来："那是我心甘情愿的……"

千尚听后，忍不住头痛起来，压根不想承认眼前这个别扭的小孩是自己教出来的。

"好，就当他真的和那个叫什么希的女生在一起了，但是那又怎样？你不是喜欢他吗？如果真心喜欢一个人，那就要坚守。不管结果是什么，至少你得尽自己最大的努力去争取，把自己的心意说给他听，让自己不会在未来的某一天后悔……至于他接不接受你，那是他的事。"

千宸的心脏仿佛受到了撞击。

爷爷的话就好像打开她心房的一把钥匙，瞬间让她看见了光明。

"我好像知道该怎么做了，谢谢您，爷爷。"她激动地说道。

千尚拍了拍她的肩膀，安慰道："想通了就好，赶紧把眼泪擦干，跟我下去。今天是你的生日，一定要开开心心的。"

千宸乖巧地点头："嗯，爷爷，您先下去吧，我想等眼睛看起来自然一点儿再下楼。"

"也行，那你一会儿再下来吧。"千尚扫了她红肿的眼睛一眼，立马就同意了。

只是打开门的瞬间，千尚迈出去的脚收了回来。

门外，于又曦的脸上带着受伤的神情，随着房门的打开，他的眼睛像定位器一样，立刻就搜索到千宸所在的位置，幽深的目光里慢慢露出绝望。

见状，千尚心里顿时了然，他淡淡地瞥了床上的千宸一眼，然后转头对于又曦说："你应该有话要跟她说吧？你们谈。"

说完，他直接下了楼。

只是在经过于又曦的身边时，他发出了一声无奈的低叹。于又曦意识到，爷爷应该什么都知道了，心里跟明镜似的。只是这声叹息是在为他惋惜吗？思及此，他浑身一僵。

"又曦，你找我？"见到他，千宸不自觉地紧张起来，她改用跪坐的姿势坐在软软的床上。

于又曦心痛地皱起眉头，凝视着看起来特别拘谨的她。

他注意到，自从那次以后，千宸每次和他独处都会变得十分拘束，不管是相处的方式还是说话的语气，都不再像以前那样自然。甚至只要他稍微靠近她一点儿，千宸就会如临大敌地戒备起来，让他不得不退开几步，和她保持距离。

这样的改变代表什么，再笨的人心里也明白了。

何况他从来就不承认自己笨。

在千宸的心中，他和易熙不一样。

他错了。

他一直以为自己对千宸来说是与众不同的，千宸会喜欢自己完全是顺理成章的事，可是他忽略了千宸的感受才是关键，是他把一切想得太美好了。

但是现在说什么都迟了，刚才他就站在外面，她和爷爷的对话他都听见了。

千宸对易熙喜欢的程度，已经不是他插入就可以替代的了。

况且他从来都不想成为某个人的影子。

他就是他，于又曦，只做自己的于又曦。

"又曦？"

见他一直看着自己却一言不发，千宸的心都悬了起来，忍不住再度低唤。

她轻柔的声音让陷入自己的感情世界里的于又曦恍然回了神。再望向她时，他的目光瞬间变得清亮起来。

"没什么，我见你突然上楼来，就过来看看。"说话间，于又曦拉了张椅子在床边坐下，同时忍不住问道，"眼睛红红的，又哭了？"

"没有……"

千宸下意识地否认，但是话刚说到一半，就被他截断了："你们刚才说的话我都听见了。我觉得爷爷说得对，你要去找他。"

于又曦有些恶声恶气地说出这句话，因为现在他的心还在痛，像这种把喜欢的女生亲手推到其他男生面前的蠢事，这辈子他就只做这一次。

下次他就不会再这么好心了。

"你也赞成我去？"千宸吃惊地看着他，"我还以为，还以为你对我……"

"停！"于又曦有些生气地喊道，"你最好马上停止各种揣测，不然我随时会后悔的。"

千宸果然被吓到了，连忙伸手捂住粉红色的嘴唇，睁大眼睛看着他，好像真怕他说到做到。

见状，于又曦在心里叹息一声。他觉得自己刚刚的分析真是太对了，千宸对他真的没那方面的意思。

所以做回朋友吧，他暂时还不想失去她。

【三】

于又曦走了，就在千宸生日的那天晚上离开了这个城市。

虽然他说过段时间再来看她，但是千宸觉得他短时间内都不会回来了。他们之间需要时间抹掉一些不好的东西，这样他们才有机会回到从前那种关系。

接着爷爷也走了，新加坡的总公司需要他，千宸一下子又变成一个人。不过她这次并没有感到孤单，相反她还有许多事要做。

例如跟易熙解释清楚，和他重修于好。

只是之前易熙说的话对她的打击太大了，不管去找他多少次，千宸每次都会在紧要关头临阵脱逃。

在她没有注意到的情况下，她变成了跟踪狂。

不小心尾随他到老宿舍，偷听他和吴成他们练歌。

不小心走进酒吧，就算被重金属音乐震得耳朵都快聋了，可还是舍不得离开，就为了隔着密密麻麻的人群，往舞台上偷瞟他几眼，她就已经心满意足了。

或者隔着老远的距离，默默地跟着他走在回家的路上。

那个时候天已经黑了，昏暗的路灯为他照亮了前方的路，同时也模糊了他的五官。千宸时而藏在道旁的大树后面，时而藏在黑暗里或是其他东西后面。她远远地看着，总是痴心妄想路灯能把他的影子拉得更长一些，就为了能再靠近他一点儿。

虽然她心里知道，这个小小的愿望过于荒谬，但还是忍不住期盼着。

起风了，两旁的树被吹得沙沙作响，给这个闷热的城市注入一股清凉。

易熙在快到家门口的时候停了下来，他刚好站在路灯下，微微侧过身子，所以千宸能清楚地看见他所有的动作，包括他脸上的表情。

他眉头紧蹙，脸色看起来很差，好像即将要面临什么不好的事情，有点儿严肃。

接着，他把口袋里的手机掏出来，目光深沉地看了屏幕一眼，伸手按下关机键，动作熟练得就好像他经常这样做一样。

千宸微微一愣，关机的动作让她下意识地联想到，易熙总喜欢在星期三玩失踪的事。

今天不正好是星期三吗？

她兴奋起来，忍不住想一探究竟。

眼前的建筑物有着英伦风格，看起来典雅时尚，前院还设有镂空小木门，和主屋隔着几米的距离。看见易熙推开木门往屋子的方向走去后，千宸这才放轻脚步悄悄地跟了过去。

屋内亮如白昼。

坐在轮椅上的百多鸣正在玄关等着易熙，面带温柔的微笑，身后是她亲手做好的一桌饭菜。虽然隔着老远的距离，但还是能闻到味道，香味满溢。

"你回来啦，今天比平时要晚一些哦。"

当她用特别温柔的语气和他说这句话的时候，易熙忍不住全身一僵。女人的笑容让他的心一点点地沉了下去，就如同他关门的速度——

很慢，很慢。

这样的情况是从什么时候开始的？是爸爸离开的那年吗？易熙已经不太记得

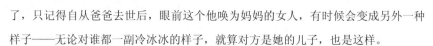

了，只记得自从爸爸去世后，眼前这个他唤为妈妈的女人，有时候会变成另外一种样子——无论对谁都一副冷冰冰的样子，就算对方是她的儿子，也是这样。

而在星期三晚上，则变成了很温柔的样子，就像爸爸口中的那个以芭蕾为终生梦想的少女一样。

因为那年医生告诉她，她的脚再也不能正常行走和跳舞，还有爸爸因为工伤去世的那天，刚好都赶在星期三。

每到星期三，她都控制不住地变成了另一个人。

医生说这是一种叫创伤性后遗症的病，一般是在遭逢重大的变故后，因为心理受到重创，而形成的创伤后压力症候群。一种是6个月内发作，一种是超过6个月才发作，医学上说后者属延宕症状。

渐渐地，易熙习惯了在星期三这天强迫自己踮起脚尖跳芭蕾，尽管他一点儿都不喜欢这样的舞步，但他还是催眠着自己去忍耐。

由于他身体的柔韧性不好，就算再怎么以勤补拙也没用。

终于有一天，他忍无可忍地冲她喊道："不管你再怎么逼我也没用，柔韧性不好是从出生的那一刻起就注定了的，我永远都不可能在芭蕾舞的舞台上争出一片天地。"

百多鸣温柔的笑容瞬间被一只无形的手撕裂了，她不知道从哪里找来一根马鞭，手一挥，狠狠地抽在他的身上。

那些轻声细语瞬间变成鞭痕。

从那个时候起，只要易熙跳得不好，她就用鞭子抽他。

一鞭、两鞭……抽得皮开肉绽。

当站在窗外的千宸看到这一幕时，整个人都惊呆了。

她不敢相信，眼前身穿芭蕾舞服、踮着脚一遍又一遍练习芭蕾舞步的少年，会是自己认识的那个男生。易熙爱的不是音乐吗？为什么他现在又跳芭蕾了？还有他妈妈怎么突然像变了个人似的，感觉好奇怪。

在看到百多鸣拿着鞭子狠狠地抽在他身上时，所有的疑问被另外一种情绪所取代。

啊——

千宸差点儿无法控制地叫出来，幸好双手比大脑更快行动，先一步捂住了自己的嘴。而双脚就像在地上生了根，动弹不得。

"站起来，你给我站起来！要不是你，我的脚会变成现在这样吗？要不是你，我会不得不放弃我最爱的芭蕾吗？都是因为你！这是你欠我的，你欠我的！"

屋内，百多鸣的怒骂声连续不断地响起，而随着她的怒气倍增，落在易熙身上的鞭子抽得越发狠了。被绊倒的易熙则半蹲在地上，咬着牙撑着。

窗外的千宸不可思议地瞪大眼睛，不知不觉蓄满了泪水，她紧紧地咬着牙，才没有让自己发出声音来。

可惜拼尽全力忍住的眼泪，却因为听到易熙给自己受伤的地方上药时发出的隐忍声而崩塌了。

这就是他每逢星期三晚上都闹失踪的原因吗？

如此让人绝望！

千宸哭得无法自已。

【四】

夜很深，一望无际的天空上只有几颗星星在闪动，月亮早已被云层遮住，只隐隐露出一个轮廓。

易熙从屋里出来的时候刚好过了11点，在这样一个深夜里，他就像孤魂一样，在街上漫无目的地游荡着。

经过路边一家烧烤摊时，易熙本来想找张小桌子坐下来，结果却看到几个醉汉在耍酒疯，于是兴趣一下子被打消，他又继续往前走。

刚拐弯，他的耳边突然响起一个熟悉的尖叫声。

"你们想干什么？放开我，我又不认识你们……"

怎么是她？

易熙有些震惊，千宸的名字刚在脑海里浮现，他立即转身跑回小摊。

"不认识不要紧，大家坐下聊一聊，不就认识了吗？"醉汉握着千宸的手，一脸色相地说道，“我可以先自我介绍，我叫李浩……”

“我叫崔明……”

“我叫……”

把千宸围在中间的三名醉汉，在作自我介绍的时候还动手动脚，快把千宸吓哭了。

她的眼神充满恐惧，向老板求救，可是老板刚开口劝了他们两句，就被叫崔明的醉汉推到一旁，摔倒在地上。崔明还抬脚作势要踹他，老板当即吓坏了，脸色惨白地缩在一旁再也不敢吭声。

“走开，你们不要碰我……走开，变态……”千宸见求救无果，声音已经带着明显的哭腔了。

她用力推开那三个醉汉，想在他们的包围圈中挤出一条路来，但是人单力薄的她哪是三个成年男子的对手。她越是挣扎，醉汉们就越是兴奋。

“你骂我们什么？”

“哈哈哈，她骂你变态啊。”

“那我就变态给你看！”

说完，李浩噘起他恶心的嘴巴就要朝千宸的脸颊靠过去，吓得她精致的小脸顿时变得惨白。

“死变态，不要碰我，你再过来，我就要叫了……”

千宸的眼里蓄满了泪水，但是她并没有放弃挣扎。李浩屡次凑过去的嘴巴都落了空，最后，他索性伸手把千宸的脸捏住，然后把嘴巴凑过去。

“呜呜呜——”

千宸想喊救命，可是嘴唇合不上，求救声一出口就变得含糊不清。她瞪大眼睛，惊慌地期待会有奇迹发生。

就在千钧一发之际，有个黑影将他们罩住。

“啪——”

刚才还想非礼她的李浩突然被人从身后像拎小鸡一样拎起，然后被狠狠地摔了出去，一头撞在人行道上的护栏上。

易熙就像从天而降的天神，做完这一系列的动作，居然连大气都不喘一下，帅得无以复加。

"易熙？"

暂时安全的千宸震惊不已，她没有想到易熙会及时出现。难道这真的像易熙之前说的那样，他们的相遇是上天注定的，所以每次她有危险的时候，他总会第一时间出现？

千宸忍不住哭了起来，任由豆大的泪珠肆意地滑过精致的脸颊，怎么也控制不住。

"是谁？背后出手算什么英雄⋯⋯"

李浩被撞得眼冒金星，本来就脚步不稳的他，这下感觉天旋地转，从地上爬起来这么简单的事情，他试了几次都没有成功。最后他索性双手攀住护栏，死命地抱紧，这才勉强稳住身子。

"你小子是从哪里冒出来的？敢坏老子的好事，看我不揍死你。"另外两名醉汉生气了，纷纷拿起桌上的空酒瓶，凶神恶煞地朝易熙走过来。

千宸见到此情此景，本已被吓白的脸当即更加惨白。她激动地冲易熙的方向喊道："易熙，你不要管我，你快走——"

可易熙没有听她的，他紧紧地皱着眉头，凝视她的眸子犹如深夜一般幽深，表情复杂而执拗。

若干年后，千宸再想起今晚的一切，她总喜欢用黑和红来形容。

黑色，是因为那晚夜色幽黑，月儿躲在云层里不肯出来，星星极少。

红色，是因为有血从易熙的后背涌出来，瞬间染红了他的衣服，就像一朵妖异的罂粟花。

那场搏斗本来是势均力敌的，虽然对方有三人，还是成年人，但是因为酒醉的关系，他们的反应都变得很迟钝，挥过去的拳头和力道都大打折扣。而易熙向来就不承认自己是个乖小孩，对打架的事算是有经验了。所以几番周旋下来，他反倒没有吃太大的亏。

只是突然响起的警笛声让情况发生了改变。

"快跑，要是让警察捉住，今晚都别想回家了。"

之前被易熙摔出去的李浩着急地喊完，就抄起地上的玻璃瓶，对准易熙的后背狠狠地砸了下去。

"啊！"

易熙吃痛地向后仰去，李浩趁这空隙从他手中将两名同伴拖走，跑到对面街上，转身就进入一条漆黑的小巷不见了。

警察赶到的时候，那三名借酒闹事的醉汉早已逃之夭夭了。

"血？易熙，你流血了！"千宸惊讶地叫道。

警察闻言，这才看向易熙，问道："你受伤了？要不要去医院检查一下？"

小摊的老板也赶紧补充了一句："你放心好了，医药费我一定会负责的……"

原来当易熙和这三名醉汉打在一块的时候，小摊的老板怕事情会发展到不可收拾的局面，于是偷偷报了警。还好附近有警察正在巡逻，所以能及时赶到。

易熙却抱着手臂，一脸疲倦地拒绝道："不用了。"

他转身走到一张还算干净的小桌子旁坐下，一脸冷漠。如果不是警察说他们要问话，所有人都不许离开，估计他早走了。

千宸连忙追上去。只是她刚靠近，就听易熙冷淡地说道："你别误会，今天换了谁，我都会这样做的。"

黑夜里，他头也不抬一下。

千言万语突然卡在千宸的喉咙里，吐不出来，也咽不下去。

易熙还以为她会说点儿什么，但是四周陷入了无言的静寂中。

他疑惑地抬起头，发现千宸的目光正死死地盯着他，原本清亮的眼睛此时包含了太多的情绪。

"为什么不去医院？是怕别人发现你背部的鞭伤吗？"

闻言，易熙的身子猛地一僵，凶狠地说道："你跟踪我？"

千宸自知理亏，表情讪讪地说道："这不是重点，易熙，听我说，我们上医院好吗？"

借着灯光，她瞥向他刚才被玻璃瓶伤到的背部，伤口看起来很长，衣服都被染

红了，所幸血已经止住。不过她还是不放心。

易熙突然握住她的手，问道："你还看到了什么？为什么跟踪我？"

千宸吃痛地挣扎着，说道："易熙，你先放开我，你弄痛我的手了。"

易熙却视而不见，反而更加凶狠地瞪着她："说！"

"你想让我说什么？"晶莹的泪水瞬间涌出眼眶，千宸心痛且无惧地迎上他的目光，"是，我什么都看见了。我看见穿着芭蕾舞服的你，也看见了挨打也不吭一声的你。但是那又怎样，你还是你，不是吗？"

说这些话的时候，成串的泪珠从她眼中滚落。

千宸连忙伸手捂住脸颊，但泪水还是控制不住地流了下来。她看起来比他还心痛，身体痛苦地颤抖着。

"我不明白她为什么要这样对你，你不是她的亲生儿子吗？"

易熙露出一抹自嘲的浅笑："因为我的出生让她的梦想破灭了，这样的解释够清楚了吗？"

因为他的话，心脏一阵闷痛，千宸抬头望向他，却在瞥到他唇边那无懈可击的笑容后，心痛得想挥手赶走那个笑容。她一点儿都不想看到这张笑脸，这会让人感觉他没心没肺。

千宸一点儿都不相信他会是这种人。

她定定地看着他，良久，才细细地说道："易熙，我们和好吧。"

"我是不是听错了？"易熙难以置信地问道，"你刚才说什么？"

"易熙，我要为之前的事跟你道歉。对不起，是我不好，故意说出那样的话来刺激你。可我的本意不是要跟你分手，我只是不想看到大家因为我的关系而否定你的付出，所以我才会想出那个暂时分开的计划。可是我现在后悔了，你能不能原谅我这一次？"

因为过于激动，浓密的眼睫毛不住地轻颤，千宸一脸紧张地看着他。

其实早在厨房外偷听到百多鸣和阮维希的对话时，他就想到了分手的隐情。他很想原谅她，可是一想到刚才的那个画面，胸口就被一股闷气填满了。

他冷冷地笑道："怎么？你和他分手了，所以现在又跑回来找我这个前任？不过我看你的如意算盘打错了，就像我上次告诉你的那样，我和维希在一起了，就目前的情况来讲，我们的感情很稳定，我不可能做出背叛她的事。所以，如果你想玩玩，我建议你找别人……"

突然，易熙吃惊地瞪着近在咫尺的脸庞，整个人愣住了。

青涩的吻，只是唇瓣的触碰，轻轻的摩挲却带来无比酥麻的触感。

当千宸退开时，脸红得像熟透的苹果，她的目光飘来荡去就是不敢看他，脑袋更是因为羞赧而压得低低的。

"我知道靠嘴我说不过你，但是我想让你知道，我和又曦真的不是那种关系。他是我上幼儿园的时候认识的，那个时候小朋友们都孤立我、欺负我，只有他肯陪我玩。也只有他在别人欺负我的时候，肯站出来替我出头，就算被人家打得头破血流也不怕。这样的他，在我心中确实是特别的存在。可是，我对他从来没有那方面的想法。只有你，只有你让我有心跳的感觉。"

易熙听到她的话后十分震惊，他搜遍脑海里所有的词汇，却发现没有一个词最贴近他现在的感觉。

怎么办？

他已经忍不住想去相信她的话了……

易熙清楚地感受到，他的心控制不住地悸动了。

可是千宸看不见他这些细微的转变，她低着头，有些不确定地说道："我知道阮维希很优秀，可是你和她交往的事应该是骗我的吧？这些天你都是一个人，没有去找过她。"

以前他们可是天天腻在一起，千宸才不相信，刚换对象，难道他连和女生做朋友的方式也一起换了吗？

易熙好看的眉毛一挑，不高兴地说道："千宸，你是变态还是跟踪狂？你到底跟踪我多久了？"

千宸心虚地竖起一根手指，讪讪地看着他："差不多有一个星期吧。"

"七天！"易熙帅气的脸上露出怒意。

"因为我想跟你解释清楚嘛，所以……所以……"

来不及说的秘密·The·secret·is·no·time·to·tell·

千宸的声音越来越低，她忍不住吞了口唾沫，怯怯地看着逼近的他，柔软的唇瓣蓦地一暖。

第九章

左 右 为 难

THE
SECRET
I S   N O T   T I M E   T O
TELL

CHAPTER 09

来不及说的秘密·The·secret·is·no·time·to·tell·

【一】

学校采用的是全体制的设计，不仅拥有独立的餐厅、图书馆，就连24小时便利店和一些基本的娱乐场所都有，例如健身房、羽毛俱乐部等。因此就算是住在本地的学生，也有不少人选择住校，一是方便，二是自由。

再加上期末考试将近，所以即使是星期天，学生还是很多，千宸和易熙一行人刚从羽毛球场出来，阿东就喊着要去餐厅喝果汁。

千宸坐在靠窗的位子，微微侧目，就能看到窗外的美景。

花瓣宛如精灵一般，在微风中轻轻飞舞。那小小的花瓣成千上万，有蓝色的，也有漆紫色的，放眼望去，窗外几乎变成了一片蓝紫色的海洋。

千宸看呆了，直到阿东大煞风景的声音响起，她才回神。

"你们又和好了？"坐在易熙旁边的阿东语带调侃地看着她。

易熙嚣张地挑了挑眉毛，说道："有眼睛的应该都看出来了，还用问吗？"与此同时，他毫无顾忌地伸出手，在桌子下面将她的手握住。

千宸惊诧地回过头，刚好对上他的目光，英俊的脸上挂着他的招牌笑容——温柔，又带着张扬，简直无懈可击。

她的脸莫名地红了，有些害羞地垂下脑袋，不敢直视易熙充满戏谑的目光。

阿东见状，八卦的毛病又犯了，他好奇地朝千宸凑过去，问道："千宸，说说你都做了什么？是怎么让我们这位脾气比茅坑里的石头还要臭、固执得几头牛都拉不回来的家伙回心转意的？"

"这……"

千宸支支吾吾，脸顿时涨得通红。

难道要她对阿东实话实说，所以他们之间才有了转机吗？这话她怎么说得出口？

千宸尴尬地向易熙投去求救的目光。

"为什么一定是千宸，我就不能主动回心转意吗？"修长的大手一搁，霸道地把桌子三分之二的空间都占去了，易熙再把头一探，刚好挡住阿东落在千宸身上的探究目光。

"你……"阿东哼了一声，"就你那么强的自尊心，要是肯先服软，之前还会把自己弄得像放高利贷的吗？天天摆着一脸臭脸，逮谁都龇牙……啊！"

阿东的话还没有说完，就被恼羞成怒的易熙用力捶了一下肩膀，痛得他顿时大叫。

"你骂我是小狗呢，还龇牙！"易熙恶狠狠地瞪着他。

"本来就是！"阿东一点儿都不怕，还笑得猖狂地准备向千宸爆料，"千宸，你知不知道这家伙自从跟你分手后，他……"

"我让你说！"易熙动作极快地起身，一手捂住他的嘴。

千宸眼睛雪亮地望着阿东，着急地追问道："快说快说，他怎么了？"

易熙威胁道："你敢！"

"呜呜呜……"阿东心想：我就算敢，可是我说得出来吗？想说的话都变成"呜呜"了。

阮维希出现时，刚好看到这出闹剧。

易熙捂着阿东的嘴，阿东朝千宸挤眉弄眼呜呜地不知道在说些什么，而千宸则一脸发现新大陆的表情，只有一旁的吴成双臂抱胸，皱着眉头，用深邃又复杂的目光看着三人。

"你们这是……"

阮维希一头雾水地看着他们，清秀的脸上挂着浅浅的笑。

闻声，三人的动作同时一滞，约好似的齐齐朝她看去。而最先反应过来的是吴成，他连忙站起来，问道："你怎么来了？"

见到她，吴成的眼里瞬间闪现出耀眼的光芒，整个人都亮了。

阮维希嫣然一笑："怎么，不欢迎我？"

她虽然是在回答，视线却瞟向了易熙，怕他介意之前的事而不想见自己。

吴成的心蓦地揪紧，顺着她的视线，若有所思地看向易熙。

瞬间，易熙成了众人瞩目的焦点。

可是他什么都没说，甚至看也没看阮维希，一手拿起挂在椅背上的背包，一手牵起千宸的手准备离开。

"你们继续，千宸刚才说想去图书馆找点儿资料，我们先走了。"说完，也不管千宸的意思，易熙拉着她就往餐厅门口走去。

霎时，阮维希脸上的表情僵住了，她难堪地愣在原地，水汪汪的眼睛微微泛红。

阿东见状，也紧张地站起来。他和吴成都想安慰她，却又不知道该怎么安慰。虽然他们不知道真相，但他们隐约感觉易熙和千宸的分手事件和她有关。如果真是这样，那易熙这样对她，他们也不好说什么。

只是站在朋友的立场，尤其她又是女生，吴成和阿东都有些不忍心看到她眼角挂泪的模样。特别是吴成，更加不舍得。

餐厅的玻璃大门在他们放开手的下一秒就自动合上。

外头骄阳似火，蔚蓝的天空上飘着薄薄的云彩。

今天难得有风，还挺大的，风吹淡了空气中的酷热，滋生了一丝凉爽，同时也卷起了地上的落叶，吹得树上的蓝花不住地飘落。

"易熙，你走这么急干吗？我没有说过要去图书馆，你干吗要说谎？"纤细的手腕被拽得有些疼，千宸微微皱着眉头，担忧地看着走在前头的少年。

易熙头也不回地说道："因为里面有我不想见到的人。"

没想到他会这样坦白，千宸一愣，这才接着说道："可是阮维希也没做错什么，她的出发点也是为了你好，她……"

"够了！"易熙猛地回头，大声打断她的话。

千宸吓了一大跳，险些刹不住车朝他撞去。

"我最讨厌有人在我背后搞小动作，所以你不要替她说情，早在她答应我妈跟你见面的时候，就应该想到会有这样的后果。"易熙帅气的脸上带着不容商量的坚决。

心跳顿时漏了半拍，千宸忍不住紧张起来。如果按照他的说法，那她曾经也在他的背后搞过"小动作"，不知道他会不会……

易熙就像她肚子里的蛔虫，见她的眼神飘忽不定，立马洞悉了她内心的想法。他故意沉着脸，声音极具威胁性："还有你，上次的事我暂且原谅你一次，但是下不为例。什么为了我好还是不为我好，你们又不是我，怎么知道我心里真正想要的是什么？所以，如果下次你还敢自作主张，那么我们就真的不会有第二次机会了，明白吗？"

千宸乖巧地点头："不会再有下次了，我保证。"说完，她举起手，指天发誓，其诚恳的态度，易熙就算想不相信也难。

他刮了一下她的鼻子，像是在控诉，又像是在欺负她，说道："又萌又呆的，也不知道你到底哪点好，竟然能让我为你破例。不过，以后我们在一起的日子还长，我会慢慢欺负回来的。"

这亲昵的举动瞬间让气氛变得微妙起来。

千宸的脸上迅速爬上一抹红晕，她睁大眼睛，很认真地说道："我也知道自己配不上你，所以你要是觉得吃亏，以后想欺负我就欺负吧，我一定不会生你气的。"

这副好女友模样，让易熙感动之余，忍不住又想欺负她一下。

他瞥了她一眼，很不客气地说道："放心，欠我的我一定会讨回来。"

还有利息。

千宸的心忍不住加速跳动起来，她下意识地伸手捂住胸口，总觉得易熙刚刚那一瞥充满了魅力，她仿佛被电到了一般。一种奇异的感觉瞬间遍布全身，让她措手不及。

犹豫了片刻，她还是忍不住说道："那你能不能也为……"

为阮维希破例一次？

不过她的话还没有说完，易熙就脸色一沉，将她的念头遏制了："千宸，不要让我把刚才的话再重复一遍。而且，你不知道在自己的男朋友面前谈论另一个女生，而且这个女生还一直想取代你，这是一件很不明智的事吗？"

"呃……"

是这样吗？

千宸的脸上露出疑惑之色，不过她没有谈过恋爱，易熙既然这样说，那肯定就不会错。

"那不谈她，我们可以谈别的事吧？"

易熙的脸上并没有露出一丝不耐烦的表情，问道："什么事？"

"就是关于这次选秀比赛的事，你能不能再考虑一下？"声音一顿，千宸小心翼翼地看着他，"都已经走到总决赛了，你这样放弃，我还是觉得很可惜。"

"你就这么希望我参加？"

易熙有些诧异，没想到她会在这件事上变得这样执着，以前她不是对任何事情都持无所谓的态度吗？

"因为我看得出来，你是真的喜欢这个舞台。"千宸用力地点头，露出认真的表情，"或许你最初站在上面是因为吴成和阿东，或许站在那里不是你的终极梦想，可是你喜欢站在上面，那就已经够了。"

易熙怔怔地看着她，眼里的光芒变得更加耀眼了。

"你不是说过吗，既然你已经选择了这条路，那你就要走好它，没有努力过的失败你不能接受，那么你就更加不能轻言放弃。"

千宸很激动，可是相对于她的激动，易熙的态度显得平淡许多，只是皱紧眉头，目光幽深地看着她，什么话都没说。

"其实这些日子我都很自责。"千宸微微转过头，脸上忍不住露出一抹苦涩的笑容，"如果因为我愚蠢的决定，最终害得你白白浪费了这么好的机会，我一定会恨死我自己的。"

"你不用恨你自己，其实我这么做是有原因的。"易熙忽然开口，清亮的声音就像一束光照进了千宸的心房。

她猛地抬起头，惊讶地问道："什么原因？"

"还记得那个神秘电话吗？"易熙微微一笑，"对方是华邦娱乐公司的负责人，你也可以把它理解成是经纪人。他们有意要签我，但不是以乐队的形式。所以我一直在说服公司，要签就一起签下我和吴成、阿东三人，团队形式不变……你也知道华邦和F&S是商业上的死对头，是竞争对手，所以如果我打算签华邦的话，最好还是放弃这次比赛。"

这次选秀是F&S集团主办的，目的是为了给他们公司挑选明日新星。所以易熙会这样做，千宸完全能理解。

只是……

"为什么是华邦？我一直以为F&S才是你的第一选择。毕竟它在这个圈子也算是业界老大，华邦就算不错，但也只能勉强排在第二吧？"千宸一脸的不解。

易熙目光深邃地凝视了她一会儿，才缓缓地开口："如果我真想跟你在一起，我就不可能再选择F&S了。"

千宸的身体一僵，瞬间就明白了这是他的自尊心在作祟。

不过她很高兴，无论是F&S还是华邦，只要他喜欢就行了。她没有想到，原来在别人嘲笑他靠大树的同时，他就已经这么努力在为自己另谋出路了。之前她是白

着急了。

"那这事吴成和阿东他们知道吗？"千宸问道。

她可没忘记，之前阿东还问过自己有关神秘电话的事。

"没有。他们现在有松口的迹象，不过我想等到他们都同意了，再跟吴成和阿东说。"易熙像是想到什么，接着又说，"这事你暂时得帮我保密。"

"嗯，知道了。"千宸冲他嫣然一笑。

【二】

突然接到阮维希的电话是在晚上11点20分，那会儿吴成都已经睡下了。

"你在哪里？"

"宿舍。"吴成眉头一皱，总算从嘈杂的背景音乐中听出不对劲，"你没在家？"

他们这些人当中，只有吴成不是本市户口。

"我在酒吧呢……"话还没有说完，电话彼端的阮维希就打了个酒嗝，"吴成，我现在一个人很无聊，你过来陪我好不好？嗝……"她又打了一个酒嗝。

"好，我现在就出门，你把地址报给我。"吴成边说话边起身去拿放在床头的衣服。

一般学校的宿舍都有门禁的，吴成所在的男生宿舍也不例外，10点刚过，舍监就把大门锁了。他们要是还想出去，除了翻墙，就只能爬狗洞。

吴成当然不可能选择后者。

动作利索地翻过墙，再叫了一辆车，前后也不过花掉他10分钟的时间。所以午夜12点的钟声刚敲响，吴成就已经出现在阮维希所在的这家酒吧了。

喧嚣的环境是他所熟悉的，因此吴成很快就发现了坐在吧台角落的她。

阮维希身上还穿着白天的那套衣服，昏暗的光线虽然遮去她大半的容颜，可仍然掩盖不住她身上的那股沮丧气息。

她看起来根本不会喝酒，拿酒杯的姿势很笨拙，浅黄色的液体刚靠近嘴巴一点儿，她就因为受不了这刺鼻的味道而忍不住皱紧眉头。只是她仍然固执地把它送到嘴边，结果才喝了一小口，她就被呛到了，接连咳了好几声。

吴成压抑着满腔的怒火，快步朝她走去，一伸手就直接把她手里的酒杯抢下了。

"别喝了。"

阮维希转过身，就想伸手去抢杯子："不！"

她身上的酒味很重，原本明亮的眼睛此时变得有些迷离，脸上挂着两抹红晕，那是因为酒精的刺激而产生的。抿成一条直线的唇边已经看不到往日那抹甜美的笑容了。

看到她这样，吴成更加生气了。

"为了一个男生，你至于把自己搞成这样吗？"吴成很生气，结果很可怕。他头也不抬，就重重地把酒杯搁回吧台上，然后强行把她拉了起来，二话不说就往外拖，"我送你回家！"

"我不回去！"阮维希却不领情地甩掉他的手，打了个酒嗝后，才接着说道，"我就是闷，想找个人说说话，要是你不愿意，就走好了。"

说完，她重新坐回座位上，拿起桌上的杯子，一口气把里面的液体喝光，呛得她又连咳了好几声，最后连眼泪都出来了。

看着她的眼角被泪水染湿，吴成顿时沉默了。

良久，他才用隐含怒意的声音问道："你到底想要什么？"

她想要什么，难道答案还不够清楚吗？

纤瘦的肩膀控制不住地颤动起来，阮维希痛苦地垂着脑袋，手按在光洁的额头上，声音禁不住哽咽起来："我还能要什么？我现在就是猪八戒照镜子，里外不是人。鸣姨虽然支持我，但是因为上次的事，他们母子现在还处于冷战中。易熙现在都不愿意跟鸣姨说话……至于我，今天的情况你也看到了，他根本不打算原谅

我……所以你说我还能怎么办？我还有资格、有把握去要吗？"

虽然知道她突然跑来买醉多数是因为易熙，但是听完她的话后，吴成故作平静的心还是被重重地打击了。

他的脸色变得苍白，他用力咬着牙，说道："不要这么难过，我会帮你的……"

"真的？"阮维希的脸上露出震惊的表情，只是稍纵即逝，"算了，易熙那么固执，就算你是他最好的朋友，他也不可能听进你的话。你还是别为了我而影响到你们的感情。"

她伸手又向酒保要了一杯酒。

吴成目不转睛地看着她，脸上渐渐露出更加坚定的表情。

翌日，学校的天台上。

易熙看着站在自己对面的男生，眉头微微蹙起："吴成，你约我来这里做什么？"

吴成没有拐弯抹角，表情肃穆地说道："我要你放弃千宸，和维希在一起。"

易熙凝视着他的目光一点点地变冷，他问道："如果我不愿意呢？"

吴成并没有马上回答，只是看着他，脸色瞬间变得难看。

"感情不是一种交易，所以它并不存在替代。我不能因为你的一句话就和千宸分手，这对她不公平……"

易熙的话还没有说完，就听到吴成大吼一声。

"那这样就对维希公平了吗？她可是足足等了你三年，为了你，她明明不会下厨，却还是去上了烹饪课，就因为你嫌学校餐厅的东西难吃，所以她每天早起为你准备好便当。还有，你知道她身上有多少伤痕吗？你仔细看过吗？就是因为她知道你妈对你女朋友的唯一要求是必须会跳芭蕾舞，所以她不停地练习，不停地摔倒，就是想让自己更优秀，好来讨好你妈，这些你又知道吗？"

阮维希对他有意思，却从来不掩饰，所以他说的这些，不只是易熙，估计连阿东都知道。

"维希是很不错，她对我所做的一切我心里也很感激，但如果因为这个就想让我以身相许……"易熙忍俊不禁地说道，"恐怕有点儿难。"

闻言，吴成彻底被激怒了，漆黑如夜的眸子里瞬间燃起怒火。

"你浑蛋！"

声音响起的同时，他出其不意地抡起拳头，朝易熙的脸庞狠狠地挥过去。

躲闪不及的易熙生生地挨了这一拳，薄薄的唇瓣被牙齿磕到，殷红的血液顺着嘴角滑落。

"你是不是疯了？不就是阮维希吗，你居然为了她对我出手？"易熙双眼赤红地瞪着他，大拇指粗鲁地在嘴边一抹，将血迹擦干。

"因为我看不下去你这样欺负她。"吴成冲着他愤怒地吼道。

"你以为我会相信你的话吗？"易熙不屑地冷笑道，望向他的目光瞬间锐利得如同一把刀子，"也许阿东没看出来，可是我知道，其实你一直都在喜欢她。你喜欢阮维希，我没有说错吧？"

闻言，吴成的心跳漏了半拍，他下意识地想要否认："没有。"

"如果没有，那为什么每次只要她吭一声，不管要求有多苛刻，你都会眉头不皱一下就一心想帮她实现呢？"

天台上的风很大，视野很好，可是吴成的心情糟糕透顶，用"寒霜冰雪"来形容都不为过。

"我刚才说了，我就是看不惯你对她的态度，所以会不自觉地对她好，难道这有问题吗？"吴成蹙紧眉头，面色冷漠地说道。

"没问题，就是不像你的风格。"易熙斩钉截铁地说道。

迟疑了一下，易熙最终还是选择对他更坦白一点儿："实话告诉你吧，我不能接受维希，其实部分原因是我知道你对她的心意……所谓朋友妻不可欺，既然是你

喜欢的人，我又怎么会跟你抢呢？"

吴成的身体顿时一僵，表情特别惊诧。

他一直以为自己隐瞒得很好，却没想到原来易熙什么都知道。

只是事情已经走到这个地步，他好像别无选择了。

吴成冷哼一声，装作一副不以为然的样子说道："别把你不爱的罪名安在我身上，我肩膀不宽，担当不起。但是，既然我已经答应了维希要管，那这件事我就管定了。现在我给你两个选择，要么和维希在一起，只要她开心，什么都无所谓；要么我离开。"

【三】

"你说什么？天狼星乐队要解散？"

千宸吃惊地看着坐在对面的阿东，双色瞳因为情绪的波动而扩张。

"所以我特地把你约出来，就是想一起想个办法。"阿东急切地说道，一双浓眉几乎拧成一股绳子。

"这到底是怎么回事？你先把事情说清楚，我都快被你弄糊涂了。"千宸越听越糊涂。

前几天他们不是还一起去打羽毛球，然后还一起去练歌吗，怎么忽然说要解散了？还是说，这事又是因为她？

她的心猛地一沉，隐隐有种不好的预感。

犹豫片刻，阿东看着她，这才讪讪地开口："因为……吴成要易熙放弃你。"

"咚！"

心湖仿佛被人投进一块巨石，激起了骇人巨浪，千宸激动地站起来："为什么？"

其他客人被她的叫声吸引了，纷纷朝这边看来。

阿东见状，露出了尴尬之色，他下意识地压低了脑袋，然后朝千宸做了个"小点儿声"的手势："你先别着急，坐下来听我把话说完。"

千宸一愣，这才知道自己已经成了众人注目的焦点，精致的脸上陡然一红，连忙坐了下来。

"我和易熙要不要在一起，到底和乐队解不解散有什么关系？为什么吴成要提出这种莫名其妙的要求？"

千宸出声催促，她无法冷静下来。

阿东定定地看了她许久，才缓缓开口，神色有些愧疚："是因为阮维希。"

他把那天早晨在天台上发生的事清清楚楚地跟千宸说了，当中还包括了吴成对易熙所提出的要求。

千宸听后，整个人震惊得无以复加，脸色变得苍白。

"那易熙是怎么回答他的？"

她努力让自己看起来自然点儿，可是话一出口，她才发现声音已经克制不住地颤抖。

可是下一刻，她发现就连自己的手也颤抖起来。

阿东瞥了她一眼，目光复杂得让人猜不透他内心的真正想法："易熙选了你。"

如果易熙放弃了她，这几天他们两人又怎么可能老是同进同出。答案其实已经昭然若揭，只是没有亲口听见，千宸始终不放心。

如今亲耳听到，阿东的话无疑成了一颗定心丸。千宸想，不管以后再发生任何事，恐怕都没办法让他们分开了吧。

双色瞳迅速湿润起来，千宸的眼眶里顷刻间就蓄满了晶莹的泪水。她很开心，也很感动。心里就像有蝴蝶翩翩起舞，她想哭的同时，唇边的笑容也忍不住绽放开来，灿烂得就像夜空的烟花，闪烁着耀眼的光芒。

一直把目光放在她身上的阿东自然没有错过这一瞬间，顿时他有所领悟。千宸就像一块未经开发的璞玉，只要经过精心雕琢，总有一天会变成耀眼的钻石。到时

候她发出的光芒可能会是阮维希的数倍，易熙会喜欢她，并不是没有道理的。

即便是阿东，这会儿眼睛都看直了，觉得这一刻的千宸不仅漂亮，还灵气逼人。

"那你想我怎么做？"等心情平复一些，千宸启唇问道。

两人商量来商量去，最后还是觉得把他们凑在一起坐下来谈谈最实际。千宸一点儿也不希望易熙为了自己而放弃跟吴成多年的友情，这会让她内疚的。

敲定方案后，两人马上去实施计划。易熙由千宸去约，至于吴成，阿东负责摆平。

只是谁也没有想到，易熙如约来了，吴成却没有出现。

千宸小心翼翼地看了易熙一眼，只见他的表情极淡，让人看不透他到底有没有生气。

她的目光随即移向坐在他们对面的阿东，说道："他会不会是有什么事耽搁了，才没办法赶过来？我们要不要给他打个电话？"

"这小子……"

阿东气得咬牙，拿起桌上的手机就准备按键。

易熙出声阻止了他："算了，他不会来了。"

"也许他真的有事呢……"

易熙回过头，冷冷地打断她的话："吴成是个很有时间观念的人，如果他想来，就一定会准时出现；就算不能及时赶到，他也会事先打个电话通知我们一声。现在这样，只能说明他根本没想过要来。"

他的话让气氛陷入可怕的静寂中。

没有人再说话。

千宸不习惯这么沉重的气氛，想了一下，才缓缓开口："只是比我们约好的时间晚了15分钟，如果因为这样，就认定他没有要和好的诚意，这……会不会太武断了？"

"易熙的话是对的。"阿东开口，声音有些沙哑，就好像是他花了过多力气去抑制心底的某种情绪而造成的。他的眉头紧紧地皱着，漆黑如夜的眼睛里露出毫不掩饰的愤怒之色。

"阿东？"千宸有些担心地看着他。

"难道不是吗？你认识我们这么久，什么时候见他迟到过？或者对许多人来说，迟到十几二十分钟只是一件很小的事，但是对吴成来说，迟到一分钟都是件大事。因为12岁那年就是因为他迟到了，所以……"

"阿东，你的话有点儿多了。"易熙突然出声打断他的话。

阿东却没有要闭嘴的意思："我又没有说错，那年如果不是他迟到，害我们不能及时赶上那趟车，你会连你爸最后一面都见不到吗？所以那段日子你才会那么遗憾，还有你妈，如果当时能赶得上，她也不会因为这事一直怪你……"

一个阴影突然逼过来，下一秒，阿东的衣领就被人一把抓住，他一抬头，立刻对上易熙的怒容。

"我说了闭嘴，你没听到吗？"他疯了一般冲阿东怒吼道。

阿东目不转睛地凝视了他良久，才低声说道："抱歉，但我不是故意的……"

像狮子般眼神凶狠的易熙瞬间被他的话安抚住，激愤的情绪慢慢平复下来。坐下的时候，易熙淡淡地瞥了他一眼，立即收回视线，微微转动脖子，眼神飘向窗外如明镜般的天空。

"我知道。"良久，才听易熙轻声说道。

明亮的光线从窗口的缝隙倾泻进来，打在他的脸上。他不语，全身上下却透着一股忧伤的气息。

仿佛有一把无形的利刃瞬间刺透了千宸的心。

她没有想到，易熙背后还藏着这么多故事。

虽然那些关于她的不实谣言从小就没有断过，但是都没有实质性的伤害，完全和易熙所遭遇的不能相提并论。

千宸觉得比起他来，自己要幸福多了。

痛楚清晰地从胸口处蔓延开来，千宸忍不住再次为他心疼。

当天夜晚，千宸在男生宿舍的楼下堵住了吴成。

"你走吧，我们无话可说。"

吴成面无表情地扔下这句话后，看都不看她一眼，绕过她的身边，转身进了楼。

"那易熙呢？你对他也无话可说吗？"千宸急切地在他身后喊道。

吴成沉默了一下，说道："有，但是他必须答应我的条件。"

"可是易熙不会答应的。"千宸态度笃定，语气隐隐带着怒意。

吴成抓着楼梯扶手的手忽然用力，他咬住牙，痛苦地说道："那么我们就没什么好谈的了。"

说完，他又往台阶上跨了一步。

"就你这样还算什么朋友，易熙遇到你真是倒了八辈子霉。"千宸突然一改之前安静温雅的样了，冲着他的背影大骂起来，"你到底知不知道，易熙为了你们正准备放弃和华邦签约？"

简直就是晴天霹雳，吴成顿时呆住了。

他震惊地回过头，问道："易熙要和华邦签约，这是什么时候的事？"

"现在知道着急了？"千宸忍不住反唇相讥，可见她这次是真生气了，"就是那个神秘电话，他们找易熙谈了一段时间。不过因为华邦只想签他一个人，易熙不同意，所以这件事才会拖到现在。"

也就是说，迪哥之前说的话应验了？

他和阿东最后还是成了易熙的绊脚石？

"机会难得，他不应该就这样轻易放弃的……真是笨死了。"吴成一脸的嫌弃，可是他的眼里已经涌起了泪水。

"是，他就是笨。明明心思都在好兄弟的身上，为了他们连自己的前途都不要了，可惜人家还不领情，为了一个女生，还想跟他绝交呢。这样的人如果不是笨蛋或是傻子，会这么做吗？而且，明明因为这件事而郁闷，还偏偏装出一副'我无所谓'的样子。难道他不知道什么叫表里不一吗？越是装作不在乎，就越表示他在乎。那沮丧的神色，简直就像刻在他的脸上了，他还傻傻地浑然不知，你说这样的人是不是傻透了？"

吴成完全没有想到，自己也会有被人这样不留情面地冷嘲热讽的一天，脸上顿时青一阵白一阵的。

他十分难堪，心想：易熙的影响力真大，千宸以前说话不是挺笨拙的嘛，和易熙待在一起没多久，就变得这么伶牙俐齿，有点儿让他招架不住了。

不过千宸这次超常的发挥纯粹是被气的，她见不得易熙露出那种被伤害了的表情。不管是谁，她都一律认定他被人欺负了。

所以她要帮他，哪怕要赴汤蹈火。

她这次故意把话说重，还故意隐瞒部分实情，就是想把吴成心里的那点儿愧疚感激发出来。

结果证明，她成功了。

"他不傻，只是他比我们任何人都看重这层关系。"吴成觉得千宸太聪明了，一出招就直攻他的软肋，让他想不心软都不行，"你回去吧，我会和他重修于好的。"

这是他给千宸的承诺，也是他对自己的承诺。

"我就知道你一定不会让我们失望的。"

千宸的眼里闪着激动的光芒，自始至终她都对他充满信心。

离开前，她像是想到什么，突然回头问了他一句："你这么帮阮维希，是因为喜欢她吗？"

闻言，吴成身体一僵，他周围的空气好像在一点点地凝固。

千宸见状，顿时了然。

"我想我已经知道答案了，晚安。"她嫣然一笑，转过身潇洒地离开了。

原以为自己佯装得很成功，却没有想到，连恋爱经验基本为零的笨瓜千宸都能看出端倪，吴成想想就觉得自己很失败。

其实他并不是真的生易熙的气，而是想用这样的方式逼易熙就范，结果没想到不仅伤害到对方，同时也伤害了自己。

扪心自问，他到底是不是真的做错了？

午夜11点的时候，易熙突然收到一条短信——我们还是朋友。

发短信的人自然是吴成。

第十章

始 料 不 及 的 变 数

THE
SECRET
IS NOT TIME TO
TELL

CHAPTER 10

【一】

一切都在朝美好的方向进行。

期末考试结束后就到了7月中旬，进行了两个多月的选秀节目终于拉开总决赛的序幕。

因为易熙所在的天狼星乐队临时退出，所以主办方按名次又重新凑齐了10名成员，按PK的方式决定胜负。关颜不负众望，拿到了冠军。

同月，易熙的坚持终于赢得了华邦高层的尊重，他们愿意以乐队的方式同时签下他们三个人。

看到易熙一步步在完成自己的梦想，开始过上那种忙碌的明星生活，千宸为他高兴的同时，内心也不断涌起以他为荣的自豪感。她感觉这段时间自己仿佛被一层圣洁的光圈包围着，整个人幸福得不行。

她以为会一直这样下去，直到8月初新加坡总公司打来一个越洋电话，让这个美好的梦破碎了——

爷爷因为心脏病发作去世了。

接到电话时，千宸整个人都蒙了，耳边嗡嗡作响，脑袋里更是一片空白。

"爷爷的身体不是一向都挺好的吗？为什么会这样？"半晌儿，她才艰难地问道。

她眼睛泛红，握着手机的手指因为太过用力，指节泛白。

"是突发性心肌梗塞，再加上是半夜，没有及时发现，送到医院时已经晚了。"电话彼端一阵短暂的沉默后，自称是爷爷最得力助手的年轻男子用一种很遗憾的声音说道，"对不起，是我们没有照顾好他，才会让这种事发生。"

"咚——"

男助手在电话那端听到了一个奇怪的声响。

"喂？千宸小姐，你在听吗？喂？"

回答他的却是一室的静默。

本该握在手中的手机摔在毛茸茸的地毯上，千宸蜷起身子缩在床边。她就像一只受伤的小动物，毫无血色的脸上露出惊骇的表情，缩成一团的身体忍不住颤抖起来。

她痛苦地捂住耳朵，眼眶里瞬间蓄满泪水，可是她倔强地忍着。

她告诉自己这只是一个噩梦，睡醒了就什么事都没有了。她逼自己上床睡觉，可是身体像化石一般僵硬，一动也不动。

易熙接到芳姨的电话赶到的时候，看到的就是她这个样子。

芳姨说："从知道死讯开始，她就一直是这个样子。不吃不睡，也不说话，就好像活死人一样，一点儿活力都没有。易少爷，你快点儿想想办法吧，老爷刚倒下，小姐可不能再出事了，这个家需要她。"

他们说话时，千宸依旧蜷缩在床上，目光呆滞地望着前方，两只纤细的手交叉抱紧双臂，身体控制不住地轻颤。

易熙心痛起来。

他没有想过爷爷的去世对她的打击会这么大，而她随时会崩溃的样子令他更担心，双手往前一伸，将她拉入温暖的怀抱。

"千宸，你要是难过就哭出来吧，你这样憋在心里，会生病的。"他的声音很轻柔，仿佛从另一个世界传来的。

他怀里的千宸一点儿反应都没有，还是睁着眼睛迷茫地看着前方。

看到她这样，易熙更加难受了。

"千宸，你别这样好吗？你这个样子，我真的很担心。"

可是千宸依旧目光空洞地看着前方，没有理他。

易熙着急起来，把她往外推离了一点儿，双手抓住她的双臂，逼迫她看着他。

"千宸，我是易熙，你跟我说说话好吗？"

可千宸还是像个木偶一样，一点儿反应都没有。

他疯一般地用力摇晃着她，冲着她大声喊道："千宸，千宸，你说话啊！"

站在门口的芳姨见状，连忙跑过来阻止，布满皱纹的脸上老泪纵横："易少爷，你这样会弄伤她的，小姐已经够难过了，你不要再逼她了。"

易熙却没有理会芳姨的话，反而更加用力，好像他誓要把千宸摇醒。

"你看到没有？大家都在为你着急，你现在把自己封闭起来算怎么回事？难道你不知道这个家还需要你吗？如果你倒下了，你爷爷劳碌半辈子打下来的基业又该怎么办？你再这样，爷爷要是泉下有知，也一定不会安详的，难道要让他死后都担心你吗？"

不知道是哪句话戳中了她心里的某一个点，千宸浑身一震，呆滞的目光慢慢聚拢起来。

"爷爷他……没了……"

嘶哑的声音几乎颤不成调，当最后一个字从她的嘴里吐出来时，豆大的泪珠成串地从她的眼里滚落下来。

"呜呜呜……"

悲恸的哭声犹如浪涛声般在这间屋子里回响，原本还咬牙硬撑的千宸瘫坐在地上，哭得不能自已。

易熙从背后将她紧紧抱住，眼眶忍不住也跟着泛红。

【二】

爷爷走的第三天，千宸坐上了飞往新加坡的航班。

一个星期后，F&S娱乐集团召开记者招待会，对外宣布将由董事长的孙女——千宸接管公司。

易熙是从某则新闻中得知这个消息的。

虽然心里还有点儿纠结千宸没有打电话跟他说这件事，但他还是照样打电话过去恭喜她。只是她看起来好像很忙，两人还没有说上几句话，她就以还有事要忙为由结束了通话。

"是男朋友？"

千宸刚挂电话，坐在她对面的副董就一脸关心地问起来，让人好不适应。

她愣了一下，刚想说"是"，结果副董身子往沙发上一靠，说道："哎哟，你说我这老头问这些干吗？你们年轻人不都是讲究自由恋爱吗？什么男朋友女朋友的，也就是普通的朋友。"他扶了扶眼镜，"对吧？"

那不容抗拒的语气带着一丝威胁。

千宸不傻，立即嗅到了什么，再加上她已经连续开了三天会，关于公司在爷爷任职期间投资亏损的事，以及其中有8000万美金是爷爷向银行贷的款的事，她都知道。还有那些蠢蠢欲动的股东在打什么主意，包括副董的心思，她也知道。

可公是公，私是私，难道他们就不能公私分明一点儿吗？

微微张开的嘴唇猛地合上，千宸直勾勾地看着坐在对面的老狐狸，想看他下一步要干些什么。

"说起来，我和你爷爷共事二十多年了，想不到今日他却抛下我这个兄弟先走了，我这心里啊，自从他去世后就真的……真的很难过。"副董的手按在心脏的位置，做出一副心痛的样子，声音微哽。

他演戏很逼真，如果不是这三天的相处，以及唐秘书把他对公司的一些想法提前和她说了，估计这会儿千宸真的会相信这位副董跟爷爷的感情很好。

但是现在她不信。

表面上她却不能拆穿，还得陪着一起演，虽然这是她不擅长的。

"请节哀，我相信爷爷在天之灵会知道的。"

"你也是，不要难过，你爷爷虽然不在了，但是还有我，说什么我也是你的郑叔叔，我会代替你爷爷帮你把公司看好的。"副董装模作样地说道。

千宸却注意到他用了"代替"这个词，不禁有些心痛。

爷爷才走，他就这么迫不及待想要坐上这个位置，让公司易主吗？

千宸瞪着他的目光有怨，也有恨。

但是副董装作没看见，饮着红袍，说着一些意在言外的话："对了，你还记得郑生吗？就是我那个不成器的儿子，你的生哥哥，小时候他可是经常带着你玩'木头人'的游戏。他一听说董事长去世的消息，就马上把美国的学业提前结束了，说是回来帮帮你。其实说穿了，他还是不放心你，怕你伤心难过，想回来陪陪你、安慰你。知子莫若父，这兔崽子心里在想什么，还真当我不知道啊，哈哈……"

关于郑生这个人，千宸是知道的。

爷爷在世时就曾经听他提过，这位郑副董打着亲上加亲的主意，可是因为郑生的为人实在不怎么样，所以爷爷一直都反对这件事。没想到现在爷爷刚走，他又想旧事重提了。

而所谓的"木头人"游戏，应该从来没有过吧。

千宸对自己的记忆力向来挺自信的。

"他是昨天回来的，一直惦记着想来看你，但是你也知道公司这几天乱成一锅粥了，也就今天才能喘口气。"副董想了想，说道，"我看不如这样，今晚我做东，你们见个面聊一聊，顺便叙个旧嘛。"

"今晚？"千宸抬起头扫了旁边的唐秘书一眼，只见她作势翻了翻手上的日程安排表，马上说道，"今晚好像不行，我和银行的……"

"再忙也要吃个饭。"副董提高音量，脸色有点儿难看，"小千，不是郑叔叔说你，你光跟那些银行的负责人搞好关系有什么用？以前银行肯贷款给公司，那是因为公司有你爷爷坐镇，他们相信你爷爷肯定会把钱赚回来，再加倍还给他们。可是现在坐在这个位置的人是你，你觉得他们会在明知道公司亏损了这么大一笔资金的情况下，还肯借钱给我们周转吗？"

"不管怎么样，我都要试试。如果贷不到款，公司就会因周转不灵而陷入危机，这次的投资失败已经波及股票，才短短三天的时间，公司的股票就已经下滑了十个百分点，我不能让情况再恶劣下去。"千宸认真地解释。

她内心充满了感激，如果不是爷爷有先见之明坚持让她学习如何管理一个公司，还有莱恩教授的倾囊相授，她现在还傻傻地完全不知道一次危机就足够摧毁一个公司战战兢兢所打下的基业。

在这三天的时间里，她觉得自己被逼着急速长大了。

她所熟悉的那个世界已经全变了。

"所以，你更应该跟我们出去吃这顿饭。"副董义正词严地说道，"只要你和郑生能坐下来好好吃这顿饭，到时候你们就不分彼此了，身为叔叔又是父亲的我，当然会努力帮你向银行贷到这八千万美金。"

那种理直气壮的口吻，还有直白的话，就像机关枪一样，在千宸的心里连连打响。

这不是逼婚吗？拿公司的前景逼她和郑生在一起，那易熙怎么办？她和易熙怎么办？

千宸的嘴唇几乎要被她咬出血来，可是拒绝的话一个字都说不出来。

因为这三天里，她和爷爷生前最信任的唐秘书和肖助理已经试过多种办法，去向各家银行贷款，或者是说服那些股东，可是都没有用。

副董临走前拍着她的肩膀，态度嚣张地说道："考虑清楚，才三天股票就下滑了十个百分点，虽然不多，但对公司来说也损失了不少钱。再加上这八千万的巨款，你真的有办法搞定吗？公司是不会因此而倒闭的，但是代理董事这个位子，你觉得还有可能是你吗？这公司还是你们千家说了算吗？虽然我郑源的能耐还没有到能呼风唤雨的地步，但是只要千郑成为一家人，这代理董事的位子谁做还不是一

样？我一定会力挺到底的。"

听到他的话，千宸不禁苦笑，都说阎王不在，小鬼当道，指的就是这种情况吧。

这三天来，各位股东不断向她施压，看来应该是受这位副董指使的。

身心俱疲的千宸像泄了气的气球一般，整个人瘫软在真皮高背椅上。

犹豫了许久，唐秘书才斟酌着用词问道："小姐，你打算怎么做？"

这句"小姐"瞬间拉近了他们的距离，让千宸知道她并不是在孤军作战，至少眼前的唐秘书还有外头的肖助理是可以信任的。

千宸抬头看了看她："你觉得呢？"

唐秘书瞬间沉默了，在千宸的心凉了半截后，才慢慢地说道："这算是一个一箭三雕的办法，一方面让公司安全渡过这个危机，也能保住小姐执行董事的位子，最重要的是，至少能让副董暂时停止打公司的主意。"

是的，这个办法确实很不错，只是……

"只是它需要拿小姐的幸福去作交换。"

唐秘书过于冷静的话像斧子一样，在千宸的心里凿下一道又深又长的伤口。

痛，并且血流不止。

公司是爷爷一生的心血，不管用什么办法，她都必须保住它。

可是一想到易熙，千宸的心脏猛地传来一阵剧痛。

她咬了咬牙，忍着撕心裂肺的剧痛说道："唐秘书，帮我准备今晚的衣服。"

【三】

"嘟……嘟……嘟……"

走廊的尽头，一道修长的身影倚在栏杆上打电话。可惜电话彼端传来的不是预想中那个熟悉的声音，而是机械化的提醒。

才听见开门声，阿东的声音随即在身后响起。

"她又没有听电话？"

易熙闻声，回过头来，灯光立马被他挡在身后，让他整个人犹如被黑暗吞噬了一般，根本看不清他脸上的表情。

就算是这样，阿东仍觉得仿佛又看到他唇边扬起一个完美的笑容，简直无懈可击。

"可能在开会吧，你知道的，她现在身份不同，可不像以前那样空闲的。"他说道。

"那学校呢？"阿东的脸色看起来有些古怪。

易熙一看他这模样，就知道他肯定有事："你知道什么了？"

阿东意味深长地瞥了他一眼后，说道："我不知道这算不算是个事，但是……千宸退学了，今早我回学校找王老师弄点儿资料，这事就是从他那里听说的。"

因为公司要求，新人在出新专辑之前必须先培训三个月，进行全方位的塑造，所以为了方便，他们三个人都搬进了公司特地为艺人准备的宿舍。

眼看新学期开学的时间临近，他们也得抽空回一趟学校，把一些琐碎的事处理一下。阿东没想到自己才回校，就从班导那里听到这个震惊的消息。

还在手机屏幕上滑来点去的手指蓦地一滞，易熙惊讶地问他："你说什么？千宸退学了？为什么我不知道？"

"果然她什么都没跟你说。"阿东的脸色瞬间一沉，犹豫了良久，他才踟蹰着说道，"易熙，你有没有觉得，千宸这次回公司后整个人都变了？"

易熙眉头紧蹙，帅气的脸上露出复杂的神色："我知道你在担心什么，只是我相信她，所以只要她一天不跟我提出分手，我就会一直等下去。"

阿东瞬间如鲠在喉，虽然觉得他这样的做法未免太笨了一点儿，但心里还是忍不住涌起了一阵感动。

他没有想到易熙认真起来，原来是这么专一。

"她还真是幸运，居然能碰到你。"回屋前，阿东特地走过来拍了一下他的肩

膀，满脸真诚地说道，"祝你好运。"

"会的。"

易熙点点头，神情认真。

算起来，他和千宸已经有十多天没有联系了。这段时间他每天都打电话给她，可是千宸很忙，每次不是秘书接的电话，就是直接转到留言信箱。易熙前几天还会特意留言，让千宸闲下时给自己回个电话，但是每次她总会发来一条短信"我很好，勿念"，他再回复一句过去，不管是说什么，对方都不会再有反应。再后来，他打过去的电话永远只传来"嘟嘟"的提示音。

易熙尽量让自己不要去想，之前因为阮维希突然介入的事，让他们差点儿就错失了彼此，他不想再让这样的事情发生。

他想给千宸更多的信任。

"你行的，千宸不会骗你的，不会……"

长长的走廊上依稀响起男生微哑且带着不确定的声音。

易熙做梦也想不到，他一直在找的那个人，却在一个小时后出现在另一座城市。

于又曦所在的医学院门口，突然出现了这么一个人——

她拥有一张像芭比娃娃般精致的脸，明亮的眼睛，樱桃小嘴，就是肤色近乎病态的白。不过这些都不算什么，细看之下，你会发现她的眼睛居然是两种不同的颜色，左眼是近乎黑色的深棕色，右眼靠近瞳孔一圈的地方是棕绿色。

所以当被人告知，有个长相是这样的女生来找自己时，于又曦的眼睛眨了又眨，简直惊呆了。

"她说了自己叫什么名字吗？"

同学想了想，说道："好像叫千……千什么的。"

"是不是叫千宸？"于又曦的心里咯噔一下，有些紧张。

同学眼睛一亮，拍手说道："对，就叫千宸。"

于又曦拔脚就跑了出去。

九月是个迎新辞旧的月份，也是个干燥的季节。

虽然它的到来象征着秋天也到了，可是空气里依然带着夏天的暑热，微风也干燥。蔚蓝的天空上，云层薄薄的，上午的阳光还是一如既往的灼眼明亮。

千宸就是在这样的一个日子，出现在于又曦所在的学校门口。

这里的门禁比普通大学要严格多了，不仅要填入校登记表，还要把你要找的人的各种资料也填进去。千宸只知道于又曦是读几年级的，还有手机号码，可是门卫说光有这些资料还不够，说什么都不肯放她进去。

千宸没办法只好打电话给于又曦，叫他到门口来接自己，谁知道又碰上他把手机关了。幸好有同学经过，说是认识于又曦，可以帮忙通知他一下。

就这样，她又等了15分钟……

"千宸？"

温润如玉的声音突然在身后响起，千宸转过身，就看见于又曦没命地朝这边跑过来。

"你怎么过来了？也不提前跟我说一声，我可以去接你的。"

声音再响起时，于又曦已经在她面前站定。他头发微乱，光洁的额头上冒出一层薄薄的汗珠，气息稍喘。而这些无一不在告诉她，他这一路跑来心里有多着急。

千宸看着他，异常沉默。

这样的她让于又曦心里不安起来，问道："怎么了？"

他的声音一如记忆中的熟悉，还有关切的眼神……突然，千宸的心里涌起了一阵酸涩，脑子都还没有想好，她就倾身过去，紧紧地抱住了他。

力气过猛，再加上太突然，于又曦冷不防被撞得后退半步，眼里充满了难以置信。

"千宸？"

他紧张地绷紧身体，完全搞不清状况，但是她这样令他很担心。

良久，才听她痛苦地说道："又曦，我要结婚了……"

砰——

好像有颗炸弹瞬间在体内爆炸，于又曦整个人被炸得魂不附体。他就像石像一样，僵在了原地。

大约20分钟之后，千宸被带到了于又曦的宿舍。

医学院的学生宿舍各方面看起来要比普通大学的学生宿舍好得多，光是每间宿舍只住两个人，这点就是其他学校比不上的。还有这幢楼看起来很新，设计也很人性化，每间宿舍各配一个公共客厅，以及卫生间，可以说给予了学生最大的私人空间。

不过宿舍这种东西，对千宸来说一点儿概念都没有。

从上学到现在，她还没有一次住校体验，所以她根本不知道平常的宿舍是什么样子……而且她现在心里有事。

于又曦蹙眉凝视着她，英俊的面孔上表情复杂。他想起第一次见到千宸时的情景，那是他刚转到幼儿园的第一天。

她被一群小朋友堵在滑板的后面，大家指着她骂骂咧咧的，群情激愤。大概的意思就是她是个灾星，不许她踏入小朋友的游乐场，不欢迎她之类的话。骂到最后，甚至有人开始拿东西砸她。

千宸下意识地抬手去挡，眼睛湿润，再配上她人偶般精致的长相，瞬间，于又曦感觉自己的心脏好像被人用力揪了一下，于是他忍不住见义勇为了。

后来，他们顺理成章变成了朋友，而他渐渐发现千宸有点儿自闭。

不过这一点儿都不影响他对她的喜欢，没人愿意理她，他就独自带着她玩游戏，天天给她买糖果吃，还教她把心情当成颜色涂在画册里。甚至为了让她看起来再可爱一点儿，明知道她不爱吃肉，他还每天变着法子哄她多吃一点儿……

他们之间拥有太多的回忆了，就算说上三天三夜，也不一定能说得完。

于又曦好不容易看到千宸从自闭的世界走出，变得跟正常人一样，如今再见她这样，心里顿时如同翻江倒海一般，情绪糟糕透顶。

"现在你还不打算说实话吗？"

沉默良久后，他终于忍无可忍地问了。

回宿舍的路上，他已经按捺不住追问她结婚的原因，千宸也解释了，但是像这种"没什么，觉得那个人挺好的，又是爷爷之前就看中的，就同意了"的鬼话也能信的话，他于又曦的名字就倒过来写。

"我……"

千宸刚掀唇，于又曦的话随即劈头砸了下来。

"不要说谎，你知道，我能一眼就看穿。"

握着水杯的手一颤，千宸刚想反驳，可是才对上他的目光，嘴巴就像被灌了铅般，发音困难，而眼睛也忍不住湿润起来。

她垂下脑袋，嘴唇抿得紧紧的。

"千宸……"

于又曦无奈地叹了口气，眼前这个别扭的少女又让他心疼了。

如此绝望的千宸，他只在上幼儿园的时候看到过。

可是那时候不管大家怎么欺负她，千宸都勇敢地没有哭。

于又曦不想逼她，所以只是沉默地等待着。不过因为她一直把头压得低低的，所以他根本看不到她脸上的表情，只看到她长长的眼睫毛在明亮的灯光下像羽翼般轻颤着。

良久，才听她声音低哑地说道："爷爷过世后，我继承了公司。"声音一顿，千宸握住水杯的手更加用力，她十指死死地扣着杯子，仿佛那是支撑她的全部力量，"这才知道公司目前处于亏空的状态。"

于又曦脸色一变，心底涌起不好的预感。

"所以……这是你突然要结婚的原因？你要搞商业联姻，对吧？"说到最后，他的声音隐隐透着愤怒，眼里同时也浮起一丝怒意。

千宸惊诧地抬起头，她那双与众不同的眸子早就没有了往日的光彩。

"像这样的狗血剧情，不管是现实生活还是电视剧，早就屡见不鲜了。"像是洞悉她心里的疑惑，于又曦有些不屑地开口。

千宸一愣，随即了然。

她再度垂下脑袋，眼睛死死地瞪着地上的某个点，像是要把地板瞪出两个洞来。

于又曦伸出手将她紧紧地抱住，强而有力的心跳声隔着衣服清晰地撞击着千宸的耳膜。

"听见没有？这是心跳声，一个人活着的心跳声。它在告诉你，就算全世界的人都不要你，我也要你。所以，你一定可以得到幸福的。"

千宸愣住了，不由得想起他曾经对自己说过的话——

不怕，我会一直在你身边。他不要你，我要！

那个时候的于又曦态度也像现在一样坚定，目光温柔得宛如月光。

随着他的心跳声，一下、两下，千宸本来还有些绝望的心情终于安定下来。

真好，她感觉自己好像又回到了上幼儿园的那段日子。

小时候每次她被欺负，想哭又哭不出来的时候，于又曦就会像现在这样抱着她，安慰她，也鼓励她。那个时候，她曾一度怀疑他就是上帝派到凡间的天使，不然怎么可以这么好呢。那时两人就会像现在这样，一起挨着坐了许久，直到她的心情完全平复。

而这时，也和过去一样，于又曦抱着她，直到她平静下来。

"又曦，谢谢你……如果不是你一直在我身边，我都不知道自己会变成什么样。"擦干泪水，千宸充满感激地说道。这话在很久之前就想对他说了，只是没有机会，没想到会在这样的情况下说出来。

不过于又曦听后心里却感到苦涩，他要的从来不是感激。不过他仍然庆幸，千宸可以在最难过的时候第一时间就想到自己，这说明自己在她心中依然有着很重要的地位。

如此他也满足了。

他闭上眼睛，低下头吻了她的发丝，鼻端立即被洗发露的香味萦绕，宛如紫罗兰的芳香。

"那件事已经没有回转的余地了吗？"顷刻，于又曦问道。

千宸的眼神有些黯然，说道："唐秘书说，这是最有效也是最直接的办法……"

"对方是谁？"

"副董的儿子，听说刚从美国留学回来。"

千宸短短的一句话，于又曦就听出里面的各种含义。例如，她家和副董成为亲家，那么副董看在儿子的面子上，自然不会太为难这位未来儿媳。

于又曦再度将她紧紧抱住，因心疼她而蹙紧的眉头无法松懈半分。

千宸有些感动："其实你不用为我难过的，这几天我和这个郑生接触过几次，他现在看起来变化很大，不仅绅士，看起来人品也不错，完全不是小时候那种淘气又恶劣的样子。我相信他以后会对我很好的……"

这句话不知道是在安慰于又曦，还是在安慰自己，但是在于又曦看来，都没有差别。

"那易熙知道吗？"

闻言，千宸纤细的身子猛地一僵。

于又曦见状，立即懂了："果然你还是没有告诉他。"

红润的唇瓣轻轻颤了一下，千宸眨了眨泛起水光的眼睛，说道："我说不出口。"

"但是他有权利知道。"于又曦说道。

　　千宸的唇边露出一抹苦涩的笑容，她哑声说道："易熙自从跟华邦签约后，就一直很忙。他有自己的事业要奋斗，有自己的理想要完成。我不想成为他成功路上的一块绊脚石……而且，这事就算告诉他也没用，只是徒增他的烦恼而已。"

　　她心里所想，于又曦明白，只是——

　　"那你舍得放开他？不后悔？"

　　心脏仿佛被重重一击，千宸的眼里迅速涌起泪水。她低下头，伸手将脸捂住，但是夺眶而出的眼泪仍从手指的缝隙中流了出来，沿着她的手臂滴到地上。

　　"舍不得又怎么办？公司是爷爷的心血，我不能眼睁睁地让它毁在我的手上……"千宸痛苦的声音中带着一丝坚定。

　　八千万啊，那可是美金，就算她把爷爷留到她名下的不动产都卖掉，再加上手头上所有的现金，都不够三分之一的钱。剩下的那三分之二，让她上哪里去找？

　　于又曦一见她这样，心疼得无法呼吸，心里突然萌生一个想法，但有点儿冒险。

　　"如果你已经决定的话……或许我有办法帮你。"

　　他的话就像一束阳光照入阴暗的沼地，千宸猛地抬起头来，泪痕未干的脸上露出震惊而期待的表情："真的？"

　　于又曦点头，露出玩世不恭的笑来："我们结婚怎样？"

　　"啊？"千宸完全被他的提议吓到了，露出不解的表情，"你在开什么玩笑？"

　　"我是认真的。"于又曦的表情难得严肃起来，"虽然我家并不像你们家那么富有，但一定的家底还是有的。如果你成为我家的一份子，那么我可以说服我爸出钱投资你们公司。这样的话，你同样可以把公司保住，也不用嫁给一个自己不喜欢的人了。"

　　于家是医学世家，不仅在本市有自家的私人医院，在全国各地也办了不少慈善机构。如果于伯伯肯帮忙的话，千宸相信公司亏空的问题一定能迎刃而解。

"可是这样的话，对你太不公平了。"千宸不同意。

于又曦当然知道她的顾虑，如星辰般晶亮的眸子里当即漾起一抹笑意，带着得逞后的得意。

"怎么会呢？你知道我喜欢你，与其看着你和别人结婚，还不如我自己乘虚而入……所以这笔交易不管怎么算，我都是占了大便宜。"

毫无防备的千宸听到他的话后，完全怔住了，因为震惊，眼睛瞪得大大的，这突发状态是始料未及的。

她没有想到，于又曦居然会说出这样的话来，而且还把喜欢说得这么顺口……就好像他经常在心里这样练习一样。

千宸急躁的同时又不知所措，她不知道自己该怎么去对待于又曦的这个提议。反而于又曦在见到她的脸忽红忽白后，慢悠悠地又说话了。

"当然，我也不是要你假戏真做，关于强扭的瓜不甜，这个道理我还是懂的。所以，我们就以两年为限好了，如果到时候我还是没办法让你喜欢上我，我愿意还你自由。要是你不相信，或者怕我们到时候反悔，我们还可以签订协议。"说完，他充满诱惑地冲她眨了眨眼睛，"怎么样？"

这诱惑真的太大了。

千宸本来就意志不坚定，现在于又曦又提出这样的建议，她内心的想法顿时变成一边倒。与其和一个不认识的人结婚，她宁愿和于又曦在一起，至少她能确定，于又曦是真心对她好。

所以只有几秒钟的思考，千宸就颔首同意了。

"谢谢你。"她真心地表示感谢。

【四】

于又曦花了一天的时间，才说服于家的人相信他们是相爱的，并说服于父出资帮助他们公司。

开始于父是不大同意的，后来还是于爷爷出面，这事才得以圆满解决。不过于父提出了一个要求，那就是身为股东之一，他必须派个人到公司来，不用说，这份重担自然落在了于又曦的肩膀上。对此，千宸很谅解，毕竟八千万美金可不是一笔小数目，于父这样做是对的。

事情谈妥后，当晚于又曦就在网上订了两张机票，和千宸一起回新加坡的总公司处理后续的事情。

唐秘书和肖助理知道千宸竟然能在这么短的时间内就筹集到这么一大笔资金，都大为震惊。只是有人喜就有人愤，于又曦和千宸回到公司，椅子都还没有坐热，郑副董就过来兴师问罪了。

"千宸，你这是什么意思？"郑副董气愤地拍桌说道，看样子是气得不轻。

唐秘书象征性地推了推鼻梁上的眼镜，好掩饰唇边不自觉露出的笑意。只是她的余光扫向旁边时，却发现肖助理脸上的笑意太明显了，简直能用"眉飞色舞"来形容。

她用手肘撞了他一下，让他自觉收敛点儿。

肖助理这才摸着鼻子，慢慢地收敛笑意。

于又曦向来眼尖，自然没放过这一幕，心里莫名地有种报了仇的愉快感，说话的声音也响亮了几分："啊，这位一定是副董吧？千宸，你怎么不介绍介绍？"

说完，他伸出手揽住千宸的腰，放在上面就不拿下来了，那动作自然得就好像他常做这件事。而这种宣告自己所有权的动作，只要不是眼瞎的，基本都能看出来眼前这两个人是什么关系。更何况早在他们到公司的前几个小时，唐秘书就利用办公室的舆论八卦力量，把他们是情侣的事传开了。

副董一看，气得鼻孔直冒烟："你是谁？我在跟千宸说话呢，有你插嘴的地方吗？"

于又曦是谁，恐怕公司上至高层、下至清洁大妈，没人不知道这号人物是谁。

早在舆论传开的时候，公司的某位计算机高手就在网上搜集了他的资料，迅速传开了，大家还说他们郎才女貌很般配。

于又曦装出一副迷惘的样子，看向千宸："爷爷没把我们两家想亲上加亲的事写在遗嘱里吗？"

简直是鬼扯，谁会把这种事写在遗嘱上？

千宸瞪了他一眼，不过没有怪罪，反而是欣赏的。以前她怎么没发现他这么聪明呢？还有点儿老奸巨猾的感觉，一句这么简单的话他都能抛出许多信息。

果不其然，只见副董蹙紧眉头，一脸的沉重："老董事长？"

"对啊，我和千宸在一起的事，爷爷老早就知道了。上次千宸生日，爷爷回去的时候还说过，等这学期的课程结束后，就帮我们办场订婚宴，只是没想到……"于又曦声音一哽，顿时悲从中来。

千宸看得眼睛都直了，这家伙不去考艺校反而跑去学医拿手术刀，也太浪费他的表演天赋了。

"什么？你的意思是，你们的婚事老董事长是支持的？"副董不可思议地问道。

"对啊。"于又曦很认真又诚恳地点头，然后深情款款地看向千宸，"不信，你可以问她。"

于是，在场所有人的目光都放到她的身上。

千宸看够了戏，这才清了一下嗓子，说道："既然郑董来了，那有些事我就提前跟你说一下好了，这位是我的未婚夫于又曦，于氏医院就是他们家的，在国内还挺有名声的，郑董应该听说过吧？这次他们想入股我们公司，资金在上午就已经全部到账了，而后续的事宜我也让唐秘书去处理了。针对这件事，我想今天先开个临时会议，把又曦介绍给各位股东认识，顺便再把情况说明一下，稍后再让唐秘书安排时间开个新闻发布会。"

那种公式化的语气，还有亲疏有别的称谓，立即就把副董肚子里的那点儿坏心思扼杀掉了。

他憋着气，鼻孔似乎快要冒烟了。

"我不同意，他是你的未婚夫，那我儿子郑生呢？你们前几天不是才吃过饭约过会，就差谈婚论嫁了……"

"停！"于又曦毫不客气地打断他的话，"我想郑董误会了，吃饭是吃饭，约会是约会，这是两码事，怎么能混为一谈呢？"他顿了顿，淡淡地看了千宸一眼后，一副老生常谈的模样说道，"还有，千宸和郑先生吃饭这件事，我是知道的。千宸的性格你也知道，比较内向、偏闷，我常常劝她多出去走走，交交朋友。这次能和郑先生交上朋友，其实我比她还高兴……不过我怎么听说，吃饭期间他们谈的都是怎么挽救这次亏损项目的事，怎么又扯到婚嫁上了？"他来回指了指自己和千宸，"难道……是我们的婚礼吗？"

"扑哧！"千宸没忍住笑了起来，于又曦不着痕迹地瞪了她一眼。

"对不起。"她用手挡在唇边，用口型道歉。

不过这一幕看在郑副董的眼里，那根本是公然调情秀恩爱，他的整张脸都气绿了。

这时候，办公室的门突然被人从外面打开了。

"不好意思，刚才敲门了，但是没人听见，我就自做主张进来了。"

来人是一个一米七多的高个子，不瘦，身材看起来挺结实的，有着一张刚毅的脸，眼神锐利，唇边的笑容倒是挺温和的，带着绅士的味道。

"郑生？"千宸吃惊地看着这位不速之客。

虽然她和他之间清白如纸，一点儿关系都没有，可是被郑副董这么一说，千宸每次见到他时总是尴尬不自在，特别是这次，她竟然还有种做贼心虚的感觉。

反正心里挺慌、挺尴尬的，觉得对不起他。

"抱歉，打扰你们谈话了。"郑生走到副董的身旁，礼貌地说道，随后目光落在于又曦的身上，上下打量，带着探究的味道，"这位是……"

于又曦马上说道："于又曦。"

"哦，原来是于氏医院的公子啊，我是郑生。"郑生皱着眉头，余光看向他旁边的人，"这位是我老爸。"

那风趣的样子，于又曦一看就知道这人性格不错，心里对他的戒备顿时消散了大半。

"你来了正好，我和千宸刚才还在说你们的婚……"

副董才说到一半，就被郑生推着往外走，边走边说："爸，这些事我们等会儿再说，我那边有个十万火急的文件还等着您批呢，快点儿跟我过去……"

走到门口的时候，郑生突然回过头做了个打电话的手势，无声地对千宸说："一会儿给你打电话。"

千宸一愣，这才点头，笨拙地比了个OK的手势。

结果她一回头，就见于又曦狐疑地看着她，说道："你们的关系看起来挺好的嘛。"

千宸微微一愣，怎么这话听起来语气酸酸的，他不会是在吃醋和误会些什么吧？

没过多久，郑生果然打来了电话，约千宸到后楼梯聊一下。

于又曦本来想跟过去看看的，但是千宸说她完全能应付，就留在办公室和唐秘书他们聊一下最近公司发生的事。

郑生是个受过西方教育的人，做事说话都很爽快，一见到千宸，就直截了当地说道："对于家父的事，我很抱歉，虽然他做事的方法我不太认同，但是我能理解他。他的出发点全是因为他是一位父亲，想为儿子的未来多考虑一些。"

千宸说道："我都懂。"

她不是个善于言语的人，所以短暂的聊天大部分还是郑生在说，就和之前几次他们约会时的情形一样。

郑生看着她，突然哑然失笑道："老实说，你真的不是我喜欢的那类。你太沉默了，我喜欢更爽朗一点儿的……抱歉，我好像说了什么不该说的话，但是请你相

信我，我并没有讨厌你的意思，只是这种喜欢不是男女之间的那种喜……"

千宸打断他的话："我都明白，所以你不用紧张。"

"明白就好，明白就好……"她坦诚的话让郑生有些不适应，不过给了他勇气，郑生决定把压在心里多日的话说出来，"有件事其实我一直想跟你说，我在美国已经有女朋友了，不过这事我家里人还不知道，而撮合我们的想法更是我爸一厢情愿的。之前我没有把话跟你说明白，是因为我知道我爸拿这次公司的危机逼你，我怕把事情捅破后，你的处境会变得更困难……我想帮你。"

千宸完全没想到，原来他也曾这样纠结过，不禁愣住了。

"不过现在看来好像不用了。"郑生看着她，表情是诚挚的，"告诉我，你和那个于又曦的事是真的吗？"

不知道为什么，千宸的眼前突然浮现出郑生小时候的模样，瘦瘦的，长得挺精明的，就是爱捉弄人。可是一眨眼，她眼里那个讨人厌的小男生突然也会关心人了，而且对象还是自己。

这种变化让千宸心里涌起一种熟悉而温暖的感觉，就好像碰到多年的老朋友一样，非常窝心而美妙。

短暂的沉默过后，她缓缓开口："是真的，我们已经认识很多年了，有很多东西都是他教我的……包括如何坚守自己的爱情。"

她想起了易熙。

看到她在说到"自己的爱情"时，眼睛亮了一下，郑生就知道她没有撒谎。一个女生只有在很爱一个男生时，脸上才会露出这种表情，只是郑生怎么也没有想到，此时千宸心里想的那个人不是于又曦。

"好，那我就放心了，我相信他应该可以保护你。至于我爸那边，我会试着跟他沟通的，不过我并不能保证他能马上想通。毕竟那个位子是他终生所追求的，现在就差一步，我想让他放弃应该不太容易。"

千宸回去后，把郑生的话原封不动地跟于又曦说了，夸他真是一个明白事理的好人，害得于又曦心里忍不住有些酸。

那他呢？他千里迢迢跑到新加坡来帮她，还暂停自己的学习计划，该拿好人奖的应该是他吧？

不过纠结归纠结，吃味归吃味，于又曦知道现在不是计较这个的时候。

当天下午的会议，郑生的话就应验了，郑副董联合其他股东想方设法打压他们。后来还是于又曦针对之前的投资失败做出总结，并且提出还有力挽狂澜的机会，这些股东才相继闭了嘴。

于又曦的理由很简单，上任千董投资之所以会失败，是因为他对药品行业不了解，可他是个医生，又是医学世家，相信公司里面没有人比他更适合做这个项目了。

其实F&S集团本身以做娱乐为主，贸然涉足药品这个行业，本身就是一个冒险而大胆的想法。上任千董可谓是排除万难，才说动股东们同意做这个项目。

现在项目失败，又损失了这么多钱，现在听到有挽救的机会，各位股东当然心痒痒的，想再试一试。但是千宸想让于又曦当这个项目的专案经理时，又引起了许多人的不满，为首的自然是副董郑源。

原因很简单，他想把自己的儿子弄进来，如果于又曦做了专案经理，那他这个读市场销售的儿子还怎么在公司开拓出一条属于自己的道路？

于又曦注重的却是品质这块。

郑生挺尴尬的，多次想以尿遁离开，结果都被郑源早一步识破而没有得逞。

股东们主要以支持千宸为首的一派，还有以副董为首的一派，在两拨人吵得不可开交的情况下，大家最后各退一步，让他们两人针对关于如何让这个项目起死回生写一份详细分析和计划报告，于下周末上交，这个会议才宣告结束。

为了这份数据报告，千宸和于又曦以及唐秘书他们连续一个星期都没日没夜地

忙碌。

可是一个星期后，结果还是不好的。身为商人，他们觉得销售要比研究药物更重要，所以最后郑生拿到的支持票数最多，他成为了此次项目的专案经理，而于又曦是研发部的主任。

对此，千宸挺气愤的，可是于又曦比她看得开，还安慰她说是金子总会发光的，早晚有一天他会坐上更高的位子，不管是药业这个项目，还是其他项目，他都能行。

后来事实证明，他真的做到了。

不过这些全是后话。

这个时候，千宸只当他是在安慰自己："也好，我们就一步一步来，先把基础做扎实，才可以飞得更远。"

于又曦摸了摸她的头，似乎挺感慨的："千宸，你真的长大了。"

千宸一愣，心里也感慨良多，顺便拿起手上的文件就往他身上一拍："就你话多，做事啦！"

可是就在她转身的那瞬间，于又曦唇边的笑容骤然消失了。

他沉默了一下，开口问道："千宸，你打算拖到什么时候？"

闻言，正准备把文件归档的千宸身体一僵，陷入缄默。

"还是你打算拖到易熙自己发现的一天？你别忘了，还有两天新闻发布会就要开始了，到时候我们的婚事肯定是各大媒体瞩目的焦点，你觉得易熙会有可能不知道吗？到时候他会更恨你的。"

于又曦的话让千宸的心猛地揪紧。

不可否认，他的话全对，如果易熙是从第三方听到这个消息，肯定会发狂，到时候一定会特别恨她。

不，她承受不了他的恨，可是……

"还是说你后悔了？"

于又曦平静的声音像炸弹般在千宸的心里炸响。

"我没有后悔！"

她想也不想就否认了，因为于家的这笔钱并不是借给她的，而是以注资的方式加入F&S集团，成为其中一名股东。如果于家因为她的出尔反尔而决定撤资，那结果是她不敢想象的。

所以……

"让唐秘书帮我订一张回国的机票吧……"

纵然心里有再多的不愿和挣扎，可是千宸知道，这事已经到了非解决不可的地步。

于又曦走过去，将她拥入怀里，有些心疼地说道："我不想逼你，但是我怕易熙迟早会知道这件事，我爸迟早会发现端倪……"他的声音充满了无奈。

千宸的眼睛瞬间红了，声音忍不住哽咽起来："你不用解释，我都知道。"

他对她的好，她一直都知道，心里也充满了感激，只是……

易熙……

仿佛能感觉到她的心痛，在千宸闭上眼睛强忍住眼泪的刹那，于又曦吻着她的额头说道："我陪你去。"

"好。"

半天，千宸才找回力气回答。

【五】

今天是天狼星乐队给国内一本一线杂志拍摄封面的日子，也是他们乐队进军娱乐圈打响的第一炮。

所以易熙他们三人都特别认真，不管摄影师对他们提出什么要求，他们都会尽全力做好。这让摄影师对他们的印象大大加分，末了，还特地帮他们三人拍了一组单人照。

"对，我要的就是这种充满了力量但又冷冽的表情！还有眼睛的部位也要注意，望过来的时候尽量要性感……对，对，就是这样！"

易熙从来都是摄影师镜头里的宠儿，把他推到镜头前，没拍个过瘾谁都不准备停手。

今天有班导的必修课，基本没人敢逃课。吴成和阿东一拍完照，就脚底抹油先溜回学校，临走前还不忘拍着易熙的肩膀安慰，顺带再掬一把同情泪，易熙看得嘴角直抽搐。

当易熙从摄影棚走出来时，已经日落西山了。

大片的天空被西沉的夕阳染成了橘红色，色彩鲜艳得就好像画家手中的颜料。

他刚走到小区正门口的临时停车区，跨上停靠在那里的重型机车，口袋里的手机就响了。

他紧张地掏出来一看，却发现是个陌生号码。

他有些不爽地皱起眉头，修长的手指在屏幕上滑了一下。

"喂？"

"易熙，是我。"

短暂的沉默过后，电话那端突然传来一个轻柔悦耳的声音，那是易熙朝思暮想的声音。

"千宸？"他喜出望外，但是下一秒，脸上的表情一变，惊喜的浅笑立即被滔天的怒火所取代，"找死啊，这么久都不回电话，难道你不知道我会担心吗？"

电话彼端的千宸感受到胸口传来一阵刺痛。

好半天，她才艰难地启唇，声音喑哑地说道："易熙，我们分手吧……"

坐在车上的易熙整个人都僵硬了。

许久，他才咬着牙一字一句地问道："你说什么？你再说一次！"

结果听到的却是这三个字——

"对不起。"

190

千宸的声音已经难掩哭腔，好像很痛苦。

易熙紧紧地握着手机，强忍住心中的怒火，严厉地说道："你是不是上次还没有玩够？我已经警告过你了，如果还有下次，那我们就不可能再有第二次机会了。你想好了！"

"对不起……"

可是她的答案依旧没变，就和她上次坚持分手时的情景一模一样，易熙简直有种想把手机摔得粉碎的冲动。

他冲着她大吼："为什么？"

如果此时千宸就在眼前，她一定可以清楚地看到他黑白分明的眼里正跳动着两束火焰。可惜，他们之间隔着距离。

"因为我突然觉得又曦比你更适合我，我们已经在一起了……"

一阵死寂般的沉默在电话两端蔓延开来。

良久，易熙的声音才再度响起。

"于又曦是吧？"他冷笑着，态度一改之前的暴戾，"这次的理由又是什么？你已经编好了吗？我告诉你，如果这次我再信你的话，我直接在脑门刻上'我是笨蛋'四个字！"

"你信不信对我来说已经不重要了。我打这个电话给你，就是想跟你说清楚，把这件事做个了断。因为这次我来新加坡后，可能就再也不回去了。"千宸有些疲倦地说道，绝望的泪水瞬间打湿了她的脸颊。

无声无息却止不住地滑落，宛如天上降下的雨帘。

"你到底在哪里？你是不是回来了？"聪明如易熙，当即耳尖地捕捉到她字面上的重点，他忙跨下车子，开始在人群里、街对面，甚至各处可以藏人的角落寻找她，"千宸，你给我出来！我不相信你真的喜欢于又曦，你是不是又有什么不得已的苦衷？你出来跟我说清楚——千宸，你听到没有？你出来——"

街道对面的香樟树后缓缓走出一个纤瘦的身影。

　　绝望的眼泪不断从她的眼里落下，千宸的目光紧紧地追随着街道对面少年的身影。握着手机的手剧烈地颤抖过后，她挂断了电话，生怕自己会后悔一样，连忙按下关机键。

　　属于她的世界，好像在这一刻毁灭了。

　　"你现在后悔还来得及。"

　　于又曦从她身后走出来，声音一如既往的温柔，和他的眼神一样。

　　视线变得一片模糊，千宸死死地咬住嘴唇，已经心痛到无法言语，只能不断摇头。

　　易熙是那么骄傲的一个人，自尊心很强，在她说出这样的话后，早就没有退路了。

　　现在知道他过得很好，她也就放心了。

THE
SECRET
I S N O A T I M E T O
TELL

CHAPTER 11

【一】

三万米的高空上，飞往美国的航班穿入厚厚的云层，千宸淡淡地瞥了窗外一眼，只见白云翻滚，让人宛如置身在一片白色的海洋中。

这白茫茫的景象令她不自觉地想起天堂，想起当年父母遇到的那场意外，还有这两年来飞来飞去的生活。

是的，距离她接手公司已经有两年了。

这两年来，她逼着自己从一个什么都不懂的学生，蜕变成为一名真正的商人。

如今她的生活每天都围绕着一堆文件打转，以及开不完的会。就像现在，一大早出门，上飞机，也只是为了赶在下午三点钟之前和新的投资方签下合同。

一下飞机，千宸就直接被带往对方的公司。

等把公事全部谈完，签好合约再出来时，天已经全黑了。

本来对方想做东，帮他们洗尘，但是被千宸婉言拒绝了。虽然参加过的饭局多得已经数不清了，不过千宸到现在还是不能适应那样的环境。

公司帮她订的酒店正好就在华盛顿唐人街的附近。

晚餐过后，看着窗外街上逐渐亮起的霓虹灯，她突然想起今天是万圣节。这是西方一个很有意思的传统节目。向来喜静的她，竟然鬼使神差地取下挂在衣架上的白色外套，准备出去走走。

唐人街是联系华人的纽带，也是个大食埠，基本在美国想要吃到正宗的中国菜还是要来这里的。而这里的街道面貌以及建筑物，也是沿袭了中国风。

千宸一走进这里，感觉就像回到家里一样，全身不自觉地放松下来。

因为节日的关系，街上多了许多稀奇古怪的东西，千宸就像许多游客一样，忍不住掏出大衣里的手机开始拍照。

只是当一个身形挺拔的身影出现在镜头里时，千宸拿着手机的手猛地一抖，整个人顿时愣住了。

夜灯下，他微微侧着身子站在那里，灯光映照在他的侧脸上，衬得他的轮廓特别分明，而五官更显立体。那不经意的回眸以及那浅浅的笑意，就像烙印一样重重地烙在千宸的心上。

她忙不迭收起手机，朝他跑过去，却发现人来人往的街上独独少了那个身影。

她的眼睛红了，眼里蒙上一层水雾，她自言自语道："你还真是个傻瓜，他现在已经是名震海内外的巨星了，每天有上不完的节目以及排不完的通告，又怎么会出现在这里……"

充满自嘲的声音还没有落下，大滴的眼泪就不受控制地从她的眼里掉下来，来势凶猛。

她连忙蹲下身假装在地上找东西，实际上在偷偷地擦脸上的泪水。

可就在这时，她在寻找的俊美男子突然在她前方不到两米的地方出现了，他手里拿着手机，看起来正在打电话。

天生的明星脸，鼻子直挺，薄薄的嘴唇，眼睛就像个发电机，随便瞅人一眼都感觉他在放电，杀伤力十足。这样帅气的他，不是易熙又是谁。不过两年的时间，让他从一个男生变得更像一个男人了。

讲电话时，他的目光淡淡地扫过千宸所在的方向，可惜他们之间不仅隔着距离，还有一座母子石像，易熙看不见她。

电话结束后，他收起手机往回走。

千宸刚好站起来，转过身，几乎同时迈步，走向街对面的人行道。

易熙——这个名字陡然在千宸的内心深处觉醒了。

这两年来，她逼着自己不去想，不去回忆和他相识半年里的点点滴滴，就是不想自己一直心痛下去。

可是现在，她满脑子想的、看到的全变成了他。

这样的情况让千宸慌乱起来，她不敢回酒店，怕一个人待在那个空荡荡、冰冷冷的房间里会更加想他。

她漫无目的地走在异国他乡的街头，经过一家酒吧时，忽然被一位侍者拉住了胳膊。

对方用一口流利的英文问她要不要进去，千宸本来想拒绝的，可是从里面传来的重金属音乐却勾起了她的回忆，再加上她也没什么地方可去，于是点头应允了。

千宸才往里面踏一步，侍者突然喊住了她。

"等一下，你必须选一个面具戴上后才能进去。"

闻言，千宸这才注意到对方一身夸张的南瓜服装打扮，她忍不住嫣然一笑，明亮的眼睛因此而绽放耀眼的光芒："面具是应景用的吗？"

"对。"

饶是看多了漂亮美女的侍者，看到她的笑容后，也不由得呆了。

"你们酒吧还真是别具一格。"说话的时候，千宸随手选了一个白色羽毛镶钻的猫女面具戴上。

侍者眼前一亮："你真漂亮。"

他忘情地吹了声口哨后，推开酒吧笨重的门，像绅士般做了个"请"的姿势。

千宸对酒吧的印象停留在易熙在零点酒吧驻唱那会儿。自从她接手公司后，每天过着的是做牛做马的生活，偶尔得闲半天，她也会待在家里不出来，极少和外面接触。

凭着感觉，她很快就找到吧台，选了最僻静的位子坐下。

酒保向她推荐了一款鸡尾酒，千宸没有多想就同意了，这两年来各种饭局虽然没有把她的酒量练上去，不过她也不像以前那样不能碰半点儿有酒精的东西，浅饮还是没问题的。

只是当酒保把鸡尾酒送上来后，千宸的脸都绿了。

"酒杯这么脏，你们是没洗过，还是服务有问题？我要求换一杯。"

千宸拿出她在职场上的办事风格，流畅的英文想也不想就脱口而出，顺溜得就好像是自己的母语一样。

现在的她和两年前的她简直是天差地别。

酒保淡淡地瞥了她的酒杯一眼，笃定地说道："不可能，我们酒吧最注重的就是卫生，而且每个月卫生局都会过来，真有问题，我们店早就封了。你说的问题不可能存在。"

千宸听了他的话后，不禁有些动怒："那你的意思是，我睁着眼睛说瞎话了？"

酒保耸肩，没有说话，保持着沉默。

千宸见状，更加生气了："上面那么厚的一层，就算是瞎子也该看到了，你们还……"

她太过认真地和酒保争辩，以至于有人在她旁边坐下还不知道。直到听到"扑哧"一声，千宸这才惊诧地转过头来，正好对上一双带着笑意的眼睛。

她的脸猛地一红，有些难为情。

"打扰到你了？"她用英文礼貌地问道。

"没有。"戴着银色男爵面具的男人微微一笑，"我只是想告诉你，有的鸡尾酒酒杯边缘会撒盐，是为了在喝的时候调味，所以……那不是脏。"

男人尽量说得婉转，可是千宸听完他的话，仍然尴尬地一愣，脸也跟着红起来。

"我……我很少来这种地方，我还以为……"千宸难堪地看向酒保，抱歉地举高酒杯，然后轻饮一口，说道，"我想你是对的。"

酒保见误会已经解释清楚，笑着说"没关系"，转身就去忙自己的事了。

角落里，千宸懊恼地咬着唇，小心嘀咕道："真是蠢死了，我又丢脸了……"

坐在旁边的男人听到她的话，动作一滞，有些惊讶地看着她："你会说中文？"

如遭电击般，千宸猛地抬起头来，一脸的震惊："你是……"

她惊讶的不是对方居然用中文跟她交流，而是对方说话的声音太熟悉了，和记忆中的简直如出一辙。之前说英语的时候还不觉得，这一刻用中文交流起来，才发觉实在是太像了。

可是，易熙怎么可能会来这种地方？不说他现在巨星的身份，出现在这里有多么不合适，单是时间上，他也没这种空闲……现在的他，应该在地球的另一边为他的事业忙碌才对。

看着她清澈的大眼睛在一秒钟内快速转换多种情绪，由喜到愁，眼睛还慢慢地泛起了红色，男人的心莫名一痛。

"怎么了？"

连他自己都没有注意到，他问这话时，语气像在关心情人般温柔。

千宸摇头，嘴边突然露出一抹苦涩的笑容："没什么，觉得你的声音很像我的一位朋友，只是……你不可能是他。"

男人的心随着她前面的话悬起来，可在听完她后面的话后，又急速落下来。这种心情就像在坐过山车，一会儿天堂，一会儿地狱，起伏巨大。

"是吗？"他唇边的笑容消失了，温柔的声音忽然变得冰冷，"我也觉得你的声音很像我认识的一个人，不过，你也不是她。她没你这么温柔。"

千宸注意到，男人在提起这个"她"时，表情是憎恨的。

她简直不敢相信，如果眼前的人真是易熙，如果易熙也用这种憎恨的口气跟自己说话……光是想，她的感觉就很不好。

心一痛，身子一颤，她忍不住双手交叉，抱住双臂。

男人一见她这样，立即了然，他匆匆地打量了她一眼，说道："再说了，你看起来比她瘦多了，而这个也比她好。"

他用手做波浪状，在空中比了个S形，笑容带着暧昧。

千宸一愣，脸一红，随即笑出来，果然被他的话逗乐了，也学着说笑："看来你的那个'她'曾经对你做过很过分的事，不然的话，你也不会到现在再提起她，还一副牙痒痒、恨不得咬她几口的样子。"

男人唇边的笑容一僵，眼神暗了下来。他忽然转过头问她："你叫什么名字？"

千宸有些莫名其妙，侧着头思考了半秒后，立即现编了一下："唐雅顿，你叫我雅顿就好了。"

说完，她在心里说道：唐秘书，对不起了，名字先借我用一下。

男人的眼睛暗淡下来，果然不是她……

只是当这个声音在脑海里出现时，他又忍不住苦笑起来。他不明白到了今时今日，自己到底还在期盼什么。就算再见面又能怎样，难道你忘了她当初是怎么要你的吗？

他放在吧台下面的手蓦地攥紧。

"那你呢？"千宸问道。

"嗯？"陷在思绪里的男人反应有点儿迟钝。

"你的名字啊。"千宸微微噘起嘴巴，说道，"我都告诉你我叫什么了，你总不能让我喊你'喂'吧？"

或许这个夜晚有点儿特别吧，又或许是眼前这位先生让她有种熟悉的感觉，千宸难得有聊天的冲动，心情看起来不错，猫女面具下的那双眼睛带着浅笑。

"当然不会。"男人的嘴边又露出那种浅浅的但又有点儿玩世不恭的笑容，"你叫我阿易就行了。"

"艺？是艺人的那个'艺'吗？"千宸会错意了。

不过男人不打算纠正："那个字也行，反正发音都一样。"

千宸想想也是，反正对他们来说，只要踏出这间酒吧，他们就会成为路人甲，名字其实不重要。

"来吧，为我们在他乡也能遇到故知干一杯。"阿易举起酒杯提议道。

"干杯。"千宸轻轻一笑，举杯优雅地碰过去。

阿易很豪迈，一口气就将满杯的威士忌喝完。不过千宸也不差，她先浅饮了一口，发现酒保向她推荐的这杯鸡尾酒真的不错，于是再度将半透明的酒杯放到嘴

边，张口就喝下三分之一，算是她人生中最大的挑战了。

夜晚最容易勾起人悲伤的情绪，再加上这忽明忽暗的灯光，还有响彻云霄的音乐声，每个人心里关着的那头巨兽都在嘶吼着想要撞笼而出。

千宸也不例外。

只是关在她心里的那头巨兽名为思念。

和陌生男人的邂逅让她想起了封锁在记忆里的那个少年。

"怎么样，要不要和我说说他？"

阿易的话让千宸一愣，她眨动着眼睛，有些讶然地问他："怎么，我的脸上写着'我想说'这三个字吗？"

"你的脑门上只是写着'我是个有故事的人'而已。"阿易莞尔，他的声音在这嘈杂的地方显得十分动听，"反正现在时间也不晚，要不要跟我说说？我可以当你今晚的倾诉者。"

他就像她肚子里的蛔虫，一下子就抛出最具诱惑力的饵。只是她已经习惯把易熙放在内心最深处，已经有两年不曾对外人提起，现在突然要她说，还真有点儿困难。

千宸下意识地扫了一眼酒保身后的壁钟一眼，只见时针还停留在10到11点之间，而分钟刚从6迈向7，也就是说，现在刚过10点半，离午夜还有段时间，确实还早。

最后，她还是被诱惑了。

"那作为交易，你也跟我说说你的那个'她'。"

阿易脸色一变，因为戴着面具的关系，千宸并没有看到，只是把他突然的沉默当成是默认。

千宸想了一会儿，悦耳的声音缓缓响起——

"其实我们认识的经过和今天的经历有些像。两个就像平行线一样永远不可能相交的人，突然在错误的时间里，出现在了不应该出现的地方，然后又阴差阳错地认识了。"

也不知道她想起了什么，阿易见她有些羞赧起来，如果不是她现在还戴着面具，他想她的脸肯定红了。

"也不知道是上天在捉弄我，还是在捉弄他，因为一个意外，最后我们拴在了一起。我有点儿笨，有时候还蠢了一点儿，探个班、看个病人什么的，每次都能搞出一大堆乌龙来，害得他总是在我身后收拾烂局，帮我解围。甚至有几次还为了帮我跟别人大打出手，最后连警察都惊动了……"

说完，千宸忍不住尴尬地吐了吐舌头，她刚才差点儿把那句"生活常识是幼儿园级别"说出来了。

阿易"扑哧"一声笑道："这点你跟她还真的挺像的，她脑子还不错，就是因为和别人缺少沟通，又缺少和人相处的经验，所以生活常识基本是幼儿园级别的。"

千宸注意到，阿易在说这句话时眼神是温柔的。看样子他并不像刚才表现的那样讨厌那个女生，他心里其实还是喜欢她吧。

"是吗？那和她在一起的时候，你一定很辛苦吧？"

说完，千宸忍不住想，如果听到这句话的人是易熙，那他又会怎么回答？是"废话，这还用说"，还是"现在你知道我有多么伟大了吧？所以作为报答，你以后是不是该对我更好一点儿"。

前者是自信的口气，后者是有点儿玩世不恭但看起来又绝对诚挚的口气，但是不管哪种口气，都是易熙的说话方式。

很明显，邻座这位好好先生真的不是易熙。

"也还好，反正相处久了就习惯了。"阿易淡淡地回道。

也不知道想起什么，他突然望着酒杯失神了。

良久，他才再度开口："其实你们一点儿也不像，除了声音，基本没有相似的地方。她很沉默，而你能说会道。"

千宸想说口才这种东西，给点儿时间多练练就行了，两年前自己不也是嘴笨得要死，每次跟易熙起争执，她总是输的那个。

不过像这种往事，千宸觉得阿易应该没兴趣听，泛着色泽的粉唇轻轻一掀，她笑着反击道："我也觉得你们不像，除了声音，你比他温柔多了。"

阿易帅气的眉毛一挑，饶有兴趣地问道："他常凶你？"

"不。"千宸认真地说道，"他只是有时候霸道了一点儿，说话喜欢用命令的语气。不过我可没有说他凶我，霸道是霸道，凶是凶，这可是两个概念。"

易熙听完她的话，有些啼笑皆非，心想：她还没有喝完一杯呢，难道就醉了？

才这么想着，千宸就已经把仅剩的那点儿鸡尾酒喝光，对酒保潇洒地大喊："再来一杯。"

两人边聊边喝，情绪都有点儿高涨了。

千宸说道："你知道吗？其实他是一个很优秀的男生，反而是我配不上他……"

阿易想起了当年她曾对自己说过——我觉得像你这么好、这么优秀的人，应该值得更好的女生去爱你。

千宸又说："我觉得自己是全天下最差劲的女生了，可是我不明白他为什么会看上我呢？"

阿易想起当初强迫她做自己的女朋友的时候，她也说过类似的话。其实这个问题他到现在都没有想明白，不过这也许就如他以前说过的那样，"这是老天注定要让我们在一起的"，所以他们都反抗不了。

千宸还说："喜欢他的女生很多，有一次，有一个很喜欢他的女生还因为他找我麻烦呢。"她指的是阮维希。

阿易却想起某位姓于的浑蛋，仗着和她青梅竹马，居然趁他们吵架的时候跑来插一脚，简直就是活腻了！

今晚，千宸变成了话唠，一直关不住嘴巴；而阿易大部分时间都在当倾听者，只是内心活动丰富了点儿，偶尔谈起他的那个"她"，口气不仅恶劣，还咬牙切齿的。

不过千宸每次看他这样，脑海里总会蹦出一句"爱之深责之切"，总觉得这两人爱得好另类。

很快，午夜的钟声敲响了。

酒吧里震耳欲聋的音乐停了下来，现场所有人都在欢呼。按照酒吧的惯例，在这辞旧迎新的时刻，会用优美的音乐来结束这一天，而这个时候，你必须给自己找一个舞伴。如果没有成功的话，那么必须接受惩罚，当众为大家表演一个具有娱乐性的搞笑节目，让大家哄堂大笑起来。

"美丽的小姐，我可以在这浪漫的异国之都邀请你跳一支舞吗？"

当优美的乐曲响起时，阿易离开座位，像绅士般对她做出了邀请的动作。那绕口的英文从他的嘴唇里飘出来，忽然变得十分性感。

"荣幸之至。"千宸嫣然一笑，这才把手放到他的手里，她可不会什么搞笑节目。

其实她从小就不喜欢跳舞，特别是国标，因为跳这种舞一般都需要找一位舞伴，但是千宸没有，也没有人愿意做她的舞伴。只是在认识易熙后，知道他妈妈对他未来女朋友的唯一要求就是必须会跳芭蕾舞，所以从那时候起，她就偷偷开始学跳舞。不过，千宸没有想到，当她学会跳舞了，她的舞伴却已经不是易熙了。

柔柔的灯光照在昏暗的舞台上，有着梦境般的错觉。

华尔兹是一种旋转性很强的舞蹈，主要靠腿部和臀部的运动，以及肩膀和手臂的摆动，从而让舞姿看起来轻盈且优雅。它讲究的是雍容华贵，气质典雅，而所追求的是一种浪漫、唯美的意境，舞姿飘逸而优美，向来有"舞中皇后"之称。

千宸在阿易的带动下，高度配合着，旋转、摆出各种优雅的舞姿。她从没有见过男生可以把华尔兹跳得这么好，轻盈但不失力道，优雅中透着一点点狂野，感性中又带着一丝性感……简直比得上那些专业舞者。

最惨的是，阿易全程都用深情的目光凝视着她。千宸明明知道这只是错觉，阿易这么做只是想把舞跳好，跳出华尔兹情意绵绵的精髓，可她还是被他的眼睛电得双腿发软。

这双电力十足的眼睛……

越是看得仔细，千宸越觉得像极了易熙的眼睛。

千宸的视线变得模糊，明明四周还有不少人，可她的眼里只看得到对方。不过，与其说她是在看阿易，还不如说是透过他，深情地凝视着另一个人。

虽然是萍水相逢，她却能在对方的身上找到一种似曾相识的感觉，或许就是这样，千宸才会控制不住自己，把他当成了易熙。

一下下就好了，再拥抱易熙一下！

这个声音在她心里回荡着，简直深入骨髓，她根本拒绝不了。

她微微仰起下巴，眼睛一眨不眨地看着对方，迷离的眼神状似邀请，整个人散发着一种微妙的气息。

不过，阿易却理智地没有被引诱。虽然这位猫女小姐某些方面真的很像她，可始终不是她——千宸。

当这个埋藏在内心深处的名字再也无法控制地在阿易的脑海里浮现时，一个熟悉得不能再熟悉的名字却突然从这位唐小姐的嘴里冒了出来。阿易的身体猛地一僵。

"易熙……"

千宸看着他，眼里蓄着泪，眼神迷茫，嘴巴微微噘着，就像受了委屈的小孩一样。

阿易想告诉自己，他听错了，可是——

"易熙，我想你了……"

这句话已经带着明显的哽咽。

阿易这下确定自己没有听错，愤怒让他全身的血液沸腾，突然，他像变了个人似的，动作粗鲁地放开她，甚至问都没有问她，就直接伸手把她的猫女面具取下来。

他愣住了，眼里仿佛燃起了愤怒的火焰。

"咦？"

面对他突然的举动，千宸还一脸茫然。

易熙紧紧地咬着牙，一字一句地说道："现在你能看清楚我是谁了吗？"

男爵面具被一只指节分明的大手拿了下来，一张无可挑剔的俊脸出现在千宸的面前。

这张脸与两年前的那个少年重叠，千宸猛地睁大眼睛，宛如被人泼了一盆冷水，瞬间清醒过来。

"啊，怎么是你？"

千宸万万也没有想到，这位阿艺先生竟然就是易熙。

所以，阿艺的"艺"，其实是易熙的"易"吗？

顿时，千宸有种想一掌拍死自己的冲动。

【二】

五天后，F&S娱乐集团位于新加坡的总公司。

当千宸连续把七份文件签错后，于又曦忍不住提醒她："你是不是累了？要不要休息一下？我发现你这次从美国回来后，总是心神不宁的。"

"没有啊。"

这两年来的历练让千宸学会了一件事，那就是说谎不打草稿。

"真的没有？"于又曦的眉毛一挑，弯起手指在她的办公桌上轻轻地叩了两下，"那你先看看文件上面的鬼画符是谁的签名。"

文件是她签的，她怎么可能不知道？

千宸有些郁闷地在心里腹诽，不过当她翻开文件的第一页时，脸色顿时一沉。

那上面的签名是她的没错，问题是她签名的地方都不对，而且还签得乱七八糟的。

于又曦耸了耸肩，看向办公桌另一边的文件，说道："还有那些。"

千宸打开搁在最上面的文件，发现情况正如于又曦说的那样，脸色冷不防地变得铁青。因为她的失误，秘书估计从明天起就要开始加班，重新把这些文件和合同整理出来。

"她们向你打小报告了？"千宸唇角微扬，有点儿不满地说道，"我就觉得奇怪了，你现在已经是实习医师了，时间上也不再像以前那样自由了，这离过年休年假不是还有一个多月吗？怎么突然有空飞过来看我，原来是有人在背后搞鬼……是唐秘书吧？"

于又曦的眉头突然皱紧，走到办公桌的对面，面对面地看着她："不要转移话题，千宸，我们大家都很担心你。"

千宸的眼睛睁得大大的，表情很无辜："我很好啊。"

"如果真好，你会连续几天批错文件，开会拿错资料，跟秘书出去都能走丢？"

闻言，千宸白皙的脸上浮现出一抹红晕，她不悦地反问道："唐秘书就是这样告诉你的？"

"你这魂不守舍的样子还用别人告诉我吗？从中午到现在，你的表现哪点儿像正常人？我跟你说话，你一会儿就魂游天外，就连接水，你也心不在焉地让水溢出来都不知道……"声音戛然而止，于又曦目不转睛地看着她，难得严肃起来，"千宸，你实话告诉我，去美国的这几天是不是发生了什么事？"

千宸的脑海里顿时浮现出万圣节在唐人街酒吧的那一晚，迷离的灯光，优雅的华尔兹，还有男爵面具后那双神秘的眼睛……可是当面具被拿下，一张完美的面庞出现在眼前时，她浑身一颤，脸色变得煞白。

紧接着，她的思绪又飘到另外的场景……

"千宸？"于又曦看着话说到一半又走神的她，不由得焦虑地皱紧眉头，"千宸，你到底怎么了？难道以我们现在的关系，你还有事情是不能跟我说的吗？"

充满了苦涩的声音让千宸的心猛地揪紧，愧疚随即在心里滋生。

"我……"她闭上眼睛，用一种绝望的声音说道，"我见到易熙了，就在唐人街的一家酒吧。"

闻言，于又曦的胸口像是被什么可怕的东西撞了一下。

"那……后来呢？"他问得谨慎小心。

"后来……"

千宸垂下头，脑海里出现的却是他们在酒店的场景。

那晚易熙冲着她大发雷霆，又是冷嘲热讽，全是她当年突然提出分手惹的祸。千宸本来是想走的，可是看到他眼底的疼痛，她的脚就像在地上扎了根，动弹不得。

后来她陪着他喝了不少酒，走出酒吧时，两人都醉了，特别是千宸，已经连东南西北都分不清了。最后的记忆是易熙问她住在哪里，她想说话，却差点儿吐了他一身。再次睁开眼睛的时候，看到的就是他们紧紧地拥抱在一起。

刚醒来的千宸吓得整个人都愣住了。

对于昨晚发生的事，她完全记不清了，只依稀记得两人相拥而眠时的那种心满意足，非常安宁。这是自从和他分手后，千宸第一次有这种感觉，就好像灵魂终于找到了归属。

回来后，她想了很久，觉得那晚两人都醉成那样，应该不可能再折腾别的事。

思及此，她的心里才稍微安定一些。

只是，当她望着于又曦如星辰般的明眸时，那种负罪感瞬间就把她包围了。突然，她发现自己没有和他说实话的勇气。

顷刻，她才说道："你放心吧，不管怎么样，既然我已经和你订婚了，那么我就会做好自己的本分，不是我的，我不会胡思乱想。"

可是用关系束缚她，恰恰是于又曦不想的。

"千宸，你老实告诉我，你心里是不是还喜欢着他？"

千宸用力咬住下唇，深至见血："这个问题现在已经不重要了，两年的时间不仅可以改变一个人，同样也可以发生很多事。我已经和你在一起了，易熙的身边自然也有人。"顿了顿，她又说道，"这次是真的，他和阮维希真的在一起了。"

于又曦沉默地看着她，千宸表面看起来很镇定，语气波澜不惊，好像只是在陈述一件普通得不能再普通的事情。可是他注意到，她说话的语气是幼儿园小朋友才有的。

那种感觉就好像她被人遗弃了，是那么绝望。

"阮维希为了他宁愿舍弃心爱的芭蕾，甘心当他的经纪人。易熙说，这么好的女生他都辜负的话，肯定会遭天谴的。他还说他会好好爱她的……呵，其实我也是这样想的。"

尽管她笑得很美，可是那失去控制而滑下的泪珠把她伪装的坚强击得粉碎。

千宸慌乱地用指尖擦掉，边擦边说："你别误会，我这是在替他们高兴，没有别的意思。不管怎么说，再见也是朋友嘛，我是真的希望他幸福……"

她解释得越多，泪水就流得越凶，悄无声息，却又怎么擦也擦不完似的，弄得她很被动。最后她索性抱住纸筒，直接转过身，那频频抽动的纤细肩膀，让于又曦的心也跟着抽痛起来。

这两年来，千宸过得好不好，于又曦比任何人都清楚。她虽然绝口不提易熙，可是他知道，她心里时时刻刻都在想着易熙。每次她抬头看天空，他都下意识地认为，她其实是在找那颗名为天狼星的星。

于又曦原本以为两年的时间，只要自己多给她一些关爱，多陪陪她，肯定能让千宸喜欢上自己。可谁知道，他们十多年的感情却比不上她和易熙在一起的那半年时间。

越是了解千宸，他就越是明白她心里的想法。这两年，每次看到她因为思念一个人而露出那种悲伤又绝望的神情时，他就忍不住问自己——这样的千宸真的是他想要的吗？

可是当答案从心底浮现时，他又告诉自己，两年的期限还没到，但如今，于又曦如星辰般的眼睛慢慢暗沉下来。

他突然觉得自己可能会输……

【三】

关于F&S集团和华邦不和的消息，外界越传越过分，用"水火不容"来形容都不为过。

为了打消外界的这个传言，也为了两家公司目前的利益，F&S集团和华邦决定合拍一部电影。

新年刚过，针对这件事，公司办了个记者招待会，表面上是电影早期宣传，实际上是破不合谣言。

身为F&S集团的现任董事长，千宸大部分的时间都留在新加坡的总公司，国内公司的大小事务都会交给这里的总经理负责，偶尔于又曦会顶着"驸马爷"的名义过来抽查，千宸只是在一些重大项目上做最后抉择。

不过这次为了辟谣，她和华邦的老总特地参加了这次记者会。

千宸一进会场，华邦的老总就热情地给了她一个拥抱，侄女来侄女去，动不动就提他和爷爷的交情，想用辈分来压她。像这种场面，千宸早就司空见惯，应付起来也不像当初那么慌乱，完全游刃有余。

只是她没有想到，当主持人把后台的男女主角请上台时，来人竟然会是她无法忘掉的那个人。

"众所周知，易熙现在可是我们华邦的宠儿，这次电影的男主角当然非我们易熙莫属了。只是这唱歌的本事我们是见识过了，就不知道这演技的功底到底行不行，大家要不要出题来考考他啊？"

随着主持人的提议，现场群情激昂，个个都想让易熙现场表演一下。

女主角是F&S集团旗下的艺人，很小就出道了，虽然年纪轻轻，但是经验丰富。今天的主持人是出了名的老滑头，这边才把易熙拉下水，那边就直接给女主角送了个难题过去，让她配合易熙唱几句。

这完全是专业对调，易熙还好，浑然天成的巨星风范让他就是往旁边一站，随便挤挤眉头、弄个表情、说句话，都给人一种入木三分的老戏骨感觉。

女主角就惨了，才唱到第二句，不是忘词就是直接跑调了，影后头顶的光圈差点儿被她砸了。

而易熙就像发光体一般，抢走所有人的视线，舞台像是他的王国，而他就是那高高在上的王，那种唯我独尊的气场强大到掩盖不了。

千宸和许多人一样，根本无法把目光从他的身上移开。偶尔易熙的一个眼神飘过来，冷不防和她对上，她心里十分尴尬，满脑子都是那晚在酒店发生的事。她刚想收回视线，易熙却早她一步移开目光，而且神色淡漠至极，就好像根本没有认出她来。

千宸的呼吸停滞了一下，戴着美瞳的眼睛睁得大大的，全然接受不了。

那种想上前认他又不敢认，希望他能注意到自己，又怕他对自己还存有幻想的矛盾心情快要让千宸崩溃了。

主持人采访期间，她多次走神，幸好有唐秘书在旁边打圆场，倒也没出现什么大的差错。可是千宸始终没有办法像陌生人一样和易熙待在一个空间里，中途她就借尿遁逃走了。

在女厕所内，她忍不住拨通了一个号码。

"喂……"

于又曦那句"千宸"还没有唤出声，她的声音立马响起。

"你是不是早就知道易熙会演男一号，所以当初唐秘书提议让副董代表我过来露个脸时，你才会坚决不同意？又曦，你为什么要这么做？把我骗过来，是想试探我对他的态度吗？还是说，你在怀疑什么？说到底你就是不信任我！"

电话彼端陷入了一阵短暂的沉默。

"千宸，我的确知道易熙会出演男一号，他现在是华邦力捧的一线明星，是人气最旺的艺人，是个有脑子的都会让他出演这次的男一号。只是我没想到，你见到他后反应会这样激烈。"于又曦那欲言又止的态度让千宸心虚起来。

她下意识地否认："我没有。"

"请不要在我面前说谎。"于又曦顿了顿，声音变得无奈起来，"千宸，你要记住，不管我做什么，前提都是我想让你幸福。"

千宸眼神一暗，说道："不用，我现在已经很幸福了。"

只要易熙不出现，只要他不再来影响她的生活，千宸相信自己会幸福的，一定会的！

"不，你不幸福！"于又曦忍着心痛说道，"以前或许我可以骗自己，你偶尔露出来的悲伤表情是假象，你说幸福那就一定是幸福的。可是，自从你在美国见了易熙回来之后，我就发现我再也骗不下去了……虽然我不知道你们在美国发生了什么事，但是我知道，你心里还惦记着他，你忘不了他。"

"我……"

"不要反驳，不要说你没有！如果事实真的像你说的那样，那你现在为什么要躲在厕所里给我打这个电话？"

"啊，为什么你会知道我在厕所？难道你也在？"

"咚咚！"女厕所外响起了有节奏的敲门声。

千宸打开门一看，于又曦立即出现在眼前，他的眉宇间透着一丝疲惫。

虽然是面对面，可于又曦还是举着手机继续跟她说话，微哑的声音透着一丝说不出的苦涩。

"千宸，还记得我们的协议吗？两年为限，如果我还是不能让你爱上我，那么我就会放手。虽然我一点儿都舍不得你走，可是我也不要你为了一个承诺而被迫待在我的身边。这样的心情你懂吗？"

懂，千宸就是太懂他心里所想了，才会心疼地不愿意离开。

两年前，她已经伤害了易熙；两年后，她不能再伤害又曦了。如果她和易熙复合，那又曦怎么办？他要怎么跟他的家人交代？

也许两年前的她很傻、很天真，可是现在她已经长大不少，她不能自私地利用完又曦，又让他独自去承担这些后果。

不可以的。

"又曦，我们结婚吧。"收起手机，千宸上前挽住他的手，提出了建议，"只要结了婚，一切就成了定局，你再也不用担心我会离开你了。"

而我也不用再担心会背叛你了。

千宸望着他的目光是那么坚定。

于又曦却愣住了，早就想好的话卡在喉咙里，说不出来。

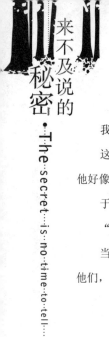

我们结婚吧……

这句话就像魔咒般，在他的脑海里飘来荡去，他怎么都平静不下来。怎么办？他好像没办法拒绝，她这句话太具诱惑力了。

于又曦的眼睛亮了起来。

"嗯，我们明天就去民政局。"

当于又曦将她紧紧抱住时，一个身影出现在走廊的尽头。易熙眼神阴鸷地盯着他们，尽管他的脸上没什么表情，可是垂在身侧的手握得紧紧的。

第十二章

那 一 夜 来 不 及 说 的 秘 密

THE
SECRET
IS   NO   TIME TO
TELL

CHAPTER 12

【一】

一般拍电影前期的准备工作都很烦琐，但是实际拍摄起来速度却很快。因为投资电影不同于投资电视剧，拍摄的时候越长，花出去的钱也会越多，因此排期相对比较紧凑。

就这样赶拍了三个月，终于迎来了杀青这一天。结果上映首日，就破天荒占据了华语片单片票房的第一名，还接连保持了一个星期。

为了犒劳大家，公司准备在这周日开个庆功宴。

因为会有不少媒体到场，身为合作方的两位大老板自然不能缺席。

当晚，千宸挽着未婚夫的手臂盛装出席。一袭低胸露背的黑色礼裙让她看起来有几分性感，一双纤细的脚在黑纱后若隐若现，给人一种视觉上的冲击。

一踏入酒店，那些早早就守候在门口的记者频频按下快门，在他们周围疯狂地照相。

千宸不适应地皱起眉头，刚感觉紧张，于又曦带着温度的大手已经覆在她的手背上，温柔的声音紧跟着响起。

"不用紧张，你就当我们在家里，他们是我们的用人，周围的镁光灯不过是已经老化失灵的普通照明灯而已。你要做的只是轻轻扯动一下嘴角，浅浅笑着就行。"

听他这么一说，千宸不再那么紧张了，不过……她的嘴角是向上勾起了，可是那僵硬的样子，真是不笑好过笑。

"怎么办？我笑不出来。"

这两年的历练虽然让她长了不少见识，胆子也大了许多，但是这种像走红毯的感觉还是第一次。

千宸觉得自己没有被吓得夺门而逃，其实已经很不错了。

于又曦的经验当然没她多了，不过手术台站久了，他的眼睛早就习惯了这样的亮度。他甚至觉得这些镁光灯同手术灯一比，简直就是刚入门的。

他转过头，深情地凝视着她，唇边的笑容深浅刚好："那如果站在你面前的是……"

"扑哧！"

千宸立即笑了，因为她这一笑，整个人瞬间焕发出夺人眼球的光彩。

"咔嚓咔嚓——"记者眼疾手快地拍下这一幕。

于又曦挑了一下眉毛，目光带着骄傲："现在不是笑出来了？"

"你都自毁形象了，我再笑不出来，就太不给面子了。"千宸难得有心情调侃他。

不过，当她的视线越过他的肩膀，看到那张熟悉的面孔后，笑容突然僵在脸上。

于又曦好奇地回过头，刚好看见易熙从保姆车上下来。

今天他走的是英伦学院风，深灰色的礼服让他整个人散发着一种儒雅的气质。他身材修长，举手投足间带着一种贵族绅士的翩翩风度，优雅得无可挑剔。

或许是察觉到有人在看他，易熙抬起头，淡淡地朝这边扫了一眼，目光格外犀利，令人忍不住害怕。

然而下一刻他却笑了，宛如春风般温柔，令那些记者一阵错愕。

记者的相机立即转向他，一阵狂拍，镁光灯的闪烁频率几乎让人的眼睛突发性失明。

千宸下意识地握紧于又曦的手，力气大到指甲都掐进肉里，而她还浑然不觉，只是瞪大眼睛，惊慌地看着易熙向他们走过来。

他每靠近一步，她脸上的惊恐之色更甚，手上的力度也深一分。当于又曦因为疼痛而发出一声闷哼时，易熙刚好停在他们的面前，而千宸的脸色已经变得惨白。

就好像易熙的靠近带给她一种无形的压力，可是千宸为什么会这么怕他？

于又曦心里充满了疑惑，可是还来不及去思考原因，千宸惊讶且充满愧疚的声音立即吸引了他的注意力。

"对不起，对不起，我把你抓痛了吗？"千宸紧张之余，想卷起他的袖子查看。

于又曦伸手阻止了她："我没事，就算要看，也是等我们回家了再看。"

最后一句话，他是垂着头，凑近她的耳边说的。那看似耳语的亲昵样子，既向别人宣示了他对千宸的所有权，同时又让气氛瞬间变得微妙起来。

千宸红了脸，原因并非其他，只是不习惯在公开场合和别人这样亲密。

易熙的笑容僵在唇边，但是稍纵即逝，很快，那种漫不经心且透着玩世不恭的笑容再度回到他的脸上。

他笑着开了口："没想到在门口看到二位，于医生看起来对千董事可真是体贴。"

乍听之下，千宸脸色一阵青一阵白。

记者怎么可能放过这样的机会，镁光灯铺天盖地射来，几乎要把他们的身影吞噬。

同样英俊却气场不同的于又曦微微向前一步，把千宸挡在身后。不过他这种母鸡护小鸡的举动，却让易熙抿紧了嘴唇。

"没办法，谁让她既是我的顶头上司，又是我未过门的未婚妻呢，我不体贴她还能体贴谁？当然只能对她好了。"他那副无奈的样子，就是故意在晒幸福。

易熙看向千宸的目光突然变得犀利。

"上次听你们说要去民政局，不知道两位把证领了吗？"

这话他是冲着千宸说的，只见她听到后，纤瘦的身体猛地一僵，她愣住了。

为什么他会知道民政局的事？为什么他会突然提领证的事？

难道那天他也在？

记者们手忙脚乱地开始了新一轮轰炸。

"二位要结婚了？双方准备何时办婚礼？"

"为什么选在这个时候结婚？是因为一些不得已的原因吗？"

CHAPTER 12 / 第十二章 那一夜来不及说的秘密

发觉众人的目光落在她的肚子上，千宸感到从所未有的窘迫，还在斟酌用词的时候，易熙突然迈开脚步要先进去。没有想到的是，在经过她身旁时，他的脚步骤然顿住。

"当你提出要和他结婚时，我很惊讶。"顿了顿，他像是在强调什么一样，"我真的很惊讶。"

千宸下意识地用力咬住下唇，易熙的每一句话都打在她心上，让她战栗不已，下唇被她咬破，血浸染在齿间。

她没有想到那天易熙会在……她甚至不敢想象，易熙听到自己对于又曦说结婚时，他的脸上又会露出怎样的表情。

这时，于又曦温柔但有力的声音响起，他将千宸搂在怀里，一脸坦然地面向记者。

"很感谢大家这么关心我们的婚事，只是目前还有很多事情在洽谈中，具体时间还没有定下。等我们决定好，到时候针对这件事我们会开一个发布会说明一下的。"大方得体的话从他的嘴里说出，语毕，他低下头，轻轻地握住千宸白皙的手，凝视她的目光温柔似水，"对吧，千宸？"

飘远的思绪猛地被拉回，千宸闻声抬起头，正好望入对方的眼底，那丝小心翼翼瞬间给她当头一棒。

她一下子清醒了许多。

对啊，既然她已经决定嫁给又曦了，那么她不能再这样下去了。

即使会很痛，但也要坚持。

因为这是她的选择。

"嗯。"收起心神的千宸连忙给了他一个充满安抚性的微笑，接着她看向记者，声音轻柔地说道，"到时候各位记者朋友记得来捧场。"

"哦，看来这消息是真的。"

"于医生和千董看起来真是天造地设的一对。"

"恭喜两位了……"

随着镁光灯频频闪烁，那些记者七嘴八舌地送上自己的祝福。

礼貌性地说了几句"谢谢"后，于又曦低下头，深情地盯着她，脸上带着宠溺的笑容："那现在我们可以入场了吧，我的女王？"

千宸有些羞赧地点头："走吧。"

深吸了一口气后，她优雅地举起手，向四周的记者挥了挥。

【二】

这次的庆功宴和以往所有的庆功宴一样无聊。

能搬上台面的都是一些虚假的祝词，艺人和老板们亲切地握手言笑，然后就是编剧和导演之间假惺惺的哄抬，但是台面下的那些勾心斗角却一刻都没有停下来过。

闪烁的镁光灯此起彼伏，拍出早就设定好的完美姿势，为这场夜宴镀上一层美妙且虚幻的光圈。

一个是合作方的老板，一个是男主角，千宸和易熙被要求站在一起合影时，根本找不出反对的理由。

只是刚摆好姿势，就听到有记者提出要求："两位可以靠近一点儿吗？站这么远，照片拍出来会不会有违和感？"

千宸闻言，脸色一变，这才往易熙的身边挪近一点点。

也就一点点。

那名记者见了，把刚举起的摄影机又放了下来，微微皱眉。

"千董，你这靠得太远了吧！"他揶揄道，"我记得两年前星巴艺校举办的那场选秀比赛，你们都参加了，当时你们看起来交情不错，都是老同学老相识……千董需要这样疏离吗？"

没想到这么久远的往事会被人挖出来，千宸的脸上露出不自然的表情。目光下意识地在四周搜寻起来，希望于又曦能及时过来替自己解围，却没想到刚才拉着他猛灌酒的华邦老总正在跟他们公司的某位女艺人说话，而于又曦不知道去了哪里。

"这位记者朋友的记性还真好，不知道怎么称呼？"

熟悉的声音忽然在身旁响起，千宸惊讶地转过头，就看见易熙不着痕迹地朝她凑过来，亲密到手碰手。易熙占着身高的优势，只是站在她身后微微侧着身子，视觉上就好像他从背后环抱着她。可是他的手却在身后交握着，反而给人一种亲密但又彬彬有礼的感觉。

千宸产生了错觉，眼前的易熙简直就是王子的化身，而他的身后如置光圈，完美得无懈可击。

"我是周刊的记者，我姓邹。"记者从怀里掏出自己的名片，分别递给易熙和千宸，唇边露出胜券在握的笑容，"以后还得请我们的千董和未来的影帝多多关照。"

笑容不变，易熙目光淡淡地扫了名片一眼，没有要接过来的意思："邹记者对工作还真是尽责，这么点儿芝麻绿豆的小事都能记到现在，看来贵报刊的工作也挺轻松的嘛。"

递着名片的手就这么僵在半空中，邹记者的脸色有点儿白，但嘴上还是不依不饶："这应该不能算是小事吧？千董是近两年来才陆续在镜头前亮相的，可是易先生却在出道前就已经是学校的名人了。真不巧，我有位朋友也是在星艺毕业的，说起来还是你的学弟。他没少跟我说你的英雄事迹，关于你和谁谁谁的感情纠葛，那简直就是校内娱乐版的头条新闻。"

千宸闻言，脸色苍白如纸。

她下意识地捏紧衣角，这才勉强抑制住心虚。

邹记者见状，更长气势了，把没有成功送出去的名片收回口袋，说道："不过我也听说千小姐在学生时期和易先生做过朋友，不知道是不是真的。"

他的声音不大，但刚好能让全场听见。原本嘈杂的气氛突然陷入可怕的静寂中，仿佛所有人都在等着她的回答。

千宸这下连嘴唇都微微打起哆嗦，眼神惊恐起来。

"算是吧……"易熙的回答让现场一阵哗然，只是下一秒，又听他直白地说道，"两年前的那场选秀，相信大家都看到了千董的才华。老实说，我和所有男生一样，也会被美丽有才华的女生所吸引。只是我们的千董太酷了，始终都不肯告诉我打开她心门的方式，害得我到现在都还站在门外淋雨呢。"

他幽默的说话方式赢得在场许多人的掌声。

当然，大家都只敢在心里鼓掌，毕竟事件的女主角可是F&S娱乐集团的最高执行董事长，可不是一个随便就能惹的人。有人愿意犯傻去挖她的绯闻，不代表他们也想陪葬。

"易先生可真是能说会道，这打太极的功夫更是一流。"什么都没套出来的邹记者恨得牙痒痒的，瞪着易熙的眼睛都冒火了。

"邹记者说笑了，太极可是老年人才爱的运动，我怎么可能会？"

易熙对他礼貌地笑了一下，尽管这个笑容看上去很美，可是其中的冷意让人忍不住脊背一凉。

他上半身微微前倾，用一种只有两个人才能听到的声音对这个八卦的记者发出警告："如果我是你的话，我一定会先查清楚千董和于医生是怎么认识的。你说，一个青梅竹马的浪漫爱情故事被你搞得这么恶俗，不知道于医生知道后会不会很生气？结果就是……你被封杀了？"

"什么！千董和于医生是青梅竹马？"邹记者的面色一下子惨白，还算有脑子的他，马上转变了态度，"看来都是传闻，是我误会了……千董，祝你和于医生新婚快乐，到时候可一定要请我，哈哈哈……"

易熙很满意地笑了一下。

"谢谢。"直到记者离开，千宸的脸色还没有缓过来，嘴唇还在颤抖。

易熙却看着她，表情冷静得让人猜不透他心里的真正想法："你害怕，是因为怕别人知道我们的关系后，于又曦会尴尬，还是怕他知道在美国那晚发生的事？"

那晚什么事都没有发生！

千宸的脸色变得更加惨白，她在心里呐喊，可是话到嘴边，却一个字都说不出来。

易熙像是根本不在乎她的答案一般，自顾自地说道："你知道吗？那时候我就在想，如果你推开我，我会立即冲进洗手间给自己浇一个冷水澡，两人从此是路人，但是如果你没有……"声音一顿，易熙看着她，目光缠绵悱恻，"我愿意再给彼此一个重新开始的机会。"

千宸只觉得心跳漏了半拍，她用力咬住下唇，才没有把心里的疑惑问出来。

她一直以为那晚他们都喝醉了，应该不可能……

她以为第二天醒来，全身乏痛是因为睡姿不对……

她的脸上毫无血色，全身颤抖不已。

易熙却装作没看见一般，继续用很平淡的语气说道："我找过你，可是你躲起来了。"

他的声音很轻，就像是在简单地陈述一件事情，不过话里的内容却很残忍，犹如斧头般在千宸的心上凿开一道很长很深的伤口。

因此，只是一瞬间，她的眼里就蓄满了泪水。

于又曦回来时，易熙已经离开很久了，千宸被过来敬酒的人围住。她的眼睛红红的，看起来像是哭过，而以前尽量不沾酒的她，这次豪爽得来者不拒。不管是谁，一碰杯，就是一杯见底。于又曦看见后很担心，再度担起挡酒的责任。

半个小时后，于又曦又借尿遁跑到厕所去催吐。

十分钟过去，千宸见他迟迟不归，因为不放心，所以跟过去看看。谁知道在去男厕所的必经之路上，意外撞见阮维希正在和易熙吵架。

易熙背对着她，完全看不到他脸上的表情，然而阮维希的怒容还是把千宸吓到了。她几乎不敢相信，一向典雅大方的阮维希也有变成泼妇骂街的时候。

【三】

"说了这么多，你不就是想知道我和她还有没有来往吗？我……"

话还没有说完，易熙就看见她突然上前一步，朝自己贴过来。

易熙的眉头猛地皱起，眼里闪过一丝惊讶。不过，当他从阮维希身后被擦得透亮的深色瓷砖上看到一个熟悉的身影时，他瞬间了然。

随着她双唇的碾压，鸢尾花的香味慢慢地在唇间荡漾开来，易熙却一动不动，既没有推开阮维希，也没有给予回应。

他的视线始终停留在映在瓷砖上的那道身影上，阮维希却如痴如醉，就连结束后离开他的唇时，都露出了那种陶醉不舍的神情。

"对不起，我知道自己刚才任性了，我不应该冲你发脾气的。只是我每次看到她，心里总会不自觉地恐惧起来，我好怕……好怕她会再次把你抢走，所以情绪才会这样失控。"

阮维希痛苦地咬着唇，眼里蓄满了泪水。

"我知道自己应该相信你的，我们认识那么久，虽然媒体经常把你的绯闻写得满天飞，但我知道你和那些女明星都不是真的。所以这次也不会例外，对吧？"

这句话一如两年前她站在木门前提醒他，口气是一模一样的。表面上对他唯唯诺诺，总是在扮演着一个弱者；实际上，她自信、好强，对他充满了占有欲，简直是最佳演员。

易熙挑了挑眉，淡定地反问道："如果不是呢？"

"啊？"阮维希微微一愣，不过很快就反应过来，她紧张地看着他的眼睛，"易熙，你为什么要这样说？"

她的声音很轻，是那么小心谨慎。可是易熙不为所动，帅气的脸上依旧挂着意味不明的笑容，淡淡的，就好像深一分都嫌多。

直到他看见瓷砖上映着的那抹身影离开了，他才抓住阮维希攀在他脖子上的手，将她从自己的身上拉下来，随后露出一个嘲讽的微笑。

"因为我在美国遇到她了。"

易熙的眼里闪过复杂的神色。

"什么？你在美国遇到她了？"阮维希的脸蓦地变白，"那你之前为什么没有告诉我？"

她激动的反应让易熙突然想起在美国时，他曾对千宸撒的一个谎——他告诉千宸，自己和阮维希在一起了，但是事实上并没有。

阮维希说过要等他，一直等到他愿意回头的那一天，可是易熙太清楚自己的心了。不可否认，这两年来，他想起千宸的次数虽然一天比一天少，可是思念一天比一天更强烈，所以他根本就不可能接受别人。和阮维希也始终只是保持着好朋友的关系。

会对千宸说谎，纯粹是他的自尊心作祟。

说到底还是因为忘不了她，可是千宸呢……

"你说话啊！"阮维希捶打着他的胸膛，大声喊道，眼泪已经溢满眼眶，就要控制不住地滑落，"你们在美国做了什么？她是不是对你余情未了，又缠上你了？还是说……"

"维希，你清醒点儿好不好！"易熙握住她的手，大声打断了她的胡思乱想，"千宸并不是你想象的那样，她没有缠着我，也没有要我做这做那、耍心计。在她的心目中，也许我连个路人甲都不是。否则，她今天就不会站在于又曦的身边挽着他的手。"

"骗人，我不信！"阮维希却摇着头，更伤心了，"千宸看你的眼神根本不是什么路人甲，那是一种比思念还要浓的感情！"

"可事实就是那样。"易熙的眼里闪过一丝悲伤，声音充满了苦涩，"如果千宸对我真的抱有想法，早在美国的时候，她就可以名正言顺地缠上我了。我和她……"

像是察觉到说漏嘴，他的声音陡然一顿。

聪明如阮维希，脑海里立即闪过一个不好的念头，"轰隆"一声，她整个人愣住了。

"你们……难道在美国的时候就，就已经……"

因惊愕而颤抖的嘴唇瞬间失去了血色，而那些想象的情节像被强行按了重播键，不停地在她的眼前播放。

阮维希的嘴巴如被灌了铅般，暂时失去了说话的能力。

易熙没有回答她，而变得迷离的视线却出卖了他的心事。

那一晚，他喝得有点儿醉，但是比起醉得不省人事的千宸，易熙觉得自己太清醒了。

看着她迷离的眼睛，微红的双颊，那些因她的背叛而滋生的愤怒一下子消失了。他的视线落在她粉色的唇瓣上，那微启的模样看似邀请，这让易熙想起了他们初识的那天晚上，还有她双唇的温度……

他被引诱了，那隐藏在内心深处的罪恶以惊讶的速度涌现出来，让他措手不

及。易熙对上了她的眼睛，心里顿时软得一塌糊涂，然后就一直错下去。

不是没有想过和她重修于好，而是千宸跑得太快，趁他还没有清醒前就跑出酒店，逃回了新加坡。

直到再见面，是在新片的前期发布会上，易熙所有的想法、所有对未来的勾勒，在听到她在厕所门口和于又曦所说的那些话后，通通都毁灭了。

执拗、绝望——这是易熙第一次有这种感觉，就连当初千宸二度提出分手后闹失踪，也没让他这么难过。

"啪——"

阮维希一巴掌甩在他的脸上，易熙的脸上顿时多了几道手指印。

"你怎么可以这样？怎么可以……"

阮维希悲痛欲绝，泪如雨下，连声音都在颤抖。

"如果这一巴掌可以让你死心、彻底放弃我的话，那我欣然承受。"易熙帅气的脸上露出如释重负的表情。

阮维希惊恐地睁大眼睛，连哭泣都暂时忘了："你什么意思？你不要我了吗？"

"维希，为什么你到现在还是执迷不悟呢？"易熙乌黑的眸子里透着一丝心疼，"我从来都没有想过要接受你，始终都当你是朋友。你是一个好女孩，根本不应该把时间浪费在我这样的人身上。吴成一直在等你，那种希望得到回应的感受，你应该比谁都理解。好好珍惜眼前的幸福，不要再让自己哭了。"

"我不要什么吴成，我只要你留在我身边，我就不会哭了。"眼里的泪水瞬间崩溃，突然抱住他的阮维希哭得几近崩溃。

"维希，别再耽误自己的青春了。"像是想到什么，易熙又感叹了一句，"别把你的大好年华浪费在一个永远都没办法回应你的人身上。我绝对不会爱上你的，我希望……这是我最后一次对你说这么残忍的话。"

她的付出他都看得见，可是他的心早已不在自己身上了，他给不了她想要的幸福。

"不！我不会放弃的！"阮维希紧紧地抱着他，任由眼泪流下。

她几近哀求的声音，以及悲伤的泪水，并没能成功将易熙留下来。

片刻的沉默后，易熙所做的只是残忍地把她圈着自己腰的双手一根手指一根手指地掰开。

"对不起。"

这已经是他第几次对她说这三个字了？他希望也是最后一次。

其实不管是易熙，还是阮维希，心里都明白，她要的，易熙给不了，让他留下来，也只会让她哭得更厉害而已。

只是爱已经变成了一种习惯，她已经习惯了边爱他边哭着等他回心转意。

可是易熙累了，他不愿意再这样纠缠下去了。

手指最终全部被他掰开了，阮维希感觉身上一冷，易熙已经退开一大步，无视她一脸的悲恸，径自离开。

这时，有个人影从男厕所冲出来，双手抓住易熙的肩膀，把他扳过来，立即拳头伺候了。

"你这个浑蛋，看你对千宸做的好事！"

莫名其妙挨了一拳，易熙的脸上出现愤怒的神情。

稳住身形后，他手握成拳正准备反击，却不料一回头，对上的刚好是于又曦那张熟悉的脸。

易熙不由得一愣，瞪视他的眼睛里迅速燃起怒火："于又曦，你这是什么意思？"

"什么意思，你还敢问我，今天我要打的就是你这浑蛋。"

说完，于又曦抡起拳头又想冲过来，谁知道阮维希挡在易熙的前面，害得他打也不是，收手也不是，差点儿被怒气憋出内伤。

他冲阮维希不客气地喊道："这是我和他的私人恩怨，不关你的事，你给我走开。"

"不行，我是不会让你伤害到易熙的。"

阮维希摇着头，死也不让。

于又曦气得肺都要炸了，再加上酒精作用，这会儿他完全失去了平日的谨慎稳定，一点儿小事都足以燎原。

他凶狠地瞪着易熙，眼睛都要喷出火来。

"姓易的，今天我就问你一个问题，你是要她，还是要千宸？"

听到千宸的名字，易熙的心跳习惯性地漏了半拍。不过对于他突然提出的问题，易熙是真的不懂。

"你们都准备结婚了，我还能要吗？"

易熙的唇边露出苦涩的微笑。

于又曦气愤地瞪着他，忍不住爆粗口："怎么不能！你和她都已经……领证算什么！"

这一切就好像冥冥之中自有安排，如果不是他被别人灌酒，需要跑来厕所催吐，想离开时又恰好听到他们在外头吵架，怕尴尬一直躲着没出来，那么他就不可能知道在美国那晚的事情。

只是于又曦怎么也料不到，真相竟然会是这样。

他越想越火大，一直攥紧的拳头想也不想再度挥出去，呼呼生风，竟然忘记阮维希还挡在易熙的前面。等他发现时，想收拳已经来不及了。

"啊！"

一声尖叫响起，阮维希紧张地闭上眼睛，反握着易熙手臂的力量却在瞬间变大，完全没有要躲开的意思。

千钧一发之际，易熙的大手横过她的腰际，轻易就把她带走了。

阮维希睁开眼睛的时候，正好看见于又曦的拳头从她的眼前挥过，落在她之前所站的位置。

她突然想到，如果这拳头打下的地方刚好是她的鼻子……

她的脸上顿时血色尽失，十分惨白。

易熙表情严肃地盯着于又曦，眼里透着一丝执拗。他说："我知道，从某些方面来说是我对不住你，但是我当时并没有逼千宸，她是自愿的。"

她是自愿的。

这句话就像于又曦常年握在手里的手术刀，一刀一刀切割着他的灵魂，会痛、会流血，但不会马上死去，只会让他活活痛死。

于又曦咬着牙，脸上掠过一丝不甘和受伤，说道："她当然会愿意！只要对象是你，不管要求多过分，她都不可能拒绝……这种情况你不是早在两年前就了解了吗？"

易熙的脸上出现了挣扎的表情。

曾经他也以为千宸待自己正如于又曦刚才说的那样，可是两次惨遭被抛弃的经历将这一切猜想都推翻了。

如果千宸心里有他，又怎会再三伤害他？

如果千宸对他还有感觉，在经过美国那晚后，她为什么还要选择离开？难道她不觉得他们在华盛顿还能撞见彼此，不是上天注定的吗？

易熙心里装着太多个"为什么"了，以至于完全不知道该怎么反驳于又曦的话。

忍耐不下去的阮维希冲着于又曦气愤地喊出易熙心里所想。

"你胡说八道，她如果对易熙是真心的，当初她就不会在易熙最需要她的时候提出分手，然后像人间蒸发一样不见了。那个时候易熙刚刚进入这个圈子，有多少老人想打压他、新人挤兑他，那个时候千宸又在哪里？"

阮维希的话让易熙的脸色变得很难看，他说："别说了，这些事都过去了。如果当时千宸在，她也没办法帮我。"

有些事只能靠自己解决。

"就算帮不了，她人在也好啊。这两年来你为了她，有多少个夜晚不能眠，别以为我不知道。"阮维希红着眼眶大声喊道，完全不给别人插嘴的机会，她接着又看向于又曦，眼里的雾气更重，"易熙在夜场被人灌醉，是我一次次把他拖回来的。他熬夜赶专辑，熬出胃病，是我三更半夜给他熬清粥送过去的。他被粉丝跟踪，被同行嫉妒，也是我一次又一次替他解围。是我，是我，一直都是我！这两年来一直陪在他身边的人也是我！你现在突然想起要为千宸出头了，但是她有那个资格吗？"

听到这里，易熙感觉有点儿无趣。

现在是比谁对他付出多，他就必须对谁好吗？

冷意慢慢地涌上黑白分明的眼睛，易熙准备离开。

"你以为她愿意分手吗？离开你她就不心痛吗？你说易熙为了她，有多少个夜晚不能眠，那千宸就不是这样吗？分手后，她把自己关起来整整哭了三天三夜，才逼自己承认这个事实。其实最难过的人是她！"于又曦义愤填膺的话让易熙正准备迈出去的脚又收了回来。

"你什么意思？把话说清楚。"

"当年她会提出分手，是因为在爷爷出任期间，公司出现了资金周转不灵的问题。为了让公司不改姓，保住爷爷的毕生心血，唯一的办法就是她和公司股东的儿子结婚。她跑来找我，我不忍心看到她为了这种事牺牲自己一生的幸福，就说服她跟我在一起。因为只有这样，我才能说服家里人出资帮她。离开你，她是有苦衷的。"

心宛如被硬物狠狠地撞击了一般，易熙瞪大眼睛，满脸的难以置信。

"那她为什么不说？"

于又曦看了他一眼，眉宇间掩藏不了疲倦："怎么说？告诉你，她为了保住爷爷的公司，准备把自己一生的幸福卖掉？还是说，她和我在一起就是贪图我家有钱，能帮助她？如果当时她这样告诉你，你能保证不用异样的眼光看她吗？"

拳头紧握，易熙刚想说"能"，但是于又曦的下一句话随即砸来。

"就算把实情告诉你有用吗？对方可是一家上市公司，在世界各地还有十多家分公司，你觉得就靠你那点儿家底，能帮得上忙吗？"

于又曦的话简直就是一把刀，瞬间把易熙砍得鲜血淋漓，无言反驳。

他沉默了，脸上出现从未有过的悔恨表情。

"那你和她……"

看到他欲言又止的样子，于又曦心里顿时了然，他狠狠地咬着牙，声音带着几分不甘却又无可奈何地说道："是我一厢情愿。"

听到他坦诚的回答，易熙的心紧张地抖了一下，他声音沙哑地问道："那她……"

于又曦眨着眼睛看着他，异常沉默。

半晌儿，于又曦才平静地说道："这个问题现在还需要答案吗？"

不，不需要。

千宸爱他，那已经是毋庸置疑的了。

"千宸……"

易熙的脸色变得苍白，没有一秒钟的犹豫，转身追了过去。

"易熙，你不要走……"阮维希心中一惊，拔腿就想将他拦住，于又曦伸手抓住了她，"你拉着我干什么？放手！再不追就来不及了……"

于又曦却平静地看着她，声音带着一丝绝望："早就来不及了，不是吗？"

阮维希惊讶地回过头，突然在他身上看到了自己的影子。她不懂，明明自己什么也不差，为什么会爱得如此卑微、如此辛苦呢？

这一刻，阮维希再也控制不住夺眶而出的泪水，任由眼泪冲刷自己的脸颊，像个婴儿般，哭得无助和绝望。

另一边，易熙就像疯子般冲进庆功宴现场，可是遍寻不着千宸的身影，而被她放在座位上的限量版手袋也不见了。

他面色一慌，转身跑出了酒店，边跑边掏出手机，拨出这个两年来一直想打却因为自尊心一直没有打出去的号码。

正如他所想的那样，电话彼端传来了关机的提示音。

无边的绝望顿时吞噬了他仅存的那点儿骄傲，他还没有注意到的时候，眼睛已经红了。

那个就算被打得满身是伤也未曾流过一滴泪的少年，此刻眼角却挂着一颗晶莹剔透的泪珠。

夏天又到了，街上的人流明显比寒冬多出了不止一倍。

大街上人潮拥挤，易熙站在马路中央，来往的人群有部分撞到他，可是他像完全感受不到一般，一直在朝四周张望。

那种感觉就好像全世界只剩下他一个人。

他的脑海里回荡着一个声音——

她走了，就像两年前一样……

后悔、孤寂、绝望……多种情绪瞬间席卷了他。

尾 声

陨 落

THE SECRET

I S   N O T   T I M E   T O

TELL

EPILOGUE

三个月后，H市北华街，某天下午。

一个长相精致的女生推开了一家西点屋的门，暖融融的阳光瞬间洒了一室。

"给我来一份培根水果手抓饼，还有一杯酒酿奶茶。"

笑起来露出两个小酒窝的收银员甜甜地说道："酒酿奶茶是用威士忌和奶茶现场调制而成的，所以你可能要等一下哦。"

"没关系，我不赶时间。"

女生浅浅一笑，白皙的脸上因此而焕发着光彩。

收银员好奇地靠近："你的眼睛好漂亮，是不是戴了美瞳？"

高高悬起的心瞬间放下来，女生有些心虚地点头："嗯，你眼力真不错，这都能看出来。"

"那是当然，我也是美瞳爱好者。你看到没有，今天我也戴了，是蓝色的哦！"

收银员像献宝一样，用手撑开她的眼皮，朝女生凑近。

女生冷不防地被吓了一跳，躲也不是，只能硬着头皮看了一眼她的眼睛。

事后，收银员一脸可惜地说道："你这种双色瞳是在哪里买的？戴着好酷哦，看起来是那么自然……"

女生尴尬地笑了笑，很想告诉她，这是打从她生下来就有的，外面没有出售。

不过收银员的注意力很快就被墙上的电视机吸引过去。

"所以，这就是你拒绝我的理由？"

"当然，我还有点儿私心，我觉得像你这么好、这么优秀的人，应该值得更好的女生去爱。"

"或许你说的都没错，别人是这样的，但是我跟那些人不一样。如果你想跟我在一起，那我们就只能是那种关系。你真的不再考虑了吗？"

电视上男女主角的对白让千宸浑身一震。

"这个是……"

她目不转睛地盯着屏幕，连吐字都变得困难。

"这个据说是由真人真事改编的短片……"收银员说到一半，惊讶地看着她，"你不知道吗？这部短片最近好流行，天狼星乐队的主唱最近还因为这事又红了一把，估计现在整个亚洲……不对，应该是有华人的地方都知道'易熙'这个名字。因为这就是他的故事。"

"啊。"

千宸忍不住惊呼。

收银员见状，不由得多打量了她几眼："你不知道'易熙'这个名字？"她的目光就好像在问"你是外星球来的吧"。

她当然知道易熙这个名字，因为她就是这部短片的女主角。

千宸怔怔地站在原地。

三个月前，在庆功宴上，当她得知在美国酒店那一晚的真相后，整颗心都躁乱起来。

那一刻她明白了，易熙对她来说仍是独一无二的。

千宸十分震惊，被吓到了。

她不知道该怎么面对于又曦，身为他的未婚妻，但是她不仅爱着别人，还……和那人不清不楚。这样的自己简直是罪大恶极，她不知道自己该怎么处理这段感情，所以决定离开一段时间，等想清楚后再回来。

公司有于又曦在，她还是很放心。

"这个短片讲的是易熙在出道之前交了一个女朋友，因为某些原因，后来两人分手了。前段时间易熙知道当年分手的实情后，他后悔了，想把对方找回来，可是到处都找不到她，所以只能用这样的方式来让对方知道他的心意。"收银员顿了顿，眼睛突然红红的，"第一次看到这个短片的时候，我都哭了，你说那个女生的心是不是铁做的？易熙都已经这样低声下气道歉了，她怎么还不出现？还是说，她没有看到短片？可是这不可能啊，宣传广告不是都说了，这个短片将会在他这次的巡回演唱会中播出，只要她没有出国，人还在地球上，都应该看到才对……"

听着收银员滔滔不绝的讲述，千宸的身体完全僵住了，白皙的脸上全是惊骇之色。

她虽然知道易熙最近会办巡回演唱会，可是因为心里的某些抵触情绪，让她刻意在避开有关于他的一切消息，所以她是真的不知道短片的事。

要是早知道……早知道她就算是用跑的，也会立即跑到易熙的身边，因为她是全世界最不能看见他难过的那个人。

"对了，短片结尾的部分易熙还提起这个女生的名字，好像是叫千……咦？怎么跑了？"收银员说到一半，回过头，正好看见千宸提着东西急匆匆地跑出去，她不由得一愣，"小姐，培根水果手抓饼和酒酿奶茶还没有付钱呢……"

可惜等她追出去的时候，对方已经坐上车子绝尘而去。

当天晚上7点45分，位于南部最繁华的A市体育馆内。

"你已经准备好了吗？这是最后一站了，如果她还是没有回来，那只能代表……"

后台，吴成的声音戛然而止，脸上露出几分担忧和惋惜。

"不会的，我相信她会回来的。"易熙顿了一下，语气笃定地重复了一次，"只要她看到这个短片，就一定会回来。"

看着如此自信的他，吴成的心情反而更加沉重。

他一点儿都不怀疑千宸看到这个短片的几率，他担心的是千宸就算看到后也不会回来。毕竟她现在的身份还是于又曦的未婚妻，于又曦对她怎样，大家也有目共睹，夹在他们两个人中间，她也够为难的。

可是作为兄弟、最好的朋友，吴成却不能在他最需要支持的时候泼冷水。

"我挺你！"他握紧拳头，和易熙拳头相击，给予鼓励。

"我也是！"

阿东也走了过来，当三个人的拳头碰在一起的时候，他们仿佛从对方的眼睛里看到了希望的亮光，他们下意识地给彼此打气："加油！加油！"

当千宸带着简单的行李前往飞机场的时候，易熙他们最后一场演唱会开始了。

因为这是一场公益演唱会，所以很多地方都进行了现场直播，大街、广场，包括飞机场内的各个大屏幕上都有。

那是一场盛大的演唱会，足足可以容纳几万人的体育馆没有留下一个空座，就连走道上都挤满了人。

粉丝们疯狂地呐喊着、尖叫着，在他们的歌声里迷醉，不停地舞动着手中的荧光棒，高声附唱。

在候机厅里的千宸，从易熙走上舞台的那一刻起，她就再也没办法将目光从他的身上移开。易熙演唱时迷人的身姿，仍让她动心。

如果之前心里还有迷雾的话，千宸这会儿算是彻底清醒了。

她爱他。

两年的思念已经让这份感情深入骨髓，更何况他们还……

千宸决定了，她一定要回去。不管他和阮维希的感情已经发展到什么地步，就算会对不起阮维希，她也想再为自己的幸福争取一下。

至于又曦……

她亏欠他的实在是太多了，除了感情，她会想办法从其他地方补偿的。

打定主意后，千宸的心情豁然开朗了，脸上瞬间焕发着光彩，让人眼前一亮。

"各位先生女士请注意，106班机即将登机，请乘客们前往54号登机口……"

提示乘客登机的声音在大厅内响起，千宸恋恋不舍地将目光从大屏幕上收回来，这才起身推着行李往登机口走去。

几乎同一时间，A市体育馆内突然发生了掀顶般的骚动。

因为工作人员的失误，正在走位的易熙突然脚下踏空，从足有五六米高的舞台上掉下来，所有人都措手不及。

"啊，易熙！"

现场陷入前所未有的恐慌中，工作人员在拨打了120的同时，也对他进行急救措施，台下的粉丝们惊恐地高呼着偶像的名字，甚至有人开始止不住地落泪。

这时，舞台上方的大屏幕闪烁几下后，提早播放了早就准备好的录像。

屏幕上的易熙手拿麦克风，一副居家打扮，这样的他少了平日里的犀利，多了几分温柔。

在一阵短暂的沉默后，他对着镜头说："千宸，如果你现在就站在电视机前看这个短片，我想告诉你，我们已经错过两年了，我不想再错过你。我找不到你，所以只能用这种方式来告诉你，我有多在乎你。这部短片是由我们的故事改编的，里面包含了所有我想说的但一直没有说出口的话。

"千宸，你听着，我爱你。不要问我什么时候喜欢上说这种傻气的话，因为答案连我自己都不知道，我又怎么能回答你？

"回来吧，这部短片将会在我这次的巡回演唱会上播出。每到一个地方，每场演唱会的结尾都会重新上映一次，直到你能听见我的心声，回来为止……"

镜头前的易熙难得深情款款，可是这一次，却没有预料中掌声雷动的场面。乱成一锅粥的现场，大家都把注意力集中在他的伤势上，每个人都在祈祷着他能平安。

当易熙被抬上担架送往医院时，粉丝们都没有离去，他们留下来一起诚心祷告。偌大的体育馆内，瞬间寂静无声，所有人都虔诚地祈祷奇迹会发生。

与此同时，飞机已经冲向高空，没入云层。

透过窗外望向那些薄薄的白云，千宸一想到未来的日子里很有可能会是和易熙一起度过，嘴角就忍不住上扬，脸上洋溢着甜蜜和幸福的笑容。

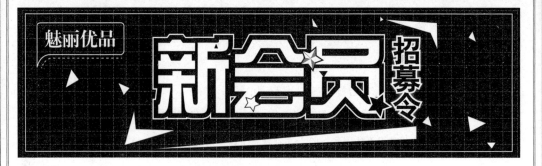

魅丽优品

新会员 招募令

致亲爱的你：>>

魅丽优品网络平台会员大征集！

每月，史无前例的丰富新人大礼免费送上；

每周，粉丝活跃大奖不定期发送；

每天，海量新书、精彩试读、有奖互动！

总有一款
给你
带来惊喜！

现在，请扫一扫以下二维码，你就能立即加入Merry大家庭，和我们一起畅享快乐文字和精彩活动。

★ 扫一扫，发送#新会员#，即可100%中奖。

魅丽优品贴吧二维码

魅丽优品微博二维码

魅丽优品微信二维码

瞳文社贴吧二维码

瞳文社微博二维码

瞳文社微信二维码

住在心里的积雨云

The Rainy Clouds live in my heart

你我正好路过的青春 自我测评

1. 你是否正被父母寄予期望，做着他们安排的事情？ 是☐ 否☐
2. 你是否有着学习的、生活的各种压力，不堪重负？ 是☐ 否☐
3. 你是否经常被拿来和同学以及"别人家的孩子"比较？ 是☐ 否☐
4. 你是否在上着自己无能为力的特长班？ 是☐ 否☐
5. 你是否曾经或者正在挣扎，想努力脱开生活的枷锁？ 是☐ 否☐

如果，你正在过着这样的生活；如果，你迷茫、困惑、不知所措……请相信——

我们是，独一无二的自己

小妮子 回归之作

青春指南书：《住在心里的积雨云》

用真实的故事，教你如何摆脱命运枷锁！2015年，百万读者心声共鸣，全国首发

再见，
小时候

GOODBYE, CHILDHOOD 2

2

因为支持，所以有爱
故事永不褪色，命运再起旋涡
而你我相约于此

《再见，小时候2》

叶水伦　著

残 酷 青 春 , 即 将 上 市

艾可乐

少女的爱情小巫师

一 《龙祖日记》　　创作难度：30%

如果你是故事里的恶龙祖先，根据书中勇士的日记的描述，受欺
骗的恶龙写下的日记会是怎样的？
请试着写一写吧！

二 《金闪闪的告白》　　创作难度：20%

金闪闪跟善良美丽的公主续小路会继续发展下去吗？如果你来写金闪闪跟
小路告白的场景，会是怎样的呢？

三 《黑女巫的算计》　　创作难度：50%

一个优秀的作者当然也要会塑造坏人。如果你来描写故事里的邪恶女巫，在她算计龙跟勇士的时候，
会有怎样的表情和心理反应呢？

★ 完成以上三题的同学，欢迎来信跟艾可乐沟通交流你的创作感想。
来信地址： 湖南长沙开福区黄兴北路89号上城金都南栋21楼魅丽优品编辑部
网络地址： 答题文字私信@Merry艾可乐　@魅丽优品 新浪微博

★ 只要认真答题，体现自己独特的写作才华，就有机会**获得艾可乐送出的签名新书一本！**

艾可乐 《莲花传说·风之龙》

会融化最冰冷的心的可爱罗曼史，让笑容和眼泪一起绽放光芒的温馨童话！

琉璃美人煞

十四郎 著 ● GLAZE BEAUTY COLOURED

『予与千寻千般苦，一生一世一双人』

——褚璇玑&禹司凤 篇

最令人动容的爱究竟是什么模样？在我看来，不是同死，也不是一见倾心，而是用一辈子的时间陪你长大。
——@豆瓣ID 我要养成好

【初遇】

初遇没有惊鸿一瞥，有的却是他发音不标准的中原话，懵懵懒懒的她差点弄伤他养的灵兽小银花。

璇玑听他说话不甚熟练，都是三个字三个字往外蹦，想必不是中原人，于是学着他的腔调说道："因为它，是自己，爬过来。我以为，它一定，会咬我。"那人冷道："没看好，小银花，是我错。但你也，不可以，杀死它。恶女人！"

【定情】

杏花疏影，少年黑玉般的眼眸晶莹璀璨，那一瞬间她只觉得呼吸都要停了，整个世界的声音都没了，她什么也听不见。

璇玑忽然抬头定定地看着他，低声道："司凤，你……是不是……"他抬手，捻去她发间一片花瓣，轻轻说道："是的。璇玑，我喜欢你，比所有人，所有事情，都要喜欢。"

【分离】

在爱情里，爱得多的那个人总是如履薄冰。当身份谜团被揭开，她迟了一秒握住他的手，就此错过一年的朝朝暮暮。

璇玑怔怔地看他，忽然茫然地一笑，喃喃道："你骗我……司凤，你不会走的。"他说过他眼里只有她一个人，他也说过，哪怕她后悔，他也不走了。那些，统统是撒谎吗？禹司凤沉声道："我说过很多，可是现在我做不到了。璇玑，我爱你，以后也会一直爱你，但是我已经不想再与你一起。"

【重聚】

原来她曾是战神将军，而他为她历经轮回，哪怕每一世都孤独终老，也只求与她一生一世一双人。

她忽然捂住脸，颤声道："还是说，其实你真的一点也不想见不我？那你和我说一句：褚璇玑，我烦死你了，你快给我滚。我会乖乖消失，以后再也不烦你。""傻子……"他贴着她的耳尖，柔声说着，"我等你很久了，你来得很迟，我很生气。

永恒Y 著

● 最奇幻残酷的仙侠世界！

神秘的神魔天都、残酷的炼心魔狱、恶魔横行的邪恶深渊、血腥的赤魔血域、强大的通天魔域以及那诡谲莫测的北冥幻域，妖域、腐尸之域。广博的天武大陆处处蕴含着危险，步步隐藏着杀机，而唯一安全的人域则在这八大魔域的包围之下岌岌可危。

● 最玄妙神奇的神功法宝！

蕴含着九大至强力量的至尊神器，拥有着炼魔吞神之能的逆天功法，还有那集齐七种蛟龙之魂才能凝炼的强大龙卫，无数的功法，无数的法宝，创造出了一个瑰丽玄妙的异想世界。

● 最缠绵悱恻的爱情！

为了追寻挚爱的足迹，天界狐女毅然撕破虚空，踏入时间逆流。
"我历尽万苦，穿越了五千年的岁月，为的就是能够再见你一面！"

神奇的玄幻世界　精彩的逆天传说

玄幻扛鼎之作　东方玄幻新纪元

《法破乾坤》I—V全集

热销中

1500万人正在争相阅读

狂者为尊

（I－III）

妖夜 作品

以**千字五百**的高价签约了创世中文网

腾讯、创世主推，南京国际漫展火热报道

移动阅读成绩**点击量破亿**

主站成绩**两千多万点击量**

常年霸占人气榜、评论榜第一，打赏榜第二

塔读文学网玄幻第一人

大神级作者

猫腻
林海听涛

作序强力推荐

妖夜/《狂者为尊》系列

在过去的两年里，已有**5000000**人读过此书，**300000**人写下了
精彩评语，**100000**人成为了妖夜的超级铁杆粉丝——**妖神卫**！

内容简介

《狂者为尊③风雪孤人》

萧浪以妖邪的身份在北疆隐姓埋名，本是想安安静静地修炼，不料在与血蛮子的一系列战斗中名声大震。

左剑欲拉拢他，却被他拒绝，两人结下梁子，相约决斗，军中大营外，谁能笑到最后？

很快，北疆大战爆发，独孤行运筹帷幄，大败敌军，没想却遭背叛，而叛徒竟然是……

面对义父独孤行遇害，面对那个惊天阴谋，面对天下那些要取他性命的人，既震怒又绝望的萧浪该何去何从？